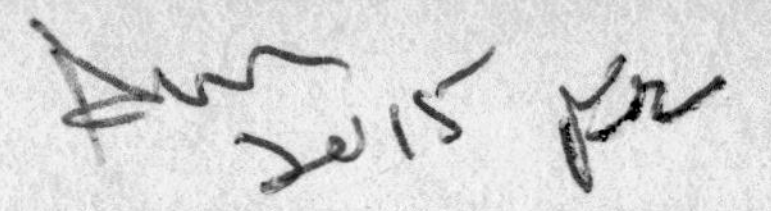

Chères lectrices,

Voici venu le temps de la rentrée avec son lot de petits soucis et de bonnes surprises. Voyez l'excitation joyeuse des enfants contents de reprendre le chemin de l'école... et profitez de votre tranquillité retrouvée pour goûter quelques minutes de bonheur en choisissant vos romans de septembre.

Chaque livre de votre collection EMOTIONS est une invitation à un nouveau voyage. Choisirez-vous, comme Kit, de vous laisser griser par l'amour de Mac qui a su lui redonner confiance en elle (Emotions N° 885) ? Préférerez-vous comme Rachel vous laisser prendre dans le halo de tendresse tissé par une petite fille autour d'elle et de son séduisant papa (N° 886) ? Mais peut-être choisirez-vous l'ambiance vibrante et passionnée qui entoure les retrouvailles d'Alice et de Hayes (N° 887). A moins de vous plonger dans l'histoire de Phœbe et de Matt, que rien ne prédestinait à s'aimer (N° 888).

Autant d'histoires, autant de voyages différents dans l'univers riche de promesses du roman sentimental. Chacune d'entre vous y trouvera son bonheur, j'en suis bien certaine.

Bonne lecture,

La responsable de collection

Une histoire de cœur

SUSAN GABLE

Une histoire de cœur

éMOTIONS

*éditions*Harlequin

Cet ouvrage a été publié en langue anglaise
sous le titre :
THE MOMMY PLAN

Traduction française de
JULIETTE BOUCHERY

HARLEQUIN®

est une marque déposée du Groupe Harlequin
et Émotions® est une marque déposée d'Harlequin S.A.

Photos de couverture
Femme : © BENNO DE WILDE / ZEFA IMAGESHOP
Paysage : © PHOTODISC / GETTY IMAGES

83-85, boulevard Vincent-Auriol, 75013 PARIS — Tél. : 01 42 16 63 63
Service Lectrices — Tél. : 01 45 82 47 47
ISBN 2-280-07889-9 — ISSN 1264-0409

1.

Deux semaines ! C'est le délai qu'on lui avait accordé pour tenter de s'en sortir. Tout cela était absurde. Comment imaginer qu'un séjour de quinze jours serait suffisant pour combler le gouffre béant de sa vie et sauver sa carrière. Elle n'y croyait pas un seul instant ; au mieux, elle trouverait auprès des enfants quelques occasions de sourire…

Dans un crépitement de gravier, Rachel Thompson rangea la décapotable sur le bas-côté de la petite route. Devant elle, un panneau multicolore portait l'inscription « Domaine des Lucioles, Centre Familial de Vacances ». Voilà donc ce lieu supposé accomplir des miracles, pensa-t-elle.

Un miracle… C'est bien ce dont elle avait besoin en ce moment !

Sentant ses mains trembler, elle serra le volant. Le directeur de l'école où elle enseignait, un vieil ami de son père, s'était ligué avec celui-ci pour faire pression sur elle, et elle se retrouvait ici sans l'avoir choisi, face à une épreuve pour laquelle elle n'était pas prête.

Elle ferma les yeux, respira profondément. Une seule chose à la fois, pensa-t-elle, personne ne peut espérer gérer davantage. L'épreuve n'avait pas encore commencé.

L'instant présent n'était fait que de la bonne chaleur du soleil de juillet, de la moiteur de l'air rempli de pépiements d'oiseaux, des bruissements de feuillage et du parfum de l'herbe fraîchement coupée. Les sons et les senteurs de l'été... A croire qu'elle entamait des vacances comme toutes celles d'*avant,* tranquilles et joyeuses, faites de jeux et de rires d'enfants aux pieds nus. Pas de leçons à préparer, de temps à consacrer à sa famille, à son fils...

Les étés ne seraient plus jamais comme avant.

Un Klaxon assourdissant l'arracha à son rêve. Dans le rétroviseur, elle vit le gros 4x4 gris métallisé quasiment collé à son pare-chocs arrière. Agitant gaiement la main, le chauffeur se pencha par sa vitre pour lancer :

— Un problème ?

Elle secoua la tête. Un problème, elle ? Si seulement, elle pouvait n'en avoir qu'un seul ! Répondant d'un signe négatif, elle passa une vitesse, démarra souplement et suivit les méandres de la petite route, évitant avec soin les nids-de-poule encore remplis d'eau de pluie. A sa gauche, elle vit les écuries — plusieurs chevaux tournèrent la tête pour la suivre du regard. Puis elle longea une immense pelouse d'où montait le délicieux parfum d'herbe coupée, avec les lignes blanches délimitant un terrain de baseball et un autre de foot. Le lieu ressemblait en tout point au dépliant publicitaire que son directeur l'avait forcée à accepter, un site charmant pour des séjours en famille — avec une fausse note pourtant : le cercle tout au bout du terrain conçu pour l'atterrissage d'un hélicoptère.

Ce détail lui rappela brutalement ce que l'endroit avait de différent. Cette colonie se spécialisait dans l'accueil d'enfants ayant reçu des greffes d'organes. Comme le site se trouvait à plus d'une heure de la ville de Pittsburgh en

Pennsylvanie, la liaison hélicoptère avec le centre hospitalier rassurait sans doute les parents. Au cas où…

Sa gorge se serra et elle ralentit malgré elle.

Un regard dans le rétroviseur lui apprit que le 4x4 la talonnait toujours. Impossible de faire demi-tour et de s'enfuir sans demander son reste ! D'ailleurs, elle n'avait pas le choix, elle devait penser à sa carrière… car c'était tout ce qui lui restait.

Le bâtiment principal, une grande structure irrégulière de bois, parut devant elle. Au moment où elle se garait près de la porte, immédiatement imitée par le véhicule qui la suivait, un rire d'enfant flotta jusqu'à elle, une famille sortit du bâtiment. Curieux, pensa-t-elle vaguement, les familles du séjour ne devaient arriver que le lendemain. A moins qu'il s'agisse d'amis en visite et non d'hôtes du séjour ? Les deux enfants semblaient robustes et énergiques, ils s'éloignaient en faisant des cabrioles — cela ne correspondait pas du tout à l'idée qu'elle se faisait de gosses ayant reçu une greffe d'organe.

Saisissant sa sacoche de cuir sur le siège voisin, elle sortit un dossier d'un geste brusque, chercha la lettre de confirmation des propriétaires du camp. Au moment où elle commençait à la parcourir, une rafale de vent souleva toute la liasse.

— Oh, flûte ! cria-t-elle, excédée.

Se jetant en travers de la banquette, elle réussit à plaquer les papiers sous elle ; un seul réussit à s'envoler. Elle cherchait à rassembler les feuilles captives quand un rire d'homme lui fit lever la tête.

— La grâce du geste compense la grossièreté des paroles, commenta le chauffeur du 4x4. En tout cas, bravo pour le plongeon !

Il lui tendit son papier envolé.

— Voilà celui qui vous a échappé.

Elle se redressa maladroitement, rougissante, les mains pleines de feuilles froissées ; patiemment, il attendit qu'elle prenne celui qui lui manquait. Une fossette creusait son menton, il avait des cheveux sombres et des yeux noisette. Larges épaules, hanches étroites... Sans doute un peu surpris par ce regard qui l'étudiait, il secoua légèrement la feuille.

— Vous la voulez ou je la laisse filer ?

Rougissant davantage, elle la prit, la parcourut du regard et murmura :

— Oh, non...

L'inconnu se mit à examiner la décapotable, effleurant le capot avec gourmandise.

— Quel jour sommes-nous ? lui demanda-t-elle.

— Dimanche, dit-il en levant les yeux. Belle voiture !

— Dimanche ? Vous êtes sûr ?

— Tout à fait, oui.

Lui tendant la main, il ajouta :

— Je suis James.

— Je suis en retard !

Avec une hâte fébrile, elle fourra les papiers dans le dossier en marmonnant :

— Ce n'est pas vrai, je n'y crois pas...

Comment avait-elle pu faire une bourde pareille ? Une fois l'année scolaire terminée, les jours se ressemblaient tous... mais de là à se présenter avec vingt-quatre heures de retard ! Un acte manqué ; voilà ce que c'était, elle n'avait aucune envie d'être ici, c'est ce qu'exprimait son inconscient. Et si son inconscient allait la faire renvoyer ? La panique la prit à la gorge. Glissant le long de la banquette, elle jaillit de la voiture et se précipita vers l'entrée du bâtiment en lançant par-dessus son épaule :

— Contente de vous avoir rencontré !

James McClain suivit des yeux la femme aux gestes nerveux. Très mince, presque trop… mais cela ne retirait rien au charme de ses courbes parfaitement proportionnées. Une démarche énergique, malgré l'affolement dans lequel elle semblait plongée ; aucune coquetterie, aucun effort pour attirer son regard, et pourtant il ne pouvait détourner les yeux de son short blanc bien ajusté.

— Papa ?

Si un mot au monde pouvait faire éclater la bulle d'une vision érotique, c'était bien celui-ci ! Aucune importance : il ferait n'importe quel sacrifice pour sa fille, y compris celui d'une vie amoureuse normale. Il était bien obligé de se contenter de fantasmes : quand il ne s'occupait pas de Molly, il était entièrement pris par son métier de psychologue.

Il se retourna vers la vitre ouverte du 4x4.

— Oui, Tigresse ?

— C'était qui, la dame ?

Revigorée par une courte sieste, la petite sortait par la vitre sa frimousse criblée de taches de rousseur. Il profita de la question pour s'accorder un dernier regard, et se retourna juste à temps pour voir la porte d'entrée se refermer sur cette magnifique chute de reins.

— Je ne sais pas.

— Elle a de beaux cheveux.

Il réprima un petit rire. Voilà ce qui faisait la différence entre un homme de trente-sept ans et une gamine de huit ans — même si sa fille semblait parfois bien trop mûre pour son âge…

— C'est vrai, ma grande. Alors, tu es prête pour ta colo ?

— Je suis prête à tout !

— Ça, c'est vrai, Insubmersible[1].

— Papaaa ! Tu avais promis de ne pas m'appeler comme ça ici. Je ne suis plus un bébé !

Il se retint de répliquer qu'elle serait toujours son bébé. Caressant sa joue du bout de l'index, il s'émerveilla de la fraîcheur rose et saine de sa peau.

— C'est vrai, dit-il en appuyant doucement sur son nez. Mais pour moi, tu seras toujours Molly l'Insubmersible.

— Si je suis insubmersible, pourquoi est-ce que tu ne me laisses pas faire ce que je veux ? Comme aller en colo toute seule par exemple ?

— Molly, tu sais bien pourquoi.

— Il y a des colos qui nous prennent tout seuls, tu sais ? Pas avec la famille, comme ici. Et pas si près de la maison !

Un trajet de trente-cinq minutes en voiture, ce n'était pas une aventure !

— Je sais bien — mais tu es encore petite. L'année prochaine peut-être.

Un picotement désagréable lui parcourut la nuque. Des projets pour l'avenir ! Il osait à peine les formuler. L'année précédente, ils avaient passé presque tout l'été à l'Hôpital des Enfants. Il se secoua, refusant de s'attarder à ces pensées trop familières. Avec de la chance et les soins appropriés, elle serait encore là l'année prochaine et beaucoup d'autres années à venir. Il fallait regarder

1. Une autre Molly a lancé ce surnom : Molly Brown, personnage haut en couleur rescapée du Titanic.

vers l'avant, même s'il venait de passer huit années de son existence à douter, même s'il avait failli la perdre, même si son nouveau cœur était arrivé juste à temps. C'était au mois de septembre, près d'un an auparavant, et le chirurgien craignait qu'elle soit trop affaiblie pour survivre à la greffe. Tout s'était bien passé ; maintenant, ils devaient faire en sorte de maintenir son nouveau cœur en bonne santé.

Un sourire éblouissant éclaira la frimousse de Molly, mais il restait une trace de scepticisme dans ses yeux noisette.

— C'est vrai, p'pa ? L'année prochaine, je pourrai aller en colo toute seule ?

— Peut-être. Je vais y réfléchir. Voyons déjà comment ça se passera cette année.

Elle se pencha par la vitre pour nouer les bras autour de son cou.

— Je t'adore !

Achevant de l'extraire de la voiture par ce chemin inhabituel, James l'embrassa, la posa sur ses pieds et lui prit la main.

— Moi aussi, je t'adore. Allons voir notre chalet.

— Je suis ennuyée, j'ai dû attribuer votre chambre à quelqu'un d'autre. J'ai préféré séparer deux monitrices qui ne s'entendaient pas bien.

Un ventilateur à l'ancienne vrombissait sur l'angle du bureau de Trudy Luciano, directrice du camp, dispensant une brise délicieuse dont elle appréciait les bienfaits après la chaleur du dehors.

— Mon mari et moi, nous supposions que vous aviez changé d'avis. Nous savons que Jerry vous a plus ou moins obligée à venir...

Assise en face d'elle, Rachel tripota nerveusement la poignée de son sac.

— Jerry me dit que vous êtes amis depuis longtemps... Une fois qu'il a décidé quelque chose, on ne le fait plus changer d'avis, soupira-t-elle.

Cela, il l'avait vraisemblablement appris auprès du père de Rachel ! Ces deux-là étaient devenus inséparables depuis que son père avait sauvé la vie de Jerry en le sortant de leur hélicoptère abattu et en l'emportant à l'écart du champ de bataille... Quand un duo pareil avait décidé quelque chose, on en passait par où ils voulaient. Beaucoup de gens s'étaient ainsi retrouvés obligés de leur céder sur des points importants — en se mariant par exemple. Ou en venant ici.

Secouant la tête, l'autre femme émit un petit claquement de langue. Elle avait un visage chaleureux mais assez marqué, un corps court et rond et des cheveux orange, très mal assortis à son T-shirt arc-en-ciel !

— Jerry dit que vous êtes une institutrice extraordinaire, et qu'il s'inquiète beaucoup pour vous.

— Ah oui...

— Vous êtes sûre de vouloir participer à ce séjour ?

A la façon dont elle posa la question, Rachel se demanda si sa nouvelle patronne regrettait de l'avoir acceptée dans son équipe. Comment lui en vouloir, après ce que Jerry avait dû lui dire ? Avait-il parlé des oublis, de la confusion dont elle souffrait parfois ? De toute façon, elle s'était déjà trahie en se trompant de jour. Et les livres de classe égarés, les évaluations inachevées, les mille petits détails du quotidien qui lui échappaient ?

— Madame Luciano, soupira-t-elle, je n'ai pas le choix.

— Trudy, corrigea l'autre femme.

— Trudy, répéta-t-elle avec un soupçon d'impatience en changeant de position sur son siège — la peau nue de ses cuisses se décolla de la surface de bois avec un bruit gênant.

— J'enseigne depuis dix ans, reprit-elle, j'adore mon métier. C'est grâce à ma classe que je n'ai pas fini chez les fous.

Pourquoi fallait-il qu'elle s'explique sans cesse devant des gens qui n'étaient rien pour elle ; pourquoi devait-elle lutter pour préserver sa dernière parcelle de joie ? Laissant son regard retomber vers le plancher, elle murmura :

— Ne croyez pas que je me sers d'eux comme d'une béquille, ce serait une erreur ; je leur donne ce que je leur ai toujours donné. Seulement, depuis que j'ai perdu Daniel... ils sont ma seule raison de me lever le matin.

— Cela doit tout de même être une épreuve si vous ne supportez plus la présence des enfants...

Relevant brusquement la tête, elle croisa le regard franc et calme de Trudy.

— C'est ce que Jerry vous a dit ? s'écria-t-elle, interdite. Ce n'est pas ça du tout, j'aime les enfants ! C'est juste que...

Comme elle ne disait plus rien, l'autre l'encouragea :

— Quoi donc ?

— C'est difficile, voilà tout !

Sautant sur ses pieds, elle se mit à errer dans la petite pièce, étudiant les documents affichés aux murs. Des plannings se bousculaient sur un tableau d'affichage, des photos d'enfants souriants vantaient les joies des vacances. Un petit garçon aux cheveux châtains blondis par le soleil attira son regard. Daniel aurait adoré la colonie, les chevaux, les baignades, les bateaux...

Une griffe serra son cœur, un grand froid l'envahit. Elle ferma les yeux, avala sa salive avec difficulté.

— Vous pouvez pleurer, vous savez, dit la voix de Trudy près de son épaule.

Elle s'écarta brusquement, alla se planter devant la fenêtre. Elle ne voulait pas parler de Daniel avec une inconnue, surtout une femme qui ferait un rapport à Jerry à la fin de la quinzaine — rapport qui déterminerait si Rachel pouvait ou non garder son poste. D'ailleurs, elle ne voulait parler de lui à personne.

Pour garder sa classe de CE1, elle allait devoir jouer le jeu. Si l'Académie décidait qu'elle ne pouvait assumer à la fois son deuil et son travail, on lui imposerait un congé de longue maladie et elle resterait seule, en tête à tête avec sa souffrance. D'une façon ou d'une autre, elle devait convaincre cette femme qu'elle pouvait côtoyer des enfants, qu'elle restait une excellente pédagogue.

— Trudy, y a-t-il un autre endroit où je puisse m'installer puisque ma chambre n'est plus libre ?

— Vous êtes sûre de vouloir rester ?

Les yeux verts de Trudy exprimaient une certaine réserve. Avec toute la force de conviction dont elle était capable, elle dit :

— Oui. Je veux rester.

— Oh, comme je suis contente ! s'écria l'autre femme avec une chaleur subite. J'aurais bien un chalet dans le quartier des familles... Les parents vont vous traiter comme une sorte d'héroïne.

— Vous n'allez pas leur dire ?

Pendant quelques instants, Trudy scruta son visage avec attention, puis elle répondit :

— J'espérais que vous le feriez.

Rachel s'efforça de cacher sa consternation. L'autre femme expliquait :

— Vous n'êtes pas seulement ici pour nous aider avec les enfants, mais parce que Jerry pense — et Don et moi sommes d'accord avec lui — que le fait de voir en personne le genre de miracle qui peut naître d'une tragédie comme la vôtre vous aidera. Don a une formation de psychologue, il anime des groupes de soutien pour les parents ; nous aimerions beaucoup que vous assistiez à quelques-uns d'entre eux.

— Je... ne sais pas si je peux faire ça. Je crois que je préférerais que les parents ne sachent rien.

— Nous verrons. Vous déciderez vous-même, le moment venu... Venez, je vais vous montrer votre chalet.

Rachel se laissa entraîner sans réagir, gagnée par un engourdissement bizarre. Cela virait au cauchemar ! Cette Trudy — manifestement une ancienne hippie —, avait une conception curieuse de la façon dont elle pourrait se libérer de son fardeau. S'attendait-elle vraiment que Rachel aille raconter à des parents d'enfants ayant subi une greffe que Daniel, son adorable fils de quatre ans et demi, avait été un donneur d'organes ?

— Oh, papa, c'est génial !

Molly grimpa au galop les marches du chalet bleu vif, l'avant-dernier de la rangée. Une autre, jaune soleil, était posé à sa droite ; juste après, la route s'achevait dans un cul-de-sac.

— Ça m'a l'air très bien. Attends-moi ici ! lança-t-il en empoignant les valises.

Le poids du sac de Molly lui arracha une grimace. Qu'avait-elle mis dans sa valise, des ancres de marine ? Depuis quand une gamine de huit ans avait-elle besoin d'autant d'affaires pour partir en colonie de vacances ? Ce devaient être des livres, Molly était une grande lectrice — et elle avait eu beaucoup de temps dans sa courte vie pour cultiver ce hobby. Mais combien de livres un poids pareil pouvait-il représenter ?

Le chalet faisait face à un bosquet de grands arbres, un petit carillon à vent fait de tubes de métal tintait doucement sous la véranda. A deux cents mètres à peine, le lac scintillait, on entendait des vaguelettes mourir sur la grève. Une scène profondément paisible, un lieu invitant à la détente. Avec un peu de chance, il trouverait même un hamac quelque part. De vraies vacances ! Les premières depuis la naissance de Molly.

— P'pa ! Viens, dépêche-toi !

— J'arrive, marmonna-t-il en grimpant les marches à son tour.

La petite véranda, close par des parois de fin grillage moustiquaire, contenait deux chaises longues pliantes et un perroquet de bois. Posant les valises, James fouilla ses poches à la recherche de la clé tandis que Molly s'écrasait le nez contre la vitre de la porte.

— Je ne peux pas ouvrir si tu es devant, ma grande.

Elle s'écarta, pour se précipiter à l'intérieur dès que la voie fut libre, contournant en trois bonds la table placée près des fenêtres. Jetant un coup d'œil approbateur à la ronde, James alla jeter son sac de voyage sur le canapé bleu placé devant la cheminée. Déjà, Molly surgissait d'une porte au fond de la pièce.

— Je veux cette chambre, papa ! On voit le lac par la fenêtre !

Elle disparut de nouveau. Sortant un spray désinfectant de son sac, James la suivit. La chambre était vraiment très claire et agréable ; content, il se mit à vaporiser les meubles de rotin blanc. Alertée par le chuintement, Molly se retourna d'un bond.

— P'pa ! Je n'aime pas quand tu fais ça et en plus il sent mauvais, ce produit !

Elle ouvrit l'une des fenêtres à guillotine. La deuxième lui résista un instant mais avec un grognement d'effort, elle réussit à la soulever à demi.

— Les microbes sont…

— Sont l'ennemi, oui, je sais.

James approuva de la tête. Afin de minimiser le risque d'un rejet de l'organe greffé, Molly prenait des médicaments destinés à neutraliser ses défenses immunitaires. Elle était donc sans défenses devant des virus contre lesquels des gosses ordinaires pouvaient lutter sans le moindre problème. Pour elle, le moindre rhume d'été, la moindre gastroentérite présentait des dangers. A cette simple pensée, il sentit le stress l'envahir de nouveau.

— Arrête de te plaindre, dit-il. Range tes affaires, et ensuite je veux que tu te reposes un peu.

Avant qu'elle ne proteste, il leva la main.

— Ce soir, après le dîner, il y a un feu de joie pour accueillir tout le monde. Tu as le choix : soit tu t'allonges maintenant, soit tu rentres te coucher avant la fin de la fête.

Elle leva les yeux au ciel en grommelant :

— D'accord, tu as gagné.

— Très bien. Maintenant, je vais chercher le reste des bagages.

Elle se mit à déballer ses affaires ; plusieurs gros livres émergèrent des profondeurs de sa valise.

— La prochaine fois, rends service à ton vieux père et emporte des livres de poche, d'accord ?

Elle lui lança un sourire malicieux.

— T'es pas vieux, papa. Juste un peu usé, c'est tout.

— Oh, merci beaucoup ! C'est un compliment, ça ?

Un peu usé ? Il retournait toujours cette formule dans son esprit en descendant lourdement les marches du perron. « Usé jusqu'à la corde » aurait été plus juste. Son ex-femme, Tiffany, avait fait du bon boulot en les abandonnant tous les deux ! Ensuite était venue la tension permanente, les opérations, les doutes et les interrogations... et enfin, le verdict : seule une greffe pouvait désormais sauver Molly. Puis l'attente angoissante avait commencé. C'était si dur de vivre au jour le jour en se demandant si son enfant le jour suivant verrait le soleil se lever ! Tiffany n'avait même pas essayé : Molly n'avait pas cinq mois au moment de son départ.

Un éclair attira son regard : le soleil sur la carrosserie brillante d'une voiture devant le chalet jaune. S'abritant les yeux de sa main, il reconnut la décapotable que conduisait la blonde qu'il avait rencontrée un peu plus tôt. Une voiture que l'on ne s'attendait pas à trouver entre les mains d'une femme. Il avait très envie d'aller l'admirer de plus près.

Se mordant la lèvre pour ne pas sourire et réprimant l'envie de pousser des grognements d'homme des cavernes, il suivit la route de terre, un œil sur la voiture, l'autre sur le chalet. Comme la propriétaire restait invisible, il se perdit dans l'admiration de la machine de ses rêves, l'inspectant avec minutie de la proue à la poupe. Il était penché sur le moteur quand il prit conscience d'un léger parfum de citrons et d'une sensation de chaleur. Pris sur le fait !

— Vous ne savez pas que c'est impoli de soulever le capot de quelqu'un sans sa permission ?

Il pivota d'un bond et se retrouva nez à nez avec l'inconnue. Les mains sur les hanches, elle le toisait avec la même expression sur le visage que Molly quand elle le surprenait en train de faire quelque chose qu'elle n'approuvait pas. Arborant un sourire désinvolte, il voulut gagner du temps en la dévisageant. Ses cheveux de lin étaient attachés en queue-de-cheval ; à la lumière verticale du soleil, il vit des petites rides d'expression autour de ses yeux et de sa bouche. Manifestement, elle avait le sens de l'humour — mais pour l'instant, elle ne souriait pas.

— Il est parfois plus facile de faire des excuses que de demander la permission, répondit-il.

Il vit un coin de sa bouche se retrousser.

— Alors vous regrettez d'être allé sous mon capot ?

— Je suis désolé si je vous ai contrariée, dit-il, espérant cette fois obtenir un vrai sourire, mais je ne regrette pas un seul instant d'avoir jeté un œil sous le capot de votre voiture.

Ses yeux s'agrandirent légèrement mais elle ne recula pas.

— Les hommes. Vous êtes tous les mêmes.

— Ah ! Je détecte une certaine hostilité dans ce propos.

En tant que psychologue spécialisé dans la thérapie de couple, c'était un terrain très familier ; il se trouvait aux premières loges pour la bataille entre les sexes. Risquant un regard rapide vers la main gauche de la jeune femme, il nota qu'elle ne portait pas d'alliance. Ce qui ne signifiait d'ailleurs pas grand-chose.

— C'est une voiture fantastique, dit-il. Je n'ai pas pu résister à l'envie de l'ausculter. C'est le 400 turbo ?

— Je ne sais pas, dit-elle en haussant les épaules.

— Vous ne savez pas ? Vous possédez cette voiture stupéfiante et vous ne savez même pas ce qu'elle a dans le ventre ?

— Non, et ça ne m'intéresse guère. Elle m'emmène où j'ai décidé d'aller, c'est tout ce qui compte.

Il dut faire un effort pour refermer la bouche, et il lui fallut plusieurs secondes pour retrouver sa voix.

— Vous voulez la vendre ?

Elle plissa les yeux, retira le support et claqua le capot, l'obligeant à reculer brusquement.

— Elle n'est pas à vendre. Croyez-moi, vous n'avez pas assez d'argent pour l'acheter.

— Dites un chiffre pour voir ?

— Non. Il y a des choses qu'on ne peut pas acheter avec de l'argent et cette voiture en fait partie.

— Le cadeau d'un ami ? demanda-t-il — en se disant qu'il faudrait vraiment être amoureux fou pour avoir eu cette merveille entre les mains et se résigner à l'offrir !

La question sembla la surprendre, puis elle eut un rire triste.

— Façon de parler. Cette voiture appartenait à mon ex-mari. Maintenant, elle est à moi.

Du plat de la paume, elle assena sur le capot une claque bien sentie. Cet exemple classique de transfert d'agressivité arracha à James une légère grimace.

— Vous ne semblez guère l'apprécier ?

— Disons que j'ai fait en sorte qu'il ait des regrets, au moment du divorce.

Elle croisa les bras sur la poitrine d'un air de défi. Quelle harpie ! pensa-t-il. Elle a dû complètement plumer le pauvre pigeon.

— Moi aussi, j'ai une ex-femme, dit-il, mais je ne lui aurais jamais laissé une voiture pareille.

Tiffany lui avait soutiré pas mal d'argent mais pour une voiture de rêve, il aurait fait l'effort de lutter. Comme il aurait lutté pour garder Molly si cela s'était avéré nécessaire. Mais Tiffany ne voulait pas de Molly. Elle ne pouvait pas assumer sa condition physique, le risque perpétuel de la perdre, les hôpitaux et les médecins...

L'ombre de sourire qui éclairait le visage de la jeune femme s'effaça, ses mains retombèrent à ses côtés.

— Je ne pensais pas l'obtenir, en fait, murmura-t-elle d'une voix lasse. Mais si un homme a suffisamment envie de sa liberté, il peut renoncer à tout. Y compris à son plus grand trésor.

Elle lança un coup de pied dans le pneu le plus proche.

— Je n'ai rien demandé d'autre. Pas de pension, rien. Juste cette voiture ridicule. Il fallait qu'il paie, au moins un peu.

La harpie venait de se transformer sous ses yeux en femme blessée. Son expérience lui dit qu'il s'agissait de tout autre chose que d'un simple échange, une voiture contre la liberté.

— Je suis désolé, dit-il.

Rachel leva un instant les yeux, puis se remit à contempler le gravier qu'elle frottait du bout de sa chaussure de toile.

— Pas moi. Il s'est bien amusé et il en a payé la note.

Elle pensait : en fait, il ne pouvait y avoir aucune compensation. Si Roman n'avait pas été autant aveuglé par sa dernière conquête, Daniel serait peut-être encore en vie.

— Si je comprends bien, il y a laissé sa voiture, mais pas sa chemise ? reprit l'indiscret.

— Non. Je voulais juste sa fichue décapotable. Juste taper là où ça ferait le plus mal.

— Rappelez-moi de ne jamais vous contrarier…

Il lui offrit un large sourire qui creusa une fossette dans sa joue et le rendit encore plus séduisant.

— Nous n'avions pas terminé les présentations, dit-il en lui tendant la main. Puisque nous allons être voisins pendant quinze jours, faisons une nouvelle tentative. Je m'appelle James McClain.

— Rachel Thompson.

— Heureux de vous rencontrer, Rachel.

Il serra brièvement sa main, la lâcha.

— Ma fille Molly a eu une greffe du cœur, cela fera un an en septembre. Et vous ?

Sa fille ? Une greffe du cœur ? Elle n'avait pas remarqué d'enfant à l'arrière de sa voiture, mais les vitres étaient teintées… Jusqu'à ce qu'il prononce ces paroles terribles, elle le prenait pour un célibataire, un collègue moniteur peut-être, envoyé comme elle dans le quartier des familles à la suite de problèmes d'organisation. Pas du tout ! Cet homme était ici avec l'un des miracles ambulants que l'on tenait tant à lui faire admirer ; un miracle né d'une tragédie comme la sienne.

— Rachel ?

Elle fit un effort pour lever les yeux et croisa son regard brun, rempli de chaleur et d'inquiétude.

— Euh, je… je suis ici pour observer, et pour prendre en charge les ateliers de travaux manuels.

— Vous n'avez pas d'enfants ?

Cette fois, il avait réussi son coup ! Ses yeux la piquaient, sa gorge se nouait. Luttant pour se contrôler, elle se pinça l'arête du nez et lâcha d'une voix distante :

— Je dois y aller. J'ai des ateliers à préparer.

Tournant les talons, elle se dirigea vers son chalet. Dans sa tête, la voix de son père aboyait la phrase qu'il avait répétée tout au long de son enfance. « Les bons petits soldats ne pleurent pas. »

Que James McClain aille au diable avec ses fossettes et sa belle gueule ! Il n'avait pas le droit de lui jeter au visage son enfant miracle et ses questions indiscrètes.

2.

Elle avait survécu à une malformation du cœur et à une greffe, mais elle finirait par mourir de honte. Son père était tellement nul, quelquefois ! Louchant avec énergie, elle lui tira la langue — dans son dos, car il emportait leurs plateaux-repas vides vers les chariots au fond de la salle à manger.

— Vue ! dit dans son dos une voix malicieuse à l'accent du Sud. Qu'est-ce qu'il t'a encore fait ?

Molly se retourna d'un bond.

— Cherish !

Jetant les bras autour de son amie, elle la serra de toutes ses forces.

— Tu es venue !

— Tu savais bien que j'arrivais aujourd'hui !

Cherish lui rendit son étreinte en riant et se laissa tomber sur le banc près d'elle. Molly protesta :

— Oui, mais tu avais ta biopsie la semaine dernière. Tu devais m'appeler.

Les sourcils froncés, elle examina le visage de son amie. Juste après sa greffe un an plus tôt, une réaction de rejet avait failli tuer Cherish.

— C'était comment ?

— Je suis là, non ? Des analyses impeccables comme les fesses d'un bébé. Enfin, un bébé pendant le bain.

Les deux filles pouffèrent.

— Tu es bien placée pour savoir, dit Molly. Ça fait quel effet d'avoir un bébé à la maison ?

— C'est bruyant, ça sent mauvais et c'est tout le temps mouillé, lâcha Cherish en fronçant le nez.

Puis, tirant Molly plus près, elle lui chuchota à l'oreille :

— Mais je peux te dire une chose : maintenant, ma mère a mieux à faire que de me surveiller tout le temps.

— Oh, j'aimerais tellement que papa soit dans le même cas !

— Tu ne m'as toujours pas dit pourquoi il t'énervait cette fois.

Molly se retourna à demi pour chercher son père des yeux. Il était de l'autre côté de la salle, en grande conversation avec une petite dame aux cheveux orange. Se retournant vers son amie, elle soupira :

— La routine habituelle. Mange sain, fais ta sieste, ne te fatigue pas trop, lave-toi les mains. Oh, et mon coup préféré : le *pchitt* désinfectant. Et les lingettes ! Je voudrais bien étrangler celui qui a inventé les lingettes désinfectantes. Quand on est arrivés tout à l'heure, papa a essuyé toute la table... et les bancs !

— Oh, la honte ! Même ma mère ne va pas jusque-là.

— Personne ne va jusque-là.

Fouillant la grande salle des yeux, Molly demanda :

— Où est ta mère ? Je veux voir le bébé.

— Dans notre chalet, elle le fait téter.

— Tu es venue toute seule ?

— Bien sûr. Je suis quand même capable de venir jusqu'à la salle à manger sans me perdre en route !

— Ça doit être bien, marmonna son amie.

— Oh, ton père se calmera un peu quand tu seras plus grande.

— Ouais, j'en doute. Ou alors, quand j'aurai trente ans.

Elle se tut, un peu coupable. Son père l'aimait, il faisait de son mieux pour la protéger et prendre soin d'elle. Il était toujours là quand elle avait besoin de lui, le seul problème était qu'il n'avait pas encore appris à lui laisser de l'espace. Si ça ne tenait qu'à lui, elle aurait encore des petites roulettes sur son vélo…

— Je vais lui demander si je peux aller dans votre chalet.

Sautant sur ses pieds, elle heurta de plein fouet une personne qui passait justement derrière elle.

— Attention !

Le contenu d'un grand verre de plastique jaillit, éclaboussant le joli chemisier rose de la dame.

— Excusez-moi !

Molly venait de la reconnaître : c'était la jeune femme aux cheveux blonds que son père regardait tout à l'heure. Elle était gentille : au lieu de la gronder, elle lui fit un petit sourire.

— On a eu de la chance. Tu as failli te retrouver avec mon dîner sur la tête.

— J'aurais dû regarder où j'allais.

— Pas de problème. Passe une bonne soirée.

Elle s'éloigna vers une table libre près des fenêtres.

Une stratégie se mettait déjà en place dans la cervelle fertile de Molly. Une petite amie, voilà qui occuperait son père ! De son côté, elle pourrait profiter un peu de ses vacances. De toute façon, il avait besoin de quelqu'un dans sa vie — ils avaient tous les deux besoin de quelqu'un.

Suite à des conversations surprises entre son père et sa grand-mère, elle savait que sa mère l'avait beaucoup déçu. Dans un endroit comme celui-ci, il trouverait peut-être une femme qui avait l'habitude des gosses aux cœurs greffés. La dame blonde peut-être ?

— Dis donc, à quoi est-ce que tu penses, toi ? demanda Cherish, soupçonneuse. Je sens que tu as une idée qui va nous causer des ennuis.

Molly approuva de la tête, enthousiaste.

— J'ai un plan, et tu vas m'aider. Je pense que papa aussi a besoin de s'intéresser à autre chose qu'à moi et je crois que la meilleure solution pour lui, c'est une copine.

Les deux filles gloussèrent, enchantées. Recourbant leurs petits doigts, elles les accrochèrent l'un à l'autre en jurant :

— Amies pour la vie !

Reculant dans l'ombre, Rachel s'adossa au tronc noueux d'un arbre. La plage de galets était illuminée par un magnifique feu de joie. Le bavardage des familles se mêlait aux craquements du feu, l'odeur de bois brûlé flottait dans l'air.

— Rebonjour. Enfin, bonsoir.

La petite fille de la salle à manger venait de se matérialiser devant elle ; elle lui tendait une brindille avec une masse bizarre au bout.

— Je vous ai apporté un marshmallow grillé pour m'excuser de vous avoir bousculée.

— C'est très gentil à toi, dit Rachel en se redressant, confuse. Tu es sûre que tu ne le veux pas pour toi ?

— Non, j'ai eu ma dose. J'ai fait celui-ci pour vous.

— Merci.

Les doigts de Rachel s'enfoncèrent dans le morceau collant, qui s'étira avant de se détacher du bout de bois. Courageusement, elle l'enfourna dans sa bouche.

— Mmm, c'est bon.

En fait, c'était carbonisé, immangeable, mais elle ne voulait pas vexer la petite. Elle avala, se força à sourire et renchérit :

— Je n'avais pas mangé de marshmallow grillé depuis longtemps.

Enchantée, la gamine lui sourit et demanda :

— Où sont vos enfants ?

Prise d'une subite quinte de toux, Rachel secoua la tête.

— Vous n'en avez pas ? insista la fillette.

Un jour, elle trouverait une réponse à cette question. Une réponse dans laquelle elle n'occulterait pas Daniel, sans étaler sa peine pour autant. Cette fois encore, elle choisit la solution de facilité.

— Non.

— Vous n'aimez pas les enfants ?

— Je suis institutrice !

Comme si c'était une garantie... Le sourire de la petite s'élargit encore.

— Cool ! Vous êtes mariée ?

— Non, s'écria-t-elle.

Puis, bien décidée à ramener la discussion sur un terrain plus sûr, elle demanda en souriant :

— Et toi ?

— Pas encore ! s'écria la gamine, amusée. Peut-être jamais si mon père continue à me couver. Au fait, c'est vrai, il doit être en train de me chercher.

Elle se retourna d'un bond, en faisant voler ses tresses.

— Il faut que j'y aille ! A bientôt !

Elle partit au galop et disparut dans la foule qui flânait autour du feu de joie.

Mignonne, pensa Rachel. Elle a dû venir avec un frère ou une sœur ayant subi une greffe. Délogeant une miette de marshmallow brûlé de ses dents, elle le cracha discrètement. Pourquoi les gosses se sentaient-ils obligés de mettre le feu aux marshmallows en les grillant ? Tout de même, c'était adorable de sa part de lui avoir apporté ça...

...comme la fois où Daniel avait décidé de lui préparer le petit déjeuner. Des céréales, du jus d'orange et du pain grillé. Ce pain grillé, elle en riait encore des semaines plus tard — quand il ne pouvait pas l'entendre, bien entendu. Brûlé au point de ressembler à une ardoise, le petit y avait empilé du beurre de cacahuètes, de la confiture, du miel et du fromage frais — pour couvrir le noir, comme il disait. Et elle avait tout dévoré stoïquement avec le sourire...

La souffrance familière déploya ses ailes ; elle se tassa sur elle-même, les yeux fermés, comptant les battements de son cœur, attendant la fin du spasme. Un affreux sifflement de larsen jaillit d'un haut-parleur, quelqu'un souffla dans un micro, scanda le traditionnel « un, deux, un... », suivi des tapotements habituels.

— Est-ce que ça marche ? Vous m'entendez ?

— Oui ! crièrent plusieurs voix.

— Bien, bien, reprit la voix amplifiée. Pour ceux à qui je n'ai pas encore eu l'occasion de souhaiter la bienvenue aujourd'hui, je suis Donald Luciano et je suis propriétaire de ce lieu avec ma femme Trudy.

La petite foule se mit à applaudir ; il leva la main pour demander le silence.

— Attendez ! Attendez la fin des quinze jours, on verra si vous avez toujours envie de m'applaudir.

— Mais si, Don, on t'adore ! cria une voix.

— La colo des Lucioles, c'est la meilleure ! brailla une voix d'enfant.

Don se mit à rire en caressant sa barbe hirsute.

— Je suis assez d'accord avec toi. Voilà, je voulais vous souhaiter à tous la bienvenue, et inaugurer officiellement ce séjour avec la cérémonie traditionnelle de la torche du souvenir.

Un murmure, un piétinement… l'assistance se rassemblait. Rachel sentit les cheveux se hérisser sur sa nuque. La torche du souvenir ? se demanda-t-elle, alarmée.

Trudy vint rejoindre son mari près de la petite sono, portant une longue torche autour de laquelle s'enroulait un motif en spirale multicolore. Don s'éclaircit la gorge avant de reprendre :

— Ceux d'entre vous qui sont déjà venus savent que c'est notre façon de nous souvenir de ceux que nous avons perdu. La majorité d'entre nous connaissent des personnes qui n'ont pas réussi à obtenir leur greffe, et qui sont morts en l'attendant.

S'approchant d'un pas, Trudy posa la main sur l'épaule de son mari ; ils échangèrent un regard rempli de tendresse et Rachel ressentit un élan de jalousie. Don tapota la main de sa femme avant d'enchaîner :

— C'est ce qui est arrivé à notre fils. Il était déjà adulte, mais c'est en souvenir de lui que nous avons créé cette colonie. Cette torche brûlera tout au long du séjour. Nous la dédions également à ceux qui en mourant ont donné à d'autres une seconde chance de vivre. Pour les donneurs, et pour leurs familles.

Rachel recula en trébuchant, se heurta à l'arbre et s'accrocha à l'écorce des deux mains. Là-bas, Trudy tendait la torche à son mari, qui la plongeait dans les flammes du feu de joie. Fermant les yeux, elle respira profondément l'air frais de la nuit, expira lentement. Machinalement, sa main vint pincer l'arête de son nez pour en chasser les picotements.

— Je ne sais pas ce que vous enfermez au fond de vous mais cela finira par vous ronger vivante.

La voix grave et douce s'élevait tout près d'elle. Sursautant comme si on venait de la prendre en faute, elle ouvrit les yeux, laissa retomber sa main.

— James...

Vite, elle repoussa le souvenir de Daniel dans un petit compartiment étanche de son cœur.

— Non seulement vous ouvrez mon capot mais vous cherchez à voir à l'intérieur de ma tête ?

Il souleva une épaule dans un geste d'impuissance.

— Je ne peux pas faire autrement.

— Et pourquoi donc ?

— Je suis psychologue, c'est un réflexe chez moi.

Il ne manquait plus que cela, un psychologue voulait s'immiscer dans son esprit. Un psychologue très séduisant se penchait sur son mal-être. D'ailleurs, elle ne voyait pas ce qui aurait pu l'intéresser chez elle par ailleurs ; le reste de sa personne n'attirait guère les hommes. Son ex disait toujours qu'il s'était laissé séduire par son intelligence — il l'avait pourtant quittée pour une femme dont la mesure du tour de poitrine dépassait largement celle de son Q.I. De toute façon, quand on considérait les bases de leur mariage…

Tu n'as pas envie de rencontrer quelqu'un, se dit-elle. Les hommes ne créent que des complications, et celui-ci a un enfant, une petite fille malade avec un cœur greffé. Tu imagines le potentiel de souffrance ? Tu ne trouves pas que tu as déjà eu ta part ?

— Rachel ? Vous allez bien ?

Elle sentit ses ongles crisser sur l'écorce de son arbre.

— Je vais bien. Merci.

Il se tenait si près qu'elle sentait sa lotion après-rasage, un parfum musqué très masculin qui s'accordait bien avec son visage aux traits énergiques, son jean et sa chemise au motif indien.

— Vous ne ressemblez pas à un psychologue, dit-elle distraitement.

— A quoi est-ce qu'un psychologue devrait ressembler d'après vous ? demanda-t-il en souriant.

— Eh bien, il y a deux écoles. Dans la première, ils sont plutôt guindés, avec complet, cravate et lunettes. Ceux-là ont passé leurs années d'études à faire courir des rats dans des labyrinthes ; aujourd'hui, ils restent assis derrière leur bureau avec des formulaires et ils murmurent « Aha ! » et « Je vois… » Ils aiment tester le Q.I. de leurs patients et établir des profils de personnalité.

— Et l'autre ?

— Oh, c'est la variété New Age avec de la barbe et du ventre, un peu comme Don ici présent. Ils brûlent de l'encens. Pendant leurs études, au lieu de mettre des rats dans des labyrinthes, ils les libéraient. Aujourd'hui, ils disent : « Et quel sentiment est-ce que cela évoque en vous ? » ou « Et vous, qu'en pensez-vous ? »

— Et vous basez ces stéréotypes sur...

— Je collabore avec quelques exemples de la première catégorie, à l'école où je travaille. Et j'ai croisé les autres, ici et là.

Et aucun des thérapeutes qu'elle avait vus — jamais de son propre chef, elle s'y rendait toujours sous la pression de son entourage — ne pouvait faire quoi que ce soit pour elle. Aucun d'entre eux ne comprenait qu'elle n'était tout simplement pas prête.

— Vous avez consulté un conseiller conjugal ? demanda-t-il en la regardant avec attention. Je ne cherche pas à être indiscret mais vous avez mentionné un ex, tout à l'heure...

— Plus ou moins.

Quelqu'un plaqua quelques accords sur une guitare. Profitant de cette distraction, elle se haussa sur la pointe des pieds pour regarder par-dessus son épaule. Don et quelques personnes participant au séjour accordaient leurs instruments, on allait sans doute chanter. Tant qu'il s'agitait de chansons entraînantes sur les joies et les mésaventures des colonies de vacances, elle se sentait capable de le supporter mais si cela devenait trop sentimental, elle rentrerait au chalet. Se retournant vers James, elle vit qu'il la fixait toujours.

— Quoi ? Pourquoi me regardez-vous de cette façon ?

— Vous avez quelque chose au coin de la bouche.

Il lui prit le menton et, du pouce, étira légèrement la commissure de sa bouche.

— Je ne sais pas ce que c'est, ça colle...

Ses mains tièdes la touchaient avec assurance, elle devinait leur force et leur délicatesse. Une mollesse langoureuse l'envahit et elle laissa échapper un petit rire nerveux.

— C'est mon offrande brûlée...

Il haussa les sourcils d'un air interrogateur puis, essuyant de nouveau sa lèvre, marmonna :

— Je n'arrive pas à le retirer. Il faudra autre chose... Désolé.

La main qui tenait son menton retomba ; elle passa la langue plusieurs fois sur ses lèvres, gratta la commissure du bout de l'ongle.

— Et maintenant ?

Hypnotisé, il contemplait sa bouche. Quand elle l'interrogea, il sembla se secouer et répondit très vite :

— Euh... oui, il n'y a plus rien.

— Merci. Je ne voudrais pas me promener toute la soirée avec de la guimauve sur la figure.

— Papa ?

Au son de la voix de Molly, James s'écarta brusquement de Rachel et se retourna en demandant :

— Oui, Tigresse ?

— Je me demandais juste où tu étais...

La culpabilité l'envahit.

— Oh, Molly, je suis désolé. Je croyais que tu étais avec Cherish et sa famille.

— Oui, mais ils rentrent à leur chalet. Le bébé commence à s'énerver et sa mère dit qu'elle ne veut pas le nourrir devant tout le monde. A qui est-ce que tu parles ?

— Oh... à notre voisine. Molly, voici Rachel. Rachel, ma fille Molly.

Rachel resta bouche bée.

— C'est... votre fille ?

— Oui.
— On s'est déjà rencontrées, papa. Je l'ai bousculée pendant le dîner.
Surpris, James les regarda tour à tour.
— Bousculée ?
— Euh, oui, avoua Molly.
— C'était sans gravité, dit Rachel. Et elle s'est excusée très gentiment.
Puis, s'écartant de l'arbre, elle dit d'un ton léger :
— Je vais rentrer, moi aussi. J'ai une grosse journée demain.
— Ne vous sauvez pas, dit-il sans réfléchir. Nous vous accompagnons.
Elle ne répondit rien et ils se mirent en marche côte à côte, Molly courant devant. Au bout de quelques pas, elle se pencha un peu vers lui et murmura :
— Je croyais que vous aviez dit que votre fille avait eu une greffe du cœur ?
— Oui ! s'écria Molly, qui entendait tout ce qu'ils disaient. Vous voulez voir ma cicatrice ?
— Non !
Les yeux de Rachel s'écarquillèrent ; à la lumière de la lune, il y lut une véritable panique. Elle trébucha et, quand il tendit la main pour la soutenir, elle leva la paume comme pour l'empêcher d'approcher.
— Je... je dois vraiment y aller, balbutia-t-elle.
Et elle les planta là.
— Houps ! Désolée, papa.
La main de sa fille se glissa dans la sienne. La serrant tendrement, il se pencha pour poser un baiser sur sa tête.
— Pas de problème, Tigresse. Certaines personnes ont du mal avec ce genre de choses.

Comme ta mère, pensait-il. La déception qu'il ressentait le surprenait lui-même. Secouant la tête comme pour chasser cette pensée, il reprit :

— Je t'ai déjà dit de ne pas chercher à faire admirer ta cicatrice à tout le monde. Je suis content qu'elle ne te dérange pas mais il faut penser aux réactions des autres. Un peu de pudeur, ce ne serait pas mal non plus.

— Tu retires bien ta chemise dehors, toi.

— Je ne suis pas une fille.

— Et alors ? Ce n'est pas comme si j'avais des…

— Stop ! Viens, il est largement l'heure de te coucher.

Bordant la couette fleurie autour de sa fille, il s'assit près d'elle en faisant grincer le lit de rotin.

— Dix minutes de lecture, pas plus, dit-il. Il est déjà tard et tu auras beaucoup d'activités demain.

— Dac, p'pa.

Elle enroula une mèche de ses cheveux autour de son doigt et demanda :

— Tu crois que Rachel me déteste, maintenant ?

— Non, bien sûr que non ! Je crois que tu l'as juste surprise.

En fait, c'était plutôt lui qui était surpris par la réaction de Rachel. Par deux fois, confrontée à la situation de sa fille, elle s'était enfuie.

— J'aime mieux ça, soupira Molly. Tu la trouves jolie, toi ? Moi, oui. J'aimerais avoir des cheveux comme elle au lieu de cette tignasse rousse.

— Tes cheveux ne sont pas roux, ils sont auburn. Avec quelques reflets feu.

Tendrement, il passa la main sur leur masse ondulée.

— Moi, j'aime beaucoup cette couleur. Un jour, tu briseras le cœur de tous les garçons et je devrai les tenir à distance avec une batte de base-ball.

— C'est ça ! Avec mes taches de rousseur ? Et puis, je ne veux briser le cœur de personne, moi. Maman a brisé le tien et il n'est pas encore réparé. Je la déteste. C'est dommage que le Dr Nelinski n'ait pas pu te donner un cœur tout neuf, à toi aussi.

Cette fureur dans sa voix ! Troublé, il demanda :

— Eh bien ! D'où ça sort, tout ça ?

La bouche de Molly se pinça, elle évita son regard et ne répondit pas.

Il insista :

— Ça vient bien de quelque part. Tu peux en parler, tu sais ? Tu as le droit d'exprimer ce que tu ressens.

— C'est... oh, laisse tomber. Pourquoi tu ne sors pas avec des femmes, comme les autres pères divorcés ?

— Je ne pense pas que ce que je fais dans ce domaine te regarde vraiment, Tigresse.

— Mais pourquoi pas ? La mère de Cherish a rencontré Nolan et maintenant, ils forment une vraie famille.

— Ah, je vois !

Se penchant en avant, il toucha du bout de l'index son petit nez impertinent.

— Je ne sors avec personne, ma douce, parce que tu es une fille très spéciale, et qu'il faudrait que je trouve une dame très, très spéciale pour qu'elle nous mérite. Les deuxièmes chances, ça ne se trouve pas sous le sabot d'un cheval.

— Moi, j'ai bien eu un cœur de la deuxième chance.

Il laissa sa paume reposer sur son épaule frêle et une immense tendresse le souleva en percevant les battements réguliers de son cœur.

— Oui, murmura-t-il. Dieu merci. Et c'est la seule deuxième chance qui compte.

Posant les lèvres sur son front, il l'embrassa, vérifiant machinalement sa température.

— Je t'aime, Insubmersible.

Elle poussa un gémissement à fendre l'âme.

— Je t'aime aussi mais je déteste ce surnom !

— Je sais. C'est le privilège des pères de donner à leurs filles un surnom qu'elles détestent. Je compte sur toi pour que tu éteignes ta lampe à 10 heures précises.

Le lit grinça de nouveau quand il se leva pour aller dans sa propre chambre. Là, il resta debout quelques instants sur le seuil, contemplant la silhouette des meubles dans la pénombre. Le store à demi baissé tapotait contre la fenêtre au gré d'une brise fraîche. Perdu dans ses pensées, il appuya sur l'interrupteur et l'ampoule lança un éclair avant de claquer. Marmonnant un juron, il se dirigea avec précaution vers la table de chevet, espérant avoir plus de chance avec la petite lampe. D'où il se trouvait, il voyait par la fenêtre ; il s'arrêta en voyant le halo jaune à la fenêtre du chalet voisin.

— Rachel Thompson, murmura-t-il. Qu'est-ce qui a bien pu lui arriver ?

Il se souvint de la lueur de souffrance dans son regard — cette souffrance qu'elle cherchait si obstinément à camoufler. Tout à l'heure, elle s'était éloignée de lui à grands pas, comme on s'enfuit... Il se força à interrompre le cours de ses pensées. C'était bien la dernière chose dont il avait besoin ! Se laisser distraire par une présence de femme. Ces vacances étaient pour Molly, elle passerait en premier, comme toujours. Lui-même pouvait attendre. Il avait bien attendu jusqu'ici.

A côté, la lumière s'éteignit.

3.

— Je suis coincée !

L'exclamation fit sursauter Rachel qui se redressa, lâchant du même coup les cure-pipes en forme d'antennes qu'elle était en train de coller sur le costume de coccinelle géante d'un garçon nommé Sean.

— Rachel ! lança Molly en agitant la main. Viens vite ! Ma copine ne peut plus se décoller !

Rachel se hâta vers les deux amies, pensant malgré elle : mon premier jour de travail et déjà, cela tourne mal. La malédiction des lundis…

— Se décoller, mais comment… ?

Ils n'utilisaient que de la colle blanche, jamais encore elle n'avait vu d'enfant qui ne parvienne pas à s'en dépêtrer !

— Aïe ! Molly, arrête !

En contournant leur table, Rachel prit la mesure de la situation. Le bras de la fillette était passé entre les barreaux de la vieille chaise de bois, qui le bloquaient juste au-dessus du coude.

— Comment as-tu fait pour te fourrer là-dedans ?

— Je ne sais pas mais je n'arrive plus à ressortir ! Aïe !

— Bon, voyons ça.

Prenant l'épaule de l'enfant, elle la poussa en avant, sans brutalité mais fermement. Espérant distraire la gamine, elle demanda :

— Comment t'appelles-tu ma grande ?

— Cherish ! Ouille ! Arrêtez !

— Eh bien, Cherish, tu ne fais pas les choses à moitié, dis-moi…

Le reste du groupe des 8-10 ans se rassembla autour d'eux dans un brouhaha de commentaires.

— Il faudrait peut-être lui couper le bras, dit l'un des garçons.

Le visage de Cherish pâlit et Rachel foudroya le petit du regard.

— Personne ne va te couper le bras. On coupera peut-être la chaise, mais sûrement pas toi.

— Je vous en prie, sortez-moi de là. Ça fait vraiment mal.

Le souffle de la petite se précipitait. Les commentaires fusaient :

— J'ai entendu parler d'un type qui s'est fait prendre dans un piège à ours. Pour en sortir, il a dû se couper la jambe, seulement il n'a pas coupé la bonne et…

Cherish laissa échapper un gémissement. Rachel se tourna vers les autres enfants.

— Ça suffit ! Retournez à vos places tout de suite !

Impressionnés, ils se hâtèrent d'obéir. Une fois de plus, elle tenta de dégager la petite, qui eut un hoquet et se saisit la poitrine.

— Oh, j'ai horreur de ça, gémit-elle.

Rachel eut l'impression que son cœur s'arrêtait de battre. Se tournant vers Molly, qui serrait la main de son amie, elle demanda :

— Cherish est comme toi ? Elle a reçu une greffe ?

Molly hocha la tête.
— Elle a eu son cœur quelques mois avant moi.
La panique la gagna. Elle se trouvait devant une enfant cardiaque, coincée dans une position inconfortable, la main crispée sur sa poitrine...
— Molly, va me chercher le savon liquide sur l'évier.
La petite fila au galop et elle se retourna vers les autres.
— Sean, je veux que tu coures à l'infirmerie pour chercher le médecin. Fonce.
Le garçon se précipita vers la porte. S'agenouillant, Rachel caressa le bras coincé de Cherish.
— Toi, il faut te calmer. Je vais te sortir de là. Tout va se passer comme sur des roulettes.
Pourvu que ce soit vrai ! pria-t-elle...
— Voilà le savon, dit Molly en le lui fourrant dans les mains. Qu'est-ce que tu vas faire ?
— Je vais dégager le bras de ta copine.
Etalant un peu de liquide visqueux sur le bras de Cherish, elle demanda :
— Comment ça va, ma jolie ?
La gamine ouvrit les yeux.
— Ça peut aller. Tu penses que ça va marcher ?
— Bien sûr que oui. Pas de problème.
Par mesure de sécurité, elle actionna encore deux ou trois fois la pompe.
— Ces dames ont besoin de moi ? dit une voix douce à l'accent chantant
Le Dr Santebe venait d'entrer dans la pièce. Avec un soulagement énorme, Rachel leva les yeux vers son visage au sourire rassurant. Il vint les rejoindre, repoussant le matériel épars sur la table pour s'y adosser, et se pencha pour passer le doigt sur la joue de Cherish.

— Je pense pouvoir sortir son bras mais il semble qu'elle ait une douleur dans la poitrine, marmonna Rachel.

— Une douleur ? demanda-t-il à la petite.

Cherish haussa les épaules, puis fit la grimace.

— Ouille. Oui, mon cœur battait un peu vite, c'est tout. J'ai paniqué.

— O.K. Cherish. Tu permets que j'écoute ce qui se passe ?

Gravement, elle hocha la tête. Le médecin prit son stéthoscope et se pencha, attentif. Voyant la petite entièrement concentrée sur ce qu'il était en train de faire, Rachel saisit doucement son bras coincé d'une main, son épaule maigre de l'autre et la dégagea d'une poussée brusque.

— Ouais ! hurla Molly. Tu as réussi !

Rachel leva les yeux vers le médecin qui répondit à sa question muette d'un signe de tête approbateur.

— Elle va bien. Bon travail.

Prenant la main de Cherish, il examina la plaque rouge et éraflée marquant la peau de son bras.

— Nous allons rincer le savon et mettre de la glace sur ce bobo, dit-il gravement. Viens, allons ensemble à l'infirmerie.

Avec une courtoisie un peu cérémonieuse, il aida la petite à se lever. De son côté, Rachel dut faire un gros effort pour se remettre sur pied.

— Que s'est-il passé, dans sa poitrine ? demanda-t-elle.

— Lors d'une greffe, les nerfs qui régulent l'activité d'un organe sont coupés. Lorsqu'un patient au cœur greffé est sous le coup d'une excitation quelconque, ou fait de l'exercice, son cœur ne sait pas qu'il doit accélérer. Parfois, il éprouve une sensation assez inconfortable quand les battements changent brusquement de rythme.

— Alors tout va bien, vous en êtes sûr ?

Une cloche sonna, annonçant le déjeuner. Sautant sur leurs pieds, les gosses se précipitèrent vers la porte, où quelques parents les attendaient déjà.

— Une seconde ! Rangez votre matériel, nettoyez vos places avant de partir ! cria Rachel par-dessus le vacarme.

Puis elle se tourna vers le médecin. Souriant, il lui pressa la main.

— Elle va parfaitement bien. Le savon était une bonne idée, je m'en souviendrai. Viens, Cherish. Nous allons chercher de la glace pour ton bras.

Molly les accompagna jusqu'à la porte, puis revint aider au nettoyage. Adossée contre la table, Rachel se couvrit le visage de ses mains tremblantes. L'adrénaline refluait déjà, elle avait les jambes en coton. Elle fit quelques respirations profondes pour tenter de se reprendre.

— Alors, il paraît qu'il y a eu du sport ?

Laissant retomber ses mains, elle vit James, planté devant elle.

— Un peu, oui.

Au fond de la salle, Molly et quelques autres enfants rangeaient les projets terminés sur les tables de séchage et achevaient d'essuyer les places où des enfants avaient travaillé. Plusieurs parents les aidaient.

— Comment faites-vous ? demanda-t-elle.

— Comment est-ce que je fais quoi ?

— Comment pouvez-vous vivre en sachant que vous pouvez la perdre à tout moment ?

Ses sourcils se froncèrent, sa bouche se crispa.

— D'abord, dit-il très bras, ne parlez plus jamais de cela en présence de ma fille.

Il jeta un bref regard par-dessus son épaule avant de se retourner vers elle.

— Deuxièmement, ne dites pas n'importe quoi quand vous n'avez pas la moindre notion de ce que cela signifie.

— Je... Je suis désolée. C'est juste...

— Et pas d'excuses. Des pensées positives, des paroles positives, un jugement positif. Je vous demande très sérieusement de ne montrer aucun pessimisme en présence de Molly.

Tournant les talons, il la planta là.

— J'ai quelques notions..., chuchota-t-elle.

Oh, lorsque son fils était encore là, elle n'avait pas la moindre idée de ce dont il s'agissait, effectivement ! Prudente, consciente des petits dangers du quotidien, elle n'avait jamais envisagé un seul instant qu'il puisse lui être retiré. Mais maintenant, elle savait que tout peut basculer en un instant...

La salle à manger bondée était remplie d'un brouhaha joyeux, fait de bavardages et du tintement des ustensiles sur les plats. Rachel s'immobilisa sur le seuil, hésitante. Depuis l'incident avec Cherish, une vague diffuse la tourmentait et l'odeur des hamburgers et du poulet au gril ne faisaient rien pour l'apaiser.

— Rachel, Rachel !

Comme une tornade rousse, Molly fondit sur elle. D'instinct, elle jeta un coup d'œil vers la porte, prête à s'échapper. Une autre tête se tourna vers elle : Trudy Luciano, vigilante sous son bandeau multicolore

Molly la percuta de plein fouet, noua les bras autour de sa taille et la serra de toutes ses forces.

— Merci ! Tu as été géniale !

Elle subit l'assaut avec raideur, se souvint que Trudy la fixait toujours et se força à tapoter gentiment le dos de la gamine. C'était devenu difficile pour elle d'accueillir les démonstrations d'affection des enfants — d'autant plus qu'à voir le regard qu'il lui lançait de sa table, le père de celle-ci lui en voulait toujours. Et voilà que Trudy se dirigeait vers elle. Ah, les joies de la colo... ! Il ne manquait plus que quelques piqûres de frelons pour que sa journée soit parfaite.

Elle dut faire un effort pour se souvenir que le maintien à son poste dépendait de son attitude ici. Jerry ne pourrait la couvrir éternellement face à ses supérieurs, elle tenait là sa dernière chance de faire bonne impression. Elle devait obtenir un rapport favorable des directeurs de cette colonie.

— Viens manger avec nous, Rachel, suppliait Molly. Il y a une place à notre table. Cherish est revenue de l'infirmerie et tu pourras rencontrer ses parents.

— Merci, Molly, tu es gentille, mais je ne...

— J'ai appris ce qui s'est passé tout à l'heure, lança Trudy avec un grand sourire en s'arrêtant devant elles. Excellent réflexe ! Et je trouve que c'est une très bonne idée de déjeuner avec cette petite.

Médusée, Rachel la regarda remonter sur son front le bandeau dont les couleurs juraient si affreusement avec ses cheveux orange.

— La magie des Lucioles commence peut-être à opérer !

Préférant ne pas répondre, Rachel se força à sourire en se dégageant des bras de Molly.

— J'arrive, lui dit-elle gaiement en tirant un petit coup sur sa queue-de-cheval. Vas-y, je te rejoins tout de suite.

La gamine lui lança un charmant sourire auquel il manquait une dent et repartit au galop. Trudy secoua la tête avec un brin de tristesse.

— Quel dommage…

— Quoi donc ?

— Qu'une petite fille aussi craquante n'ait pas de maman.

Ses yeux verts toujours fixés sur l'enfant, elle ajouta :

— Et dire que le papa est si séduisant !

Son regard inquisiteur revint se poser sur Rachel, qui bredouilla :

— Il est agréable à regarder…

Le visage de Trudy s'illumina et elle lui tapota l'épaule avant de s'éloigner.

Quelques minutes plus tard, portant une salade et un verre de thé glacé sur un plateau, Rachel se présenta devant la table, espérant que personne ne remarquerait le tremblement de ses mains. L'unique place libre se trouvait auprès de James. En face de lui, une petite femme brune berçait un bébé qui pleurnichait tandis qu'un homme blond, très mince, tentait de glisser une tétine dans sa bouche.

— J'espère… Enfin, Molly m'a invitée à me joindre à vous…

James avait senti sa présence ; quand il se décida à lever les yeux, il lut sur son visage une telle appréhension que sa propre tension fondit dans un élan de compassion. Il serra les dents, cherchant à se raccrocher à sa colère, se refusant à l'accueillir trop aimablement. En la voyant aussi bouleversée après la mésaventure de Cherish, il avait eu très envie de la prendre dans ses bras... jusqu'à ce qu'elle fasse son petit commentaire au sujet de Molly. Autrefois, Tiffany disait la même chose...

Perdu dans ses pensées, il la fixa sans répondre et eut l'impression qu'elle se décomposait sous ses yeux. Quand la vibration du plateau entre ses mains devint perceptible, il soupira, vaincu. A quoi bon faire une scène devant tout le monde ? Il glissa le long du banc pour lui faire une place.

— Installez-vous, dit-il avec un geste bref.

Molly et Cherish chuchotèrent et se mirent à glousser. Molly sauta sur ses pieds.

— On va chercher un dessert. On revient tout de suite.

— Des fruits, lui rappela-t-il. Pas de sucreries. Tu as mangé assez de marshmallows hier soir pour te transformer en bonhomme de guimauve.

Molly leva les yeux au ciel.

— Oh, papa, quel humour !

Ce fut au tour des adultes de se mettre à rire. Les filles s'éloignèrent, le bébé se mit à hurler à pleins poumons. Elevant la voix pour se faire entendre, l'homme blond demanda :

— Tu nous présentes ?

— Oui, désolé. Rachel Thompson. Nolan et Michelle Driscoll, les parents de Cherish.

— Contente de vous connaître. C'était une bonne idée de penser au savon pour dégager Cherish.

Rageur, le bébé hurla de plus belle. La jeune femme se remit sur pied, expliquant hâtivement :

— Excusez-moi, je dois absolument nourrir Tyler...

— Je viens avec toi, chérie, dit son mari en sautant sur ses pieds. James gardera un œil sur Cherish.

Puis, à l'oreille de son ami :

— Assure-toi que la petite arrive à l'heure à sa prochaine activité, tu veux ? Le bébé doit faire la sieste après la tétée, ce sera l'heure de la récré pour ses parents !

Se redressant, il lui lança un clin d'œil et rattrapa sa femme qui se dirigeait déjà vers la porte.

— J'ai un réel talent pour faire fuir les gens, murmura Rachel.

— On dirait, oui.

Ses yeux bleus s'arrondirent ; saisissant son plateau, elle se leva brusquement.

— Je n'aurais pas dû venir ici. Je vais trouver une autre place.

— Asseyez-vous et mangez. Il ne reste plus beaucoup de temps avant la reprise des activités.

Lui prenant son plateau des mains, il le reposa sur la table et ajouta :

— D'ailleurs, il n'y a pas grand-chose à manger là-dessus. Ce n'est pas étonnant que vous soyez aussi mince.

— Vous avez aussi un diplôme de nutritionniste ?

— Non, mais j'ai appris ce qu'il faut manger pour être en bonne santé.

— A cause de Molly ?

— Non, à cause de ma grand-mère. Elle s'entraîne pour les jeux Olympiques.

La fourchette de Rachel resta en suspens.

— Vous êtes terriblement sarcastique pour un psychologue, observa-t-elle. A moins que je ne fasse ressortir votre mauvais côté ?

— Ça doit être ça.

Elle posa sa fourchette.

— Ecoutez, James, je suis réellement désolée de vous avoir heurté tout à l'heure. Je n'avais aucune intention de le faire. Je sortais juste d'un moment de panique et j'ai...

— Vous avez dit la première chose qui vous est venue à l'esprit, soupira-t-il.

Cette femme portait un fardeau de souffrance dont il ne savait rien. Il n'avait pas le monopole de la douleur, rien ne l'autorisait à se comporter comme il le faisait. Si elle avait répété les paroles de Tiffany, ce n'était pas délibéré ! Il s'éclaircit la gorge.

— Je suis allé trop loin, moi aussi. Je n'y peux rien, je déteste que Molly entende des propos négatifs. C'est déjà assez dur pour elle, je ne veux pas qu'on la charge davantage.

— A la voir, on croirait qu'elle n'a jamais eu le moindre souci de santé. D'ailleurs, j'avoue que je suis incapable de distinguer les enfants ayant reçu une greffe de leurs frères et sœurs.

— C'est ce que nous aimons entendre, nous autres, les parents. Je peux vous assurer que si vous aviez vu la majorité d'entre eux avant leur greffe, vous ne les reconnaîtriez pas.

— Molly était très différente ? Si ce n'est pas indiscret...

—Vous ne pouvez pas imaginer à quel point.

Il termina son verre d'un trait pour éviter d'avoir à en dire davantage, et repoussa l'image qui s'imposait à lui de sa petite fille telle qu'elle était alors, pâle et triste, trop fatiguée pour jouer.

— Elle a toujours été malade ? Je veux dire : qu'est-ce qui fait qu'un enfant a besoin d'un nouveau cœur ?

— Dans son cas, c'était une malformation congénitale. Elle a eu plusieurs opérations mais en fin de compte, la seule solution était la greffe.

Sans bouger un muscle, son visage devint livide ; son regard était rivé sur le fragment de laitue qu'elle promenait du bout de sa fourchette d'un bord à l'autre de son assiette.

— Rachel ?

Elle leva un instant les yeux, les fixa de nouveau sur son plateau. Il eut juste le temps de voir qu'ils brillaient de larmes. Tendant la main, il la posa sur la sienne.

— Qu'est-ce qui vous arrive ? Parfois, le fait de parler allège le fardeau. Je peux vous assurer que j'ai à peu près tout entendu dans mon cabinet…

— Papa ! Papa, devine quoi !

Molly et Cherish se ruaient vers la table ; James se hâta de retirer sa main.

— Oh, non, où sont passés maman et Nolan ? gémit Cherish.

— Pourquoi, il y a un problème ?

— Je les ai inscrits pour la course à trois pattes et ils ne sont plus là. Il y aura des prix pour les gagnants !

— Ils seront très déçus d'avoir manqué ça, murmura Rachel en cachant un pâle sourire derrière son morceau de pain.

— Très déçus, renchérit gravement James.

A son avis, Nolan prévoyait un autre genre d'événement sportif avec sa femme ! Un bref élan de nostalgie le traversa.

— Mais bon, ce n'est pas grave, annonça Molly, parce qu'il y a une autre nouvelle.

— Ah ? demanda-t-il avec méfiance.

— Je t'ai inscrit aussi.

— Molly ! Et avec qui est-ce que je suis censé courir ?

Les yeux noisette brillèrent de malice.

— Avec Rachel, bien sûr !

— C'est ridicule, marmonna James en nouant leurs chevilles ensemble avec un chiffon fourni par Trudy, au comble de l'enthousiasme.

Prenant une autre bande d'étoffe, il la passa derrière leurs genoux, en s'efforçant d'ignorer la douceur de la peau de Rachel contre la sienne.

— Mmm, fit-elle.

Il crut d'abord qu'elle exprimait son accord, mais elle le surprit en disant :

— Votre petite fille avait l'air si contente de son idée. Et ça fait très longtemps que je n'ai pas fait quelque chose... d'amusant.

Il leva les yeux, juste à temps pour capter un éclair fugitif de chagrin au fond de son regard.

— Et pourquoi cela ? demanda-t-il avec douceur.

— Je suppose que je n'avais pas le cœur à ça, ces derniers temps.

— Pour une raison particulière ?

Elle se pencha pour ajuster la bande qui enserrait leurs genoux. Manifestement, quel que soit le problème, elle n'avait pas envie d'en parler. Son divorce peut-être ? Il savait trop bien que cette expérience pouvait vous ôter toute envie de rire pendant un certain temps.

— Trop serré ? demanda-t-il en relâchant un peu la bande. C'est mieux comme ça ?

Elle approuva de la tête, il refit le nœud et proposa :

— Venez, on va s'exercer un peu.

Après quelques faux départs, ils réussirent à rejoindre la ligne de départ. Au premier rang du public, Molly et Cherish agitaient énergiquement la main ; James leur répondit d'un signe. A l'autre bout du terrain, Trudy Luciano et une monitrice tenaient les extrémités du ruban jaune marquant la ligne d'arrivée. Don leva un mégaphone à ses lèvres.

— Bon, les coureurs, écoutez bien. Dès que vous entendrez le signal, vous pourrez démarrer. Il y aura un prix spécial pour les vainqueurs. A vos marques, prêt...

Le mégaphone émit un bruit de sirène et la course commença.

— La jambe libre d'abord, rappela James.

Ils se mirent à tituber en cadence. Dans sa tête, elle scandait : une, deux, une, deux. Le vent ramenait ses cheveux dans son visage, brouillant sa vision.

— Vas-y, papa ! hurla Molly. Tu es le plus fort !

L'excitation de la petite fille toucha quelque chose au fond de son cœur. Il ne fallait pas trahir cette foi en son père.

— Allez, James ! Plus vite ! cria-t-elle.

Il passa le bras autour de sa taille, la souleva presque ; dans une charge furieuse, ils dépassèrent les autres concurrents et franchirent la ligne d'arrivée, emportant le ruban jaune. Rachel trébucha et ils s'effondrèrent l'un sur l'autre. Elle tourna la tête, vit qu'il souriait et se mit à rire.

— La fin manquait de style mais on a réussi !

— Nous sommes les meilleurs !

— Papa ! Tu t'es fait mal ? s'écria Molly en se précipitant.

— Non, Tigresse, tout va bien. Je ne sais pas du tout comment nous allons faire pour nous remettre debout, nous sommes parfaitement ridicules, mais tout va très bien.

Un grand rire éclata au-dessus d'eux.

— J'ai de quoi régler le problème. Ne bougez pas, je vais couper les liens.

La bande se resserra un instant, puis Don la trancha proprement avec son couteau de poche. Dès qu'ils furent libres, ils roulèrent chacun de leur côté. James tendit la main à Rachel, l'aida à se relever ; tout autour d'eux, Cherish, Molly et d'autres gosses de l'atelier de Rachel trépignaient de joie en braillant des félicitations.

— Bravo ! s'écria Don en appliquant une claque bien sentie sur l'épaule de James.

Puis, soulevant son mégaphone, il déclencha de nouveau un bref coup de sirène. Ayant obtenu le silence, il lança :

— J'ai le plaisir de vous présenter nos grands vainqueurs, James et Rachel, qui viennent de gagner un romantique dîner en tête à tête au restaurant italien Giordano !

Rachel entendit à peine les applaudissements de l'assistance. *Un dîner romantique...*

— Mais nous ne sommes pas un couple, protesta-t-elle, nous avons juste fait la course ensemble...

— C'est méga cool, papa, criait Molly en même temps. Un rendez-vous !

Elle claqua de la paume dans la paume de Cherish et les deux filles gloussèrent frénétiquement.

Un rendez-vous ? Près d'elle, James s'était figé.

Dans ses yeux, elle reconnut la lueur d'appréhension — d'horreur même — qu'elle lisait habituellement dans le regard des petits garçons de sa classe quand ils étaient convoqués chez le directeur.

4.

— C'est trop génial, glissa Molly à Cherish le mardi matin, pendant la séance de travaux manuels.

— Je n'en suis pas si sûre. Tu as vu leurs têtes ? Ils n'avaient pas l'air très contents quand ils ont su ce qu'ils avaient gagné. Et tu as vu comment Rachel a disparu, tout de suite après ?

Cherish se pencha pour attraper le flacon de colle. Son amie protesta :

— Mais non ! Elle devait juste aller faire sa séance de travaux manuels avec les petits !

— Mais je ne l'ai pas vue au dîner, ni aux activités du soir.

— Moi non plus, admit Molly en fixant une crinière de laine à sa marionnette. Alors, qu'est-ce qu'on peut faire d'autre pour que mon père la remarque ?

— Il faudrait le pousser à accepter ce dîner...

— Je vais essayer.

— Dis-lui qu'elle sera déçue, sinon. Nolan déteste quand maman est déçue.

Cherish repoussa ses cheveux en arrière, les glissant derrière son oreille. Une minuscule pierre rose scintilla ; Molly poussa un soupir d'envie.

— Dis-moi encore comment tu as convaincu ta mère de te faire percer les oreilles ?

Chérish lui lança un sourire.

— Je lui ai fait promettre que si ma biopsie était bonne, elle poserait la question au Dr Nelinski. Il a répondu que tant que je faisais très attention à bien les désinfecter tous les jours, il n'y aurait pas de problème.

Molly posa le menton sur sa main, découragée.

— Papa ne voudra jamais…

Désœuvrée, elle regarda Rachel qui, deux tables plus loin, aidait une autre fille à découper une trompe pour son éléphant.

— Tu crois qu'elle lui plaît un peu ? chuchota-t-elle.

Si Rachel ne plaisait pas du tout à son père, il faudrait trouver une autre dame pour lui occuper l'esprit. Seulement, il n'y avait guère de femmes seules ici — et puis, elle aimait bien Rachel.

Cherish se mit à rire.

— Tu n'as pas vu la façon dont il la regardait hier, juste avant la course ? Oh, oui, elle lui plaît.

— Chut ! La voilà.

Molly leva la tête en souriant innocemment. Rachel venait de s'arrêter devant leur table.

— Comment ça se passe ici ? J'espère que personne ne s'emberlificote avec les meubles ?

— Pas tous les jours quand même, s'exclama Molly. Tu veux bien déjeuner encore avec nous ?

— Oh, je ne sais pas. Je dois…

— Rachel ! Ton sac est en train de sonner ! cria Sean de l'autre côté de la salle.

— Merci !

Avec un sourire d'excuse, elle s'éloigna en hâte de la fille de James. Sauvée par le gong !

Quelques minutes plus tard, le coup de fil en question lui faisait déjà beaucoup moins plaisir. Son directeur bavardait pour ne rien dire et elle sentait clairement sa nervosité.

— Bon, d'accord, Jerry, coupa-t-elle. Maintenant, dis-moi la vraie raison de ton appel.

Rapidement, elle parcourut la salle du regard — aucun problème en vue. Agitant le doigt, elle lança :

— Jamie, éloigne ces ciseaux de tes cheveux et remets-toi à ton projet. Tu es bien trop grande pour ce genre de bêtise.

— Tu es occupée, dit la voix à son oreille. Je te rappellerai.

— Oh, non, ça ne marche pas avec moi, ça. Si tu voulais juste savoir comment je me débrouille, tu n'avais qu'à t'adresser à ton amie Trudy. Allez, dis-moi tout.

— J'ai eu une réunion avec le conseiller pédagogique ce matin. Il tenait à savoir ce que tu devenais. Il demandait si tu étais en progrès, si tu parvenais à gérer tes...

Il s'éclaircit la gorge et reprit avec moins d'assurance :

— Tes difficultés émotionnelles, pour reprendre ses terme exacts.

Rachel tourna les talons et quitta la salle. L'air frais lui fit du bien, ainsi que la baisse du niveau sonore. Appuyée contre le mur extérieur, elle chercha à lutter contre le découragement qui l'envahissait. Son fils était mort et le conseiller pédagogique parlait de difficultés émotionnelles ! Effectivement, c'était difficile sur le plan des émotions.

— Et tu lui as répondu... ?

— Je lui ai dit que tu y travaillais, Rachel, dit Jerry avec douceur. Comment est-ce que ça se passe, ma grande ?

— Ça se passe… on ne peut mieux, Jerry.

Comment cela pouvait-il se passer, à son avis ? Elle était entourée de gosses qui avaient eu la vie sauve grâce à des greffes, des gosses qui avaient survécu. Le sien n'avait pas survécu.

— Ne me fais pas ce coup-là. Je me fais du souci pour toi, tu le sais bien.

Elle passa la main sur son front et se retourna pour jeter un coup d'œil par la porte vitrée. Personne n'essayait de passer à travers les barreaux de sa chaise, personne ne se coupait les cheveux…

— Je sais, Jerry. Et j'apprécie. Je pense tout de même que ce genre de guérison ne se commande pas. Je sais bien que mon père pense pouvoir commander tout le monde…

Il eut un petit rire bourru.

— Si quelqu'un pouvait le faire, ce serait lui. Mais il se préoccupe de toi, tu sais ?

— Je sais.

— D'ailleurs, beaucoup de gens s'inquiètent. Roman m'a téléphoné ce matin.

En entendant ce nom, elle sentit son corps entier se raidir.

— Je croyais t'avoir dit de ne plus jamais me parler de lui, protesta-t-elle. Je me fiche qu'il soit ton neveu…

— Oui, mais Rachel…

— Il n'y a pas de « mais Rachel ». Tu m'envoies ici, tu me relances au téléphone pour m'annoncer que le conseiller pédagogique s'inquiète de savoir si je suis apte à reprendre ma classe, et en plus tu me jettes Roman à la tête ? Qu'est-ce que tu me réserves encore ?

Un long soupir lui parvint.

— Je déteste me sentir écartelé entre vous deux. Tu sais que je t'aime comme si tu étais ma fille, mais Roman est mon neveu ! Il t'a fait du mal et ça ne me plaît pas, mais je ne peux pas lui tourner le dos pour autant. Pas plus à lui qu'à toi. Même ton père serait satisfait de me voir le lâcher…

— Ce n'est pas ce que j'attends de toi. Je te demande juste de ne pas me parler de lui. Il est sorti de ma vie, un point, c'est tout.

Il ne restait plus rien entre eux, pas même leur enfant. Au moment de l'accident, ils étaient déjà séparés depuis plusieurs mois. Dès qu'elle avait pu le faire légalement, elle avait repris son nom de jeune fille, pour que plus rien ne la rapproche de l'homme qu'elle tenait pour responsable de la mort de son bébé.

Elle secoua le téléphone, souffla dans le combiné.

— Jerry, tu m'entends ? Je n'ai plus de batterie. Je te rappellerai dans le courant de la semaine.

Elle coupa la communication, replia le petit appareil et retourna dans la salle, retrouvant l'univers des bavardages d'enfants, des parfums de colle, de papier et de fleurs sauvages en train de sécher — des fleurs que le groupe des petits avait cueillies la veille. Une douloureuse nostalgie monta en elle. Si elle n'était plus mère, si le conseiller pédagogique lui retirait sa classe, que lui resterait-il ? Elle ne serait plus rien.

— James, je suis content que vous ayez pu vous joindre au groupe aujourd'hui, lança chaleureusement Don. En revanche, j'espère que vous avez laissé votre casquette de psychologue au chalet. Aujourd'hui, vous êtes un parent comme les autres.

James approcha un peu sa chaise pliante pour pouvoir serrer la main qu'il lui tendait.

— Je vais faire de mon mieux mais vous savez que ce n'est pas facile de stopper certains réflexes !

Don se mit à rire.

— Je sais ! Trudy a du mal avec ça. En général elle finit par crier : « Mais arrête de m'analyser qu'on puisse se disputer un bon coup ! »

D'autres parents arrivaient en petits groupes, dépliaient des chaises et s'installaient en cercle à l'ombre des chênes. James aperçut Nolan et Michelle qui portaient Tyler dans un porte-bébé. Ils traversaient la grande pelouse et venaient dans leur direction.

— Ça alors ! Je ne pensais pas qu'elle viendrait, murmura Don.

Suivant son regard, James découvrit Rachel, plantée un peu à l'écart du groupe. Raide, mal à l'aise, elle se mordillait la lèvre en regardant les autres. Instinctivement, il fit un mouvement vers elle — et s'arrêta en sentant la main de Don sur son bras.

— Non, dit-il à mi-voix. Rendez-moi service, ne vous asseyez pas près d'elle. A mon avis, si quelqu'un s'approche, elle va se taire. Et croyez-moi, cette jeune femme a très besoin de parler.

— Je le vois bien. D'ailleurs, c'est à peu près ce que je lui ai dit le premier soir du séjour.

— Ah ? Et comment a-t-elle réagi ?

— Aucune réaction. Elle a changé de sujet.

Elle s'apprêtait à se joindre à un groupe de parents... Il réfléchit quelques instants, se souvint du comportement de la jeune femme à chacune de leurs rencontres et, soudain, poussa une exclamation.

— Ne me dites pas qu'elle a perdu un enfant suite à une greffe, dit-il en regardant Don dans les yeux ?

— C'est à elle de le dire, si elle décide de le faire. Vous devriez savoir que ce n'est pas à moi qu'il faut poser la question.

— Ce n'est pas comme si elle était votre patiente.

— Vous êtes tous mes patients, dans un sens. Ce camp est un lieu de guérison, un endroit où chacun fait le point sur son expérience personnelle. Pourquoi pensez-vous que nous accueillons les familles ?

James regardait Rachel déplier maladroitement une chaise et la placer un peu en retrait des autres.

— Je ne sais pas, murmura-t-il. Je supposais que c'était plus facile pour les enfants…

— Non. C'est parce que chaque membre de la famille est affecté par la maladie, y compris les frères et sœurs. Et parce que nous voulons offrir aux parents un cadre où ils peuvent redevenir des hommes et des femmes, tout simplement.

Redevenir un homme ? James ne savait plus très bien comment s'y prendre. Cela faisait si longtemps qu'il était le père célibataire d'une enfant gravement malade qu'il ne pensait même plus à ses propres besoins, ses propres désirs.

Près de lui, Don frappa dans ses mains.

— Bien ! Installez-vous, tout le monde, qu'on puisse commencer.

De sa place, James voyait très bien Rachel. Elle portait un chemisier blanc avec un dessin bleu et rouge autour du col. Don ouvrit la séance en expliquant qu'ils pouvaient parler de tout, que cela ait ou non un rapport avec les greffes d'organes ou l'éducation des enfants. Un silence gêné s'abattit sur le groupe, puis quelqu'un se lança. Bientôt, la discussion battit son plein, passant des rivalités entre frères et sœurs aux médicaments les plus efficaces. Le visage illuminé de tendresse, Nolan parla de ses difficultés — et de ses joies ! — en tant que beau-père d'une enfant au cœur greffé. Emu, James se sentit heureux pour Michelle. Elle au moins avait trouvé un homme capable d'embrasser de tout son cœur les contraintes de la vie avec une enfant malade ! Car Nolan l'avait accompagnée, pas à pas, pendant toute l'épreuve ; ils s'étaient rencontrés six mois avant la greffe de Cherish, mariés peu après l'opération… James et Molly n'avaient pu assister à la cérémonie car la petite était encore à l'hôpital, sur la liste d'attente. Il se dit que si une relation amoureuse pouvait survivre à un stress pareil, elle était faite pour durer toute une vie.

Depuis le début de la discussion, Rachel restait immobile et muette, un peu tassée sur elle-même, comme si elle cherchait à se rendre invisible. Etait-elle ici en tant qu'observatrice, comme elle l'avait suggéré le premier jour ? Elle ne réagissait à aucun des sujets abordés ; en tout cas, pas comme si elle était partie prenante, pas comme une mère d'enfant ayant reçu une greffe. En revanche, quand une femme parla de l'époque où elle avait failli perdre son petit garçon, elle eut une grimace involontaire et changea de couleur.

— Vous savez, il y a une question qui me tarabuste, dit Don pendant une accalmie du débat. Combien ont eu un contact, sous quelque forme que ce soit, avec la famille de votre donneur ?

Rachel se redressa brusquement sur son siège. Autour d'elle, les voix fusaient déjà.

— Le donneur, c'était moi, lança une maman, et j'ai la cicatrice pour le prouver !

Elle se frotta le ventre avec une grimace et d'autres parents autour d'elle rirent avec bonne humeur. James l'envia. Si seulement il avait pu donner lui-même à Molly ce dont elle avait besoin ! Malheureusement, on ne naît pas avec un cœur de rechange. Les greffes de reins, de foies ou même de poumons se pratiquaient couramment avec des donneurs vivants mais des cœurs… ce n'était pas du domaine du possible.

— Oui, Mia, c'était extraordinaire pour vous de pouvoir donner un rein à Sean — mais en fait, je ne parlais pas des donneurs vivants, que l'on connaît souvent avant l'intervention.

Une seconde fois, Don parcourut du regard le cercle des parents.

— Quelqu'un ici a-t-il vécu un échange avec un donneur vivant qui ne soit pas un proche ?

Tout autour du cercle, on secouait négativement la tête.

— Bien. Et des contacts avec les familles des corps sur lesquels les organes ont été prélevés ?

Dans une sorte de hoquet, Rachel pressa la main sur sa bouche, les yeux écarquillés.

— Rachel ? Vous vouliez dire quelque chose ? demanda Don.

Lentement, elle secoua la tête et laissa retomber sa main sur ses genoux.

— Le mot « corps » est un peu brutal, non ? dit James à mi-voix.

Lui-même peinait à admettre l'image qui se présentait à lui. Intellectuellement, il savait que le cœur de Molly avait été prélevé sur un autre enfant… mais il ne pouvait pas se représenter cet enfant comme un corps sans vie, il refusait de le faire. Un ange, oui — mais surtout pas un petit corps froid !

— J'ai du métier, répliqua Don à mi-voix. Faites-moi confiance.

— Nous avons rencontré la famille de notre donneur, dit un homme à quelques sièges de James. Les remercier en personne... c'était très important pour nous. Mais en fait, c'est quasiment impossible : comment remercier quelqu'un d'avoir sauvé la vie de votre enfant ? Nous nous sommes sentis très mal face à eux, comme si nous étions des... profiteurs. Avec le recul, je pense qu'ils ont été contents de voir Paul. Je crois qu'ils ont eu le sentiment qu'il était sorti au moins une bonne chose de l'accident qui avait emporté leur fille.

— Ils vous ont proposé de garder le contact ? demanda Don.

— Nous leur envoyons des cartes de vœux, et des nouvelles de Paul à chaque anniversaire de la greffe.

— Je trouve ça très bien qu'ils aient accepté de vous rencontrer, et d'avoir de vos nouvelles, lança la femme assise à côté de Rachel. Moi, j'ai envoyé une lettre de remerciement par l'organisme d'attribution des organes. J'ai même envoyé la photo de la petite et je leur ai dit que j'aimerais beaucoup les rencontrer.

Mal à l'aise, James remua sur son siège. Dans la voix de cette femme, il entendait une assurance qui le heurtait, elle lui semblait trop sûre de son bon droit. Lui aussi avait écrit à la famille de leur donneur — une bonne douzaine de brouillons avant d'arriver à un résultat satisfaisant — et il était plutôt d'accord avec l'autre père : c'était une communication quasi impossible. « Merci » ne suffisait pas à exprimer sa gratitude et de toute façon, comment peut-on remercier une personne d'avoir rendu la vie à votre enfant, alors que le sien vient de mourir ?

— Il y a eu un retour ? demandait Don.

— Rien du tout ! Je n'ai même pas eu de réponse de la part de l'organisme.

James non plus. Il avait supposé que la famille du donneur ne tenait pas à en savoir davantage sur leur compte. Chacun devait affronter son chagrin à sa façon, et sa reconnaissance pouvait représenter un poids pour ces êtres trop éprouvés.

Pour la première fois, Rachel murmura quelque chose — et sa voisine la foudroya du regard. Spontanément, James se pencha en avant pour demander :

— Quoi donc, Rachel ? Je ne vous ai pas entendue.

Relevant le menton, elle soutint son regard.

— J'ai dit : « Ils n'étaient peut-être pas prêts. » Personne n'a l'air de comprendre que parfois, les gens ne sont tout simplement pas prêts.

— Pas prêts pour quoi, Rachel ? demanda Don avec douceur.

— Prêts à regarder les choses en face, à accepter...

Sa voix s'éteignit, elle souleva les épaules et les laissa retomber. Sa voisine se tourna à demi pour la regarder bien en face.

— Ecoutez, sans vouloir vous vexer... Rachel, c'est bien ça ?

Celle-ci se contenta de hocher la tête et l'autre reprit :

— Je ne vois pas très bien ce qui justifie votre participation à cette discussion. Je sais que vous animez les groupes de travaux manuels, mais à part ça, pourquoi êtes-vous ici ?

Rachel la fixa plusieurs secondes, le visage vide de toute expression. Obscurément, James eut le sentiment qu'on venait de la frapper. Il aurait bien étranglé cette femme pour son manque de tact... et pourtant, lui aussi aurait donné beaucoup pour avoir la réponse !

— Vas-y, ma grande, dis-leur, marmonna Don à côté de lui. Jette tes cartes sur la table.

James lui jeta un regard aigu avant de se concentrer de nouveau sur Rachel. Elle se mordillait le pouce, le regard rivé à l'herbe devant sa chaise.

— Alors ? insista la femme, les bras croisés sur sa poitrine.

Le regard de Rachel se fixa un bref instant sur lui — il sentit ses entrailles se crisper car même à cette distance, il savait reconnaître la souffrance brute. Il esquissa un mouvement pour se lever mais la grosse patte de Don s'abattit sur son bras.

— Non. Ne faites pas un geste et priez pour qu'elle craque, murmura Don dans un souffle.

— Ce qui justifie..., dit enfin Rachel d'une voix chevrotante. Je dois me justifier ?

Pivotant à son tour sur sa chaise, elle lança à sa voisine un regard de haine.

— Deux poumons, deux reins, un foie et un cœur, ça vous suffit ?

— Je ne... comprends pas.

Rachel sauta sur ses pieds, renversant sa chaise pliante.

— Nom de Dieu ! Pourquoi est-ce que personne ne veut comprendre que je ne suis pas prête ! cria-t-elle.

Des tremblements agitaient tout son corps, son regard glissait de visage en visage, tout autour du cercle.

— Mon bébé, Daniel... était un donneur !

Un silence de plomb s'abattit sur le groupe. James se retrouva sur le bord de sa chaise, la poitrine prête à éclater. La jeune femme mince, seule silhouette debout dans ce cercle de statues assises, plaqua une main sur sa bouche comme si elle prenait seulement la mesure de ce qu'elle venait de dire. D'une détente, elle leur tourna le dos à tous. Une autre femme se leva, voulut passer son bras autour de ses épaules. De nouveau, elle fit volte-face, trébucha sur sa chaise renversée et fit quelques pas en vacillant vers le centre du groupe.

— Ne me… je préfère qu'on ne me touche pas.

— Parlez-nous de Daniel, Rachel, dit Don d'une voix sereine. Parlez-nous de votre fils. Nous voudrions en savoir plus sur lui.

Il jeta un regard à la ronde aux parents, comme pour leur demander leur appui ; quelques faibles murmures s'élevèrent du cercle. Violemment, elle secoua la tête.

— Non. Je ne peux pas.

— Vous pouvez.

Une larme, une seule, roula sur sa joue. James sentait son cœur voler en éclats. C'était une chose de vivre avec l'angoisse quotidienne de perdre son enfant, mais affronter la réalité irrémédiable de cette perte…

— Je m'en vais, annonça-t-elle en pinçant un instant l'arête de son nez. Je m'en vais.

Redressant les épaules, relevant le menton, elle se dirigea à grands pas vers le fond de la clairière. Une fois l'anneau de chaises franchi, elle se mit à courir le plus vite possible en direction des chalets. James bondit sur ses pieds. Une fois de plus, Don lui saisit le bras.

— Lâchez-moi, protesta-t-il. Je vais la rejoindre. Elle ne peut pas rester seule, elle a besoin de quelqu'un.

— Effectivement, répondit le directeur sans se formaliser. Allez-y, et essayez de l'amener à dire ce qu'elle ressent. Il faut qu'elle parle de lui, conclut-il avec force.

Puis il le lâcha, et James se lança à la poursuite de Rachel. Elle venait de disparaître derrière le bâtiment principal, courant comme si tous les démons de l'enfer étaient à sa poursuite.

Ses pieds martelaient la route, elle fonçait vers son chalet à travers un brouillard de larmes qu'elle cherchait désespérément à retenir. Ses entrailles brûlaient et son cœur, son cœur explosait d'une souffrance d'une intensité inconcevable.

La porte moustiquaire claqua derrière elle, elle se jeta à l'intérieur et s'effondra sur le sol, le tapis vert rêche contre sa peau. Roulant sur le flanc, elle se replia en boule et laissa le chagrin la submerger.

— Oh, Daniel...

Les paroles cohérentes se perdirent dans un véritable hurlement. Les remparts érigés avec tant de soin, derrière lesquels elle se cachait depuis la mort de son enfant, s'abattirent. Elle haletait, hoquetait, sanglotait. Des larmes salées coulaient dans sa bouche ouverte.

De loin, elle entendit le claquement de la porte. Du lieu où elle se trouvait, tout au fond de sa souffrance, elle se moquait d'être vue dans cet état. Son fils était parti, son mariage brisé, sa carrière menacée — plus rien n'avait d'importance.

— Rachel, murmura une voix grave.

Des mains l'empoignèrent.

— C'est bien. Laissez-vous aller...

Des bras solides la soulevèrent, la déposèrent sur une surface plus douillette. Des paroles apaisantes se déversèrent sur elle, incompréhensibles et pourtant rassurantes. Elle enfouit son visage contre la poitrine de James et sanglota de toute son âme.

Le temps cessa d'avoir un sens. Jamais elle n'avait connu une souffrance pareille — ni un tel réconfort.

Il la berçait contre lui, sa chaleur et sa présence étaient un baume pour son âme à vif. Pas un seul instant, il ne cessa de lui caresser les cheveux, de murmurer des mots d'encouragement. Quand enfin elle eut la force de relever la tête pour le regarder, la compassion qu'elle lut dans son regard lui sembla presque insoutenable. D'un geste délicat, il prit son menton au creux de sa main et effaça ses dernières larmes de son pouce.

— Ça va un peu mieux ?

Elle hocha très légèrement la tête, secoua un peu les épaules. Il lui semblait que tout autre geste la ferait voler en éclats.

— Fatiguée...

— Je suis désolée pour votre fils, Rachel.

Sa vision se brouilla, elle avala sa salive avec effort.

— Merci, chuchota-t-elle.

— Vous voulez bien me parler de lui ?

— Je voudrais... un mouchoir.

Elle renifla comme une gamine, dit de sa voix brisée :

— Oh ! Votre chemise... elle est mouillée.

Il jeta un coup d'œil amusé aux traînées humides sur sa poitrine.

— Ça se lave...

Elle tenta de lui sourire. Il méritait au moins cela ! Elle était dans ses bras comme dans un berceau, aucun homme ne l'avait jamais soutenue de cette façon, en se laissant inonder de ses larmes. Pas Roman, certainement pas son père...

Doucement, il la souleva de ses genoux et la cala dans l'angle du canapé. Une nouvelle vague de chagrin la submergea quand elle comprit qu'il se levait.

— Ne partez pas !

Gentiment, il pressa sa main entre les siennes.

— Je vais juste vous chercher un mouchoir.

— Quel gâchis...

C'était sorti tout seul et cela désignait tout — Daniel, sa propre vie, la chemise de James, la séance de tout à l'heure. Maintenant qu'ils étaient tous au courant, le séjour était fichu pour elle. Elle avait craqué devant un groupe d'inconnus, elle ne pourrait plus les regarder en face.

James revint de la salle de bains avec une boîte de mouchoirs en papier et un gant de toilette tiède.

— Tenez, essuyez-vous le visage, vous vous sentirez mieux.

— Je reprendrai aussi figure humaine. Je dois avoir une tête de folle, avec des traînées de mascara partout ?

— Je refuse de répondre à une question aussi dangereuse. Non, laissez-moi faire.

Lui prenant le gant des mains, il s'agenouilla devant elle pour le passer avec précaution sur ses joues, son front. Elle ferma les yeux, apaisée.

— Voilà...

Posant le tissu-éponge sur la table basse, il s'assit sur le canapé à son côté.

— Vous alliez me parler de votre fils.

— Moi ?

— Oui.

— Vous essayez de m'offrir une séance gratuite ?

— Vous pensez donc avoir besoin d'un psychologue ?

Elle réfléchit à la question quelques instants. Le moment était peut-être venu, en effet...

— Peut-être, mais... j'ai encore plus besoin d'un ami.

Elle vit son visage s'assombrir ; cela ne dura qu'une fraction de seconde mais ce fut suffisant. Vaincue, elle détourna les yeux.

— Excusez-moi. C'était un peu présomptueux de ma part.

— Non !

Il se pencha vers elle, la força à le regarder.

— Je serais très content d'être votre ami.

Il lui effleura le menton, son pouce pressa un instant sa lèvre inférieure, un frémissement courut sur sa peau. Il la fixait si intensément qu'elle se surprit à espérer, contre toute logique, qu'il l'embrasse. S'il le faisait, la douleur s'en irait peut-être ? Ou du moins, elle pourrait l'oublier pendant un instant...

— Je voudrais..., murmura-t-il.

— Quoi donc ?

— Je voudrais vous aider, dit-il en la lâchant.

Ravalant sa déception, elle se redressa sur le canapé, replia ses pieds sous elle, serra un coussin orné d'un tournesol en guise de bouclier. Bien sûr qu'il n'avait pas envie de l'embrasser ! Avec sa tête à faire peur, et alors qu'elle venait de se donner en spectacle... Rougissant, elle baissa les yeux.

— Vous voulez bien me laisser vous aider ? demanda-t-il.

Elle hocha la tête sans répondre.

— Alors parlez-moi de Daniel, murmura-t-il.

— Vous voulez savoir comment il est mort ?

Elle n'avait pas assisté à l'accident sur le terrain de jeux puisque c'était le week-end de Roman, mais elle avait imaginé la scène suffisamment de fois pour en connaître tous les détails. Maintenant, serait-elle capable d'en parler ?

— Dites-moi d'abord comment il a vécu.

Une chaleur subite gonfla sa poitrine, les souvenirs jaillirent du recoin où elle les cachait. Un sourire involontaire retroussa sa bouche et elle dit tout bas :

— Toujours à cent à l'heure. Une petite pile d'énergie. Il ne s'arrêtait que pour dormir.

— Vous deviez avoir du mal à tenir la cadence.

— Certains jours, je m'endormais dix minutes après lui.

James s'efforça de trouver les mots justes, les mots qui l'aideraient à mesurer ce que son courage, au moment de la mort de son fils, avait signifié pour une autre famille.

— Molly était rarement comme ça avant la greffe. Il y avait des jours où elle ne faisait rien d'autre que dormir. Son corps n'avait tout simplement pas assez de force.

— La pauvre… Elle est tout feu tout flamme, maintenant.

— C'est vrai. Parce que quelqu'un, quelque part, a eu comme vous le courage de faire don du cœur qui lui a permis de vivre… Et d'avoir sa chance d'être une fille comme les autres.

Se penchant en avant, il lui prit les mains avec émotion.

— Rachel, ce que vous avez fait est très courageux, et très généreux. Daniel et vous, vous êtes de véritables héros. Vous avez sauvé des vies.

Une braise s'alluma dans les yeux bleus levés vers lui.

— Je n'ai pas fait ça par courage ou générosité, seulement par logique. Et vous savez quoi ? La seule vie que j'aie vraiment voulu sauver, je l'ai perdue.

— Je comprends. Avec Molly aussi, je me sentais impuissant.

— Vous ne comprenez rien du tout.

Lui arrachant sa main, elle jaillit hors du canapé, jetant le coussin au loin d'un geste rageur.

— Votre enfant a survécu ! Pas le mien. Pourquoi ? Vous vous posez quelquefois la question ?

— Oui.

Il se mit sur pied à son tour, en se gardant bien de s'approcher d'elle et reprit :

— Le plus dur, quand on attend une greffe, c'est de rester assis au chevet de son enfant à prier pour un miracle, tout en sachant que le prix de ce miracle sera la mort d'un autre enfant.

Ils firent tous deux quelques pas dans la pièce, sans se regarder. Il lança :

— Je suis vraiment désolé pour Daniel.

— Vous voulez savoir ce qui est le plus dur, quand on est le parent d'un donneur ?

Non ! Il se sentait déjà assez coupable ! Et pourtant, elle avait besoin de le lui dire.

— Le plus dur pour moi, ça a été de le laisser partir alors que son cœur battait encore. Ma raison savait qu'il n'y avait plus rien à faire mais mon amour ne pouvait pas l'accepter. Il était mort, mais ça ne se voyait pas. Mon père m'a fait entrer dans la chapelle, je suis resté avec Daniel un petit moment et puis ils l'ont emmené. Je n'arrêtais pas de l'imaginer sur un bloc opératoire tout froid, entouré de médecins et d'infirmières qui ne le connaissaient pas, qui n'avaient aucun amour pour lui…

Les larmes ruisselaient de nouveau sur ses joues…

— On l'avait déjà déclaré mort, cria-t-elle, mais il fallait qu'ils continuent à faire battre son cœur…

Pour pouvoir le donner à un enfant comme Molly.

Malgré toute sa reconnaissance envers Rachel et tous les autres parents qui avaient fait le même choix qu'elle, il aurait préféré vivre le reste de sa vie sans devoir affronter l'image de ce petit garçon, sur la table d'opération, et de sa mère désespérée dans la solitude d'une chapelle d'hôpital.

5.

Cette vision du fils de Rachel hantait toujours James la nuit venue, devant le feu de camp allumé près de son chalet. Nolan et les filles étaient de l'autre côté, sur la petite route, occupés à capturer des lucioles dans des gobelets de plastique ; seule Michelle était restée près de lui, Tyler endormi dans un couffin à ses pieds. La lune brillait entre les arbres et du côté du lac, les grenouilles chantaient.

— Est-ce que tu y penses quelquefois ? demanda-t-il en se penchant en avant pour repousser quelques braises du bout d'un bâton.

— Je me demandais quand tu allais enfin dire quelque chose, répondit-elle. Est-ce que je pense à quoi ?

— Aux donneurs. A leurs familles.

— Chaque jour.

— Moi aussi. Mais pas comme aujourd'hui.

Pensif, il continuait à fourrager dans les braises.

— Jusqu'ici, je me disais surtout que c'était merveilleux de pouvoir aider d'autres familles, que cela compensait un peu leur tragédie. J'ai énormément de reconnaissance pour eux, je leur souhaite de trouver la paix, mais aujourd'hui…

Le refrain des grenouilles s'enfla dans le silence, des rires lointains leur parvinrent de la route.

— Aujourd'hui, tu t'es pris en pleine figure le deuil d'un autre parent, et tu as eu la peur de ta vie.

Le bâton lui glissa des mains.

— Je sens que tu vas m'envoyer une facture pour cette consultation, murmura-t-il en se penchant pour le ramasser. Je ne pratique pas la science cosmétique, ne te mêle pas de psychologie, je te prie.

— Ah ! Tu n'as rien compris. Chez nous, en Caroline du Nord, le salon de beauté est le seul endroit où les femmes peuvent s'exprimer. Et les hommes disent tout au barman.

— Je croyais qu'elles ne faisaient qu'échanger des ragots.

— James, soupira-t-elle, fais ton numéro si tu y tiens, mais tu ne m'auras pas.

Non, sans doute. Après tant de mois passés ensemble à l'hôpital pendant que leurs filles attendaient une greffe dans la même chambre. Après tant de discussions tard dans la nuit en buvant le même mauvais café sorti d'une machine, ils étaient de véritables amis et elle lisait en lui à livre ouvert. Il avait partagé sa joie quand Cherish avait reçu son cœur, l'avait soutenue dans son désespoir quand le corps de sa fille avait commencé par rejeter l'organe étranger... mais il n'avait tout de même pas envie d'entendre son analyse.

Il jeta un coup d'œil vers le chalet voisin. Pas de lumière aux fenêtres — cela signifiait-il que Rachel était assise dans le noir, toute seule, à lutter contre ses démons ?

— Elle n'est pas venue dîner. Je devrais peut-être aller voir si tout va bien.

Brisant son bâton en deux sur son genou, il jeta les morceaux dans les flammes et se leva. Michelle saisit sa main au passage.

— Tu es sûr que c'est une bonne idée ?

— Elle affronte ça toute seule. Même dans les pires moments, nous avions toujours quelqu'un. Le réseau de soutien à l'hôpital, nos parents... tu avais Nolan. Elle n'a personne.

— Tu es venu ici pour Molly et pour toi. Pour prendre enfin de vraies vacances. Pas pour porter à bout de bras une femme qui souffre tant.

— Elle a besoin d'un ami, Michelle. Comme nous en avions besoin tous les deux, à l'hôpital.

— Mais toi, est-ce que tu as besoin d'une amie avec un tel bagage ?

— Nous avons tous un bagage. Pour certains, il est plus lourd à porter que pour d'autres.

Il serra rapidement sa main et la lâcha.

— Je reviens dans quelques minutes. Si Molly me cherche, explique-lui où je suis, d'accord ?

— D'accord, soupira-t-elle. Mais je pense que c'est une erreur.

Etait-ce une erreur ? se demanda-t-il en se dirigeant lentement vers le chalet de Rachel. En tant que psychologue, il savait qu'il pouvait l'aider. En tant que père d'une enfant au cœur greffé, il se sentait dans l'obligation de le faire. Ce serait une façon d'exprimer concrètement sa gratitude, puisqu'il ne rencontrerait sans doute jamais la famille du donneur de Molly. En tant qu'homme... C'est là que tout se gâtait.

Une chaleur subite lui monta au visage au souvenir de son corps souple et doux pressé contre lui, son poids abandonné entre ses bras. Michelle avait peut-être raison...

— Papa ! Papa, regarde !

Il se retourna. Molly se précipitait vers lui, son T-shirt blanc presque phosphorescent au clair de lune.

— Ne cours pas dans le noir, tu risques de tomber. Et interdiction de lever les yeux au ciel en soupirant.

Elle ralentit, avec un petit rire qui lui montra qu'il ne s'était pas trompé en devinant sa réaction.

— Regarde, répéta-t-elle en lui fourrant sous le nez un gobelet de plastique recouvert de film transparent. J'ai attrapé quatre lucioles !

Il se pencha pour examiner sa prise. A tour de rôle, la queue des minuscules créatures s'illuminait comme de petits néons jaunes.

— Elles sont belles, non ?

— Magnifiques. Tu vas les garder là-dedans ?

— Non, on va les relâcher dans un petit moment. Tu savais que tu pouvais faire un vœu au moment où tu les libères ? Si elles s'allument, ton vœu se réalisera.

— Non, je ne savais pas. Qui te l'a dit ?

— Trudy et Don. C'est pour ça qu'ils ont appelé cet endroit « Le domaine des Lucioles ».

— Alors, qu'est-ce que tu vas souhaiter, Insubmersible ? demanda-t-il en tirant doucement sa queue-de-cheval.

— P'pa ! D'abord, je vais souhaiter que tu arrêtes de m'appeler comme ça.

Puis elle lui lança un sourire malicieux.

— Pour le reste, je ne te le dirai pas, c'est un secret.

— D'accord, dit-il en lui rendant son gobelet.

Elle jeta un regard derrière lui et son visage prit une expression de gravité touchante.

— Tu vas chez Rachel ?

— Oui, juste une minute, pour voir si elle va bien. Elle a eu une journée difficile aujourd'hui.

— Je sais, dit la petite en hochant solennellement la tête. A cause de son petit garçon.

— Molly ! Qui t'a parlé de ça ?

— Tout le monde en parle, papa. Dans toute la colo.

James soupira. D'ordinaire, il s'efforçait de lui épargner ce genre de récit ; la mort avait déjà tenu une telle place dans sa vie !

— Tiens, dit-elle en lui fourrant de nouveau le gobelet dans la main. Apporte-les-lui. Elle a sûrement des vœux à faire.

— Tu ne les veux pas pour toi ?

— J'en attraperai d'autres. Il y en a plein les buissons, de l'autre côté de la route.

— C'est très gentil, Tigresse. D'accord, je les prends. Si tu en veux d'autres, dépêche-toi parce que c'est presque l'heure.

Elle poussa une plainte à fendre l'âme.

— Oh ! Je ne peux pas me coucher plus tard ? On est en vacances !

— Ton heure habituelle est passée depuis longtemps et tu dois te reposer, même en vacances.

La serrant rapidement dans ses bras, il la fit pivoter vers la route.

— File !

Elle décampa comme une flèche.

— Ne cours pas ! lança-t-il derrière elle à mi-voix.

Les gosses… Ils ne tenaient jamais compte des avertissements. Et quelquefois, leurs pères ne valaient pas mieux.

Les marches usées de la véranda de Rachel craquèrent sous son poids, les charnières de la porte moustiquaire grincèrent. Au moment de frapper, il s'immobilisa devant la porte, oreille tendue. A l'intérieur, il ne captait pas un mouvement, pas un souffle. Rien.

Quand il se décida à frapper, il n'y eut aucune réaction. Entrebâillant la porte, il tendit prudemment la tête à l'intérieur.

— Rachel ? C'est moi, James.

Toujours ce lourd silence, amplifié par le chuintement du ventilateur au plafond. Cela devenait angoissant. L'avait-il poussée trop loin dans ses retranchements ?

— Rachel ?

Il jeta d'abord un coup d'œil dans la salle de bains — et poussa un soupir de soulagement en la trouvant vide. Une salle de bains est remplie d'objets avec lesquels on peut se faire du mal. Puis il alla pousser la porte entrebâillée de la chambre...

Elle était assise en tailleur au milieu du lit, un coussin serré dans les bras. Un peu effrayé par son immobilité, il abaissa l'interrupteur sans réfléchir. Aveuglée par la lumière brutale, elle leva le bras pour protéger son visage, puis pivota sur elle-même de façon à lui tourner le dos.

Des vêtements jonchaient la pièce. Des shorts kaki et des débardeurs pastel débordaient de la valise ouverte, à côté de jeans emmêlés. Les tiroirs de la commode étaient béants ; la plupart d'entre eux étaient vides.

— Vous allez quelque part ?

Avec une désinvolture étudiée, il s'appuya de l'épaule au chambranle de la porte, laissant pendre à son côté le gobelet aux lucioles.

— J'y ai pensé.

— Le fait de s'enfuir ne fera pas partir le chagrin.

Dans leur prison de fortune, les insectes clignotaient, petites lueurs d'espoir.

— Qu'est-ce qui le fera partir ? demanda-t-elle sans se retourner.

— Déjà, ce serait bien de réussir à le regarder en face. Ensuite, avec le temps, il va s'atténuer.

— Combien de temps, James ? Combien de temps faudra-t-il pour combler ce trou dans mon cœur ?

Il n'osa pas lui dire que le trou serait toujours là. Il se réduirait, il ne menacerait plus de l'engloutir — mais il ne se refermerait jamais tout à fait.

— Je ne sais pas. Depuis combien de temps Daniel est-il mort ?

Glissant vers le côté opposé du matelas, elle se leva en jetant son coussin contre la tête du lit.

— Dix-huit mois.

Puis elle ajouta plus bas, en se frottant les tempes :

— Ou alors, depuis toujours. Il y a des moments où je ne sais plus très bien.

Avec un petit rire dépourvu d'humour, elle se dirigea vers la valise, en sortit un chemisier turquoise roulé en boule et se mit à le plier.

— Ils m'ont envoyé faire des tests, vous savez ?

— Qui donc ?

— Mon père, Jerry. Ceux qui tiennent encore à moi.

— Quel genre de tests ?

— Ils m'ont examiné la tête. Parce que j'oubliais tout. Ils ont fait un scanner, un IRM, un EEG, tout un alphabet d'examens. Ils pensaient qu'il y avait peut-être un problème, parce que ça ne m'était jamais arrivé auparavant. Bien sûr qu'il y avait un problème ! Mon fils était mort.

Elle parlait avec une rage concentrée. Le chemisier plié atterrit dans un tiroir de la commode, elle en prit un autre. Posant le gobelet sur la table de chevet, il s'approcha un peu.

— Personne ne vous a soignée pour dépression ?

Elle eut une petite exclamation ironique.

— On voit bien que vous n'y connaissez rien ! Les Thompson ne font pas de dépression, voyons ; quand les temps sont durs, ils ne courent pas à la pharmacie. Ils serrent les lacets de leurs godillots et ils marchent comme de bons petits soldats.

— Personne ne pouvait le savoir. Sauf vous. Et les traitements ne se font pas à coup de médicaments.

Un chemisier imprégné d'un léger parfum de citron s'enroula autour de sa tête. Il se hâta de l'arracher.

— Rendez-vous utile, pliez ça, jeta-t-elle en redressant un tiroir et en le faisant glisser dans son logement. J'habite une toute petite ville, James, tout se sait. Le médecin ne dirait rien, le pharmacien non plus, je pense, mais les pipelettes qui tiennent la caisse... Les ragots vont si loin que pratiquement tout le monde maintenant fait la route jusqu'à la ville la plus proche pour se procurer des contraceptifs.

Cette fois, son rire fut plus franc.

— Chez nous, les préservatifs restent sur les étagères plus longtemps que les boîtes de cassoulet !

— Les vieux préservatifs, ce n'est pas une très bonne idée, observa-t-il en lui apportant le vêtement plié.

— Je suis au courant.

Son demi-sourire vacilla, il vit trembler sa lèvre inférieure.

— C'est comme ça que j'ai eu Daniel...

Il s'appliqua à garder un visage parfaitement neutre. Dans son métier, on s'efforçait de ne jamais juger les autres. Quand on n'y parvenait pas, on s'appliquait à ne pas avoir l'air de les juger.

— Alors Daniel était...

— Une surprise ! Une surprise merveilleuse.

Pendant quelques minutes, ils plièrent des vêtements en silence. Quand le dernier disparut dans le dernier tiroir, elle se retourna vers lui.

— Pourquoi est-ce que je vous dis tout ça ?

— Parce que je suis votre ami, répliqua-t-il d'un ton léger. Nous avons fait le tour de la question cet après-midi.

— J'ai d'autres amis. Je ne leur parle pas de ces choses.

— C'est bien ça le problème ! Comme je vous l'ai dit le premier soir, vous ne pouvez pas garder tout ça verrouillé en vous sans que quelque chose ne finisse par casser. Ensuite, vous voyez apparaître des symptômes de confusion mentale, ou un ulcère... toutes sortes de problèmes liés au stress.

— Merci, Docteur Soleil.

Son regard bleu avait quelque chose de suppliant. Que lui demandait-elle ? Il décida de se lancer.

— J'ai quelque chose pour vous.

— Ah ?

— Oui. En fait, c'est de la part de Molly. Venez dehors.

Reprenant son gobelet sur la table de chevet, il quitta la chambre, sans savoir si elle le suivait.

— Qu'est-ce que c'est ? demanda sa voix derrière lui.

Ils prirent pied sur la petite route de terre. Nolan et les filles n'étaient plus là, il n'y avait rien que les grands arbres, la lune et une infinité d'étoiles.

— Fermez les yeux.

— Je ne sais pas si je vous connais assez bien pour fermer les yeux.

— Pour l'amour du ciel, Rachel, faites ce qu'on vous demande.

— Bon, bon, d'accord. Ils sont fermés.

Il se retourna vers elle. La lune éclairait doucement les traits de son visage ; ses lèvres au dessin délicat s'entrouvraient. Que Dieu lui vienne en aide, elle ressemblait à une femme qui attend un baiser.

Le besoin de l'embrasser jaillit en lui, flamba comme une torche. Immobile, il lutta contre la pulsion qui le poussait vers elle. Ce baiser, c'était bien la dernière chose dont ils aient besoin, l'un comme l'autre !

— Alors ? demanda-t-elle.

Il s'éclaircit la gorge.

— Euh... Tenez, dit-il en lui mettant le gobelet entre les mains. Vous pouvez ouvrir les yeux.

Comme pour lui répondre, deux des minuscules créatures s'éclairèrent ensemble.

— Oh, des lucioles !

Sa voix s'étrangla un peu et elle murmura :

— Daniel adorait attraper des lucioles, l'été.

— D'après Trudy, si vous faites un vœu au moment de les relâcher, et si elles s'illuminent en s'envolant, votre souhait se réalisera.

Elle se mordit la lèvre, le regard toujours fixé sur les insectes.

— Si seulement c'était aussi facile...

— Pour les gosses, c'est facile.

— Oui. Soyez sages et le Père Noël vous apportera tout ce que vous demandez. La petite souris vous laissera une pièce à la place de votre dent de lait. Il suffit d'un baiser de maman pour guérir tous les bobos.

Elle leva les yeux vers lui : une fois de plus, une larme solitaire roulait sur sa joue. Cette fois, il sentit que ses barrières professionnelles l'abandonnaient. Il n'était plus un psychologue mais un homme ; il n'avait qu'une envie : la prendre dans ses bras. Elle chuchota :

— Mais Daniel n'a pas vécu assez longtemps pour perdre sa première dent de lait, et je n'ai pas pu tout arranger d'un baiser...

— Je sais...

Le baiser qu'il avait si furieusement envie de lui donner ne guérirait rien non plus, mais il avait tellement envie...

— Et vous avez cessé de croire en la magie, murmura-t-il.

— Pas vous ? Après tout ce qu'a enduré Molly, vous croyez toujours en la magie, James ?

— Je crois toujours aux miracles. Je crois que le rire a un pouvoir de guérison, je crois à la bonté des inconnus. Je crois aux anges comme vous... et comme Daniel.

— Et les vœux aux lucioles ? Vous y croyez ?

Elle leva le gobelet entre leurs deux visages. Un très discret feu d'artifice se déroulait à l'intérieur, les insectes clignotaient comme pour leur envoyer un message mystérieux. A la lueur des rayons de lune qui filtraient entre les feuillages mouvants, il voyait une minuscule étincelle d'espoir s'allumer dans ses yeux ; une étincelle qu'il se sentait incapable d'étouffer. Ce serait encore pire que de dire à Molly que la magie n'existait pas ! Il chercha au fond de lui la foi de l'enfance, celle qu'il avait tenté de transmettre à sa fille : la certitude que tout était possible. Car Molly l'Insubmersible avait survécu contre toute probabilité !

— Oui, chuchota-t-il. Je crois aux vœux aux lucioles.

Et en cet instant, c'était vrai.

— D'accord. Alors souhaitez avec moi, James. Il y a quatre lucioles, deux chacun.

— Molly voulait qu'elles soient pour vous.

— Vous croyez davantage que moi. Je suis sûre que ça ne l'ennuiera pas si je les partage avec son papa.

Elle lui offrit un sourire tremblant.

— Votre fille est pleine de gentillesse et d'intelligence, James. Vous pouvez être fier d'elle.

— Je le suis.

Elle retira l'élastique qui enserrait le gobelet, souleva le coin du film alimentaire.

— Vous êtes prêt ?

Il hocha la tête et elle retira le couvercle transparent. La barrière retirée, les petits insectes grimpèrent jusqu'au rebord du gobelet, puis l'un d'eux prit son envol.

— Il est pour vous ! Faites un vœu, James !

Je souhaite la guérison de ton cœur blessé, Rachel, pensa-t-il. Clignotant en signe d'adieu, l'insecte fila dans la nuit. Il sentit une douce chaleur se glisser dans sa poitrine.

— Le premier sera exaucé, s'écria-t-elle. Les autres arrivent, préparez-vous.

Elle ferma les yeux, une fervente concentration marqua son visage. Il la contempla en retenant son souffle, si fasciné qu'il s'aperçut à peine que le trio s'envolait. Pris de court, il leva la tête… un seul des petits insectes s'était illuminé.

— Oh, je ne les ai pas vu partir, dit-elle en ouvrant les yeux. Ils se sont allumés ?

— Oui ! Tous les trois !

— Bien !

C'était un bien petit mensonge et il se justifia intérieurement en le mettant sur le compte du pouvoir de la pensée positive.

— Qu'avez-vous souhaité ? demanda-t-il, curieux du soulagement qu'il lisait sur son visage.

— Ce n'était pas pour moi. J'ai pensé qu'il valait mieux ne pas faire de souhaits égoïstes.

— Ah ? Pour qui alors ?

— Je crois qu'il existe une règle selon laquelle, si on révèle son vœu, il ne s'accomplit pas…

— Pas que je sache !

— Mon premier vœu était pour vous et Molly.

— Ah ?

— Oui. J'ai souhaité que le cœur de Molly reste solide et sain pour… pour que vous n'ayez jamais à connaître cette souffrance.

Il sentit son propre cœur se serrer, ses cheveux se dresser sur sa tête. Que répondre à cela ? Malgré ses bonnes intentions, ce qu'elle disait était horrible ! S'éclaircissant la voix avec effort, il réussit à dire :

— Merci. Aucun parent ne devrait jamais connaître la douleur de perdre un enfant.

— Non, chuchota-t-elle. Ce n'est pas dans l'ordre des choses. On ne s'y attend pas.

Voyant un nouvel orage se préparer dans son regard, il se hâta de demander :

— Et votre deuxième vœu ?

— Que les parents du donneur de Molly parviennent à trouver la paix dans leur deuil.

— C'est un bon vœu, je le fais aussi très souvent.

Capturant sa main libre, il la serra brièvement entre les siennes.

— Je vous souhaite la même chose, de tout mon cœur.

— Un jour peut-être, murmura-t-elle en baissant la tête.

— Cela deviendra plus facile, peu à peu, je vous le promets. Vous ne vous en rendez peut-être pas compte, mais vous avez fait un chemin considérable aujourd'hui.

— Comment vais-je pouvoir affronter tous ces gens ? C'est pour ça que je faisais mes bagages : à cause de la façon dont ils vont me regarder demain. Ils seront tous en train de penser à ce qui s'est passé, ils auront pitié de moi.

De la pointe de l'index, il lui souleva le menton jusqu'à ce qu'elle accepte de croiser son regard.

— Dites donc, vous ! La pitié et l'empathie sont deux choses très différentes. Ces parents savent que vous avez affronté leur plus grand cauchemar.

— Et vous, qu'avez-vous souhaité, James ?

— Moi ?

Il se voyait mal avouer son premier souhait ; quant au second, trop perdu dans sa contemplation, il avait oublié de le faire. Vite, il chercha de quoi alléger l'atmosphère.

— J'ai souhaité...

Presque malgré lui, ses doigts retournèrent se poser sur la bouche adorable de la jeune femme.

— J'ai souhaité un baiser.

Ses yeux s'arrondirent, elle recula la tête — mais il ne la lâcha pas.

— Je ne vous crois pas, bredouilla-t-elle.

— Vous avez tort.

Si seulement l'idée lui était venue... Il avait dit cela pour la taquiner mais il se retrouvait pris à son propre piège. Du bout des doigts, il dessina le M de sa lèvre supérieure, émerveillé par sa texture soyeuse.

— J'ai très envie de vous embrasser, Rachel.

Sa bouche frémit sous sa main ; elle secoua très légèrement la tête.

— Je ne crois pas que ce soit une bonne idée.

— Sans doute pas, mais à cet instant précis, je dois vous avouer que je m'en moque.

Elle leva les paumes pour le tenir à distance, et il laissa retomber sa main en soupirant. Dire qu'il n'aurait eu qu'à pencher la tête pour goûter sa bouche, rien qu'un instant...

— D'accord, dit-il en reculant. Alors, venez au moins prendre le petit déjeuner avec Molly et moi, demain matin ?

— Euh, je...

— Il faut bien manger, alors autant le faire avec nous.

Sa minceur extrême tenait davantage à son bagage émotionnel qu'à la coquetterie, il le comprenait maintenant. Combien de repas avait-elle manqué en dix-huit mois ?

Elle lui rendit le gobelet de plastique.

— Peut-être bien...Rendez-le à Molly pour qu'elle puisse attraper d'autres lucioles. Et dites-lui que je la remercie pour les vœux.

Elle se détourna, gravit le perron grinçant de son chalet.

— Rachel ?

Sans répondre, elle se retourna pour lancer un regard interrogateur par-dessus son épaule.

— Les vœux aux lucioles n'ont aucune limite dans le temps, dit-il. Je suis convaincu que le mien se réalisera. Tôt ou tard.

Il lui lança un sourire complice ; le petit sourire prudent qu'elle lui offrit en retour fut sa récompense.

— Peut-être. Bonne nuit, James.

— Bonne nuit.

Non, vraiment, il n'était pas doué pour écouter les avertissements. Pas même ceux qu'il se donnait à lui-même.

— Chut !

Molly repoussa Cherish dans les buissons, de l'autre côté du chemin de terre.

— Le voilà !

Les deux filles s'accroupirent entre les branches pour se cacher ; le père de Molly passa devant eux sans les voir. Il avait une expression bizarre, ses yeux semblaient plus grands que d'habitude... Puis il secoua la tête et ses lèvres se crispèrent, dessinant une ligne mince, comme quand il n'était pas content. La main sur sa bouche, Molly retint son souffle jusqu'à ce qu'il se soit éloigné.

— Tu as vu ? chuchota Cherish. Il a failli l'embrasser.

— Tu crois ?

Bondissant sur ses pieds, Molly trépigna de joie dans un grand froissement de feuillages.

— C'est génial ! Ça marche ! Maintenant, il faut trouver un moyen pour qu'ils continuent à se voir. S'ils profitent du dîner qu'ils ont gagné, je pourrai peut-être dormir chez toi ! Oh, ce serait trop bien, je n'ai encore jamais dormi chez une copine.

Cherish, occupée à épousseter la terre de ses genoux, leva la tête, surprise.

— Jamais ?

Molly secoua la tête.

— La maison de mamy, ça ne compte pas.

— C'est nul ! On n'a qu'à s'arranger pour qu'ils sortent ensemble, c'est tout. Bientôt, ton père ne pensera plus qu'à Rachel.

— Cool ! Et après, il oubliera peut-être de m'empêcher de m'amuser !

6.

Les premiers rayons du soleil traversaient les feuillages comme des lances, les oiseaux pépiaient en chœur. Rachel revint du lac le long d'un sentier à demi effacé par les hautes herbes.

Le sommeil s'était longtemps fait attendre la nuit précédente, elle ne cessait de penser à Daniel et aux enfants aux organes greffés qu'elle venait de rencontrer. Ou du moins, c'est ce qu'elle voulait croire ! En fait, le visage de James se superposait à la plupart des autres visions.

Une fois endormie, elle avait fait un rêve. James encore, des lucioles... et des baisers. Des baisers à lui faire éclater le cœur, à lui embraser le corps. Secouant brusquement la tête, elle tenta de se débarrasser d'une sensation... délicieuse mais affolante logée au creux de son ventre. Car si le rêve s'était arrêté aux baisers, dans la réalité les baisers menaient au sexe, qui menait à son tour à toutes sortes de malheurs : grossesses imprévues, mariages non désirés, maris volages, séparations, ex-maris distraits par leur nouvelle flamme... accidents mortels.

La gorge serrée, elle secoua de nouveau la tête. Elle pouvait se laisser aller à un moment de vertige sous l'influence de la lune, des lucioles et d'un regard rempli de compassion… mais au grand jour, elle ne se pardonnerait aucune faiblesse.

Elle tourna l'angle de son chalet et tomba en arrêt devant la décapotable — l'objet le mieux choisi pour renforcer sa détermination ! Couverte de poussière, la voiture ne ressemblait guère au jouet étincelant que Roman bichonnait avec tant de soin, ne la laissant jamais passer une nuit dehors. Dans un léger froissement de feuillage, un minuscule écureuil roux jaillit des buissons, traversa la route comme une flèche et bondit sur le capot. Un instant, il tint la pose, figure de proue bien vivante aux moustaches frémissantes. Elle sourit, amusée, en se disant que Roman aurait piqué une crise mémorable s'il l'avait vu.

Et James, quelle serait sa réaction dans une situation comme celle-ci ? Cette pensée la surprit mais elle s'y attarda tout de même. James semblait apprécier la décapotable presque autant que Roman et par moments, il affichait le même type d'assurance très masculine. En revanche, à la place de James la veille au soir, Roman l'aurait embrassée sans se préoccuper de ses hésitations. Quand elle disait quelque chose, James au moins l'écoutait — une qualité dangereuse, puisqu'elle le rendait encore plus séduisant.

Brusquement, elle tapa du pied dans la poussière ; l'écureuil s'enfuit.

— Des problèmes, rien que des problèmes ! s'écria-t-elle tout haut.

— Quels problèmes ? demanda la voix de Don.

Il approchait paisiblement sur la route de terre, vêtu d'un T-shirt et d'un short découpé dans un vieux jean. Elle soupira :

— Vu la façon dont va ma vie depuis quelque temps, il vaudrait mieux demander ce qui ne pose *pas* de problème.

Il s'arrêta et la regarda, l'air dubitatif. Puis, caressant sa barbe, il hocha la tête avec admiration.

— Impressionnant. Vous venez d'admettre ouvertement et franchement que votre vie n'est pas telle que vous la voudriez. Sincèrement, bravo.

— Oh, je vous en prie... Je parie que vous allez me demander ce que je ressens en disant cela.

— Oui, comment vous sentez-vous ce matin ?

— Très bien, merci. C'est gentil de me le demander.

— Autant pour la franchise..., murmura-t-il.

— Les gens ne veulent pas la franchise, Don, ils veulent le confort. Et vous savez quoi ? Si l'on commence à leur raconter que votre vie est un enfer, que votre fils est mort en vous laissant un trou énorme à la place du cœur, et que vous ne savez pas comment faire pour continuer à vivre, ce n'est pas très confortable pour eux. Quand les gens vous demandent comment vous allez, ils veulent que vous répondiez : « Bien ! »

— Je connais la profondeur du gouffre laissé par l'absence d'un fils. Et je sais que vous n'êtes pas bien.

Tête basse, elle étudia le vernis un peu écaillé de son gros orteil, dessina une courbe dans la poussière du bout de sa sandale. Le silence s'étira en longueur.

— Rachel ? demanda-t-il doucement.

Elle lui jeta un regard rapide, puis se replongea dans sa contemplation sans répondre.

— Mon fils avait vingt-trois ans quand il est mort, reprit-il d'une voix sereine. Il a laissé derrière lui une femme et une petite fille de deux ans. Je suis passé par là, moi aussi.

Il se tut quelques instants, caressa de nouveau sa barbe et dit avec une force de conviction très douce :

— La vie, il faut la vivre ; il faut reprendre le flambeau. Quel est le meilleur moyen pour honorer le souvenir de Daniel : passer à côté de votre existence ? Ou la saisir à bras-le-corps pour en arracher le maximum ?

— Je fais de mon mieux, protesta Rachel à voix basse.

Comme un bon petit soldat, papa devrait être fier... Elle se retint pour ne pas éclater en sanglots.

— Vous méritez bien mieux que ça... mais c'est un bon début. Un très bon début, et je suis là pour vous aider. Vous avez des questions ?

— Une foule de questions.

Le regard de Don s'éclaira.

— Par exemple ?

— Par exemple, que faites-vous de cet endroit les cinquante autre semaines de l'année ? demanda-t-elle avec un grand geste englobant le domaine tout entier.

Don eut un petit rire.

— Très bien, changez de sujet, ce n'est pas grave. Eh bien, nous organisons des séjours tout au long de l'été. Pas seulement pour les enfants aux organes greffés, bien qu'ils soient ceux qui nous tiennent les plus à cœur, évidemment — nous accueillons aussi les enfants atteints du sida, d'un cancer, ou souffrant de diabète. Et nous touchons à d'autres domaines aussi : des groupes de scouts, des réunions de famille, même des retraites organisées par de grandes entreprises pour leur personnel. En octobre, nous fermons tout et nous partons vers le sud. Nous ne supportons plus les hivers, dit-il en mimant en frisson.

— C'est un très joli programme.

— Effectivement, convint-il en fourrant ses mains dans ses poches. Bien, je dois vérifier que tout est en ordre pour le petit déjeuner. Si vous avez besoin d'un coup de main, vous me faites signe, d'accord ?

Elle approuva de la tête. Tournant les talons, il repartit par où il était venu.

— Don ? lança-t-elle.

Il s'arrêta, se retourna à demi.

— Merci.

Un sourire illumina son visage barbu, il leva le pouce.

— Je fais mon boulot, ma p'tite dame, s'exclama-t-il gentiment. J'essaie juste d'aider un peu les autres passagers pendant la traversée…

Il s'éloigna sur un dernier signe de main ; à pas lents, elle se dirigea vers la porte de son chalet. « Je fais mon boulot » ? Sans qu'elle sache pourquoi, la formule la heurtait un peu. James faisait-il, lui aussi, simplement son boulot ? Tous ses discours sur les lucioles, son envie de l'embrasser… était-ce seulement une stratégie de psychologue ? Elle claqua derrière elle la porte moustiquaire.

Dès qu'il fut douché et habillé, James composa le numéro de son associé, Nicholas Cordova. Sans le soutien et la compréhension de Cord, il ne s'en serait jamais sorti avec Molly. Ce véritable ami avait toujours accepté de mettre les bouchées doubles pour qu'il puisse rester auprès d'elle à l'hôpital. Par chance, leur cabinet n'était qu'à une demi-heure de route de Pittsburgh ; à l'inverse de nombreux parents d'enfants gravement atteints, James avait pu concilier carrière et présence à l'hôpital.

— Salut, Cord, c'est moi. Quoi de neuf ?

— Hein, quoi ? gémit une voix enrouée dans le combiné. C'est une urgence ?

— Arrête ton cinéma, c'est moi, tu le sais très bien.

Souriant, il fit passer son portable dans l'autre main et écarta le rideau de la fenêtre ouverte. Rachel justement rentrait chez elle, après une conversation avec Don. Si seulement il avait l'ouïe d'un super héros, il aurait pu savoir de quoi ils parlaient. Il aurait aimé savoir comment elle se sentait ce matin.

— Non, dit la voix à son oreille, non, ce n'est pas mon associé. Il sait parfaitement qu'on ne m'appelle pas à...

Il y eut un froissement de draps, suivi d'un nouveau gémissement sourd.

— ... à 7 h 10 du matin. Puisqu'il ne s'agit pas d'une urgence, je vais raccrocher et me rendormir.

Il n'en ferait rien, James le savait ; il passa donc immédiatement aux questions qu'il voulait poser sur certains patients en difficulté et la marche du cabinet en général. Cord lui donna toutes les informations nécessaires et conclut en lançant :

— Ça suffit pour le travail. Tu es en vacances, non ? Maintenant, *relax*, c'est compris ?

— Mais oui, mais oui.

— Comment vont tes amis et leurs gosses ? Tu as rencontré des jolies filles ?

D'une main, James se mit à entasser des vêtements dans le panier de linge sale avant de le repousser dans un coin.

— Michelle, Nolan et les gosses vont très bien.

— Je note que tu évites de répondre à la deuxième question. Ça ne m'étonne pas. Tu es aussi indifférent qu'un moine et de toute façon, ce n'est pas en colonie de vacances qu'on rencontre des femmes intéressantes.

— En fait…

Il se dirigea vers le lit, faisant grincer le plancher sous ses pas. Le portable coincé entre son épaule et son oreille, il effaça les plis du couvre-pied, fit gonfler les oreillers.

— En fait quoi ? Allez, avoue !

— Il y a bien une… femme intéressante.

L'exclamation hilare de Cord le fit écarter en hâte l'appareil de son tympan.

— Tu es génial, jubilait son ami. Ça n'arrive à personne d'autre, des coups pareils. Alors, raconte ! Elle doit vraiment être spéciale pour te réveiller après tout ce temps. Est-ce qu'elle est belle ?

James ferma les yeux et l'image de Rachel s'imposa à lui. Impossible d'avouer à quel point le souvenir de son visage au clair de lune l'affectait encore.

— Spectaculaire, dit-il lâchement.

— C'est gentil, ça. Les cheveux, les yeux ?

— Cheveux blonds, yeux bleus.

— Une maman d'enfant ayant reçu un organe ?

— En fait, c'est la mère d'un donneur.

Il y eut un silence, puis son ami murmura :

— Attends une seconde. Tu veux dire qu'elle avait un enfant qui…

— Ouais.

Le silence retomba. Le son du sèche-cheveux de Molly dans la salle de bains lui sembla assourdissant.

— Quoi ? demanda-t-il.

Son ami s'éclaircit la gorge.

— Et toi, tu réagis comment ?

— Garde l'analyse pour toi, dis-moi juste ce que tu penses.

— Ce que je pense n'a aucune importance, ce qui compte, c'est ce que tu ressens, toi. Enfin, bon, si elle a perdu un gosse, elle pourra peut-être admettre ton comportement obsessionnel avec Molly.

— Je n'ai pas un comportement obsessionnel avec Molly.

A côté, le sèche-cheveux se tut et il se hâta de baisser la voix.

— Mais si ! Enfin, là n'est pas la question.

— Papa ? dit Molly en passant la tête dans sa chambre. J'ai les cheveux secs, tu peux y aller.

James leva l'index pour lui demander de patienter.

— J'arrive tout de suite. Je parle à Cord.

— Cool. Tu l'embrasses pour moi.

Elle disparut.

— Molly t'embrasse. Je dois y aller, il faut que je m'occupe d'elle.

— Il faut aussi que tu t'occupes de toi. Pour une fois, pense un peu à toi, d'accord ? Molly va très bien, tu as le droit de te faire plaisir aussi.

— Merci, docteur, répliqua James, d'un ton sarcastique. Au fait, tu as des nouvelles de ma patiente, Rose DeWitt ?

— Le calme plat. Tant que son ex se tient à carreau, elle se débrouille comme un chef.

— Parfait. Tu sais où me joindre en cas de besoin.

— Ouais. Amuse-toi, mon vieux. Détends-toi, profite.

Un déclic mit fin à la conversation. James poussa un gros soupir. Se détendre ? Comment pouvait-il se détendre alors que la femme dans le chalet voisin soulevait en lui un tel trouble ?

*
* *

Rachel hésita sur les marches du chalet bleu. La brise fraîche du matin faisait tinter le carillon ; le son lui semblait lointain, nostalgique. Ce petit déjeuner avec les McClain, était-ce vraiment une bonne idée après ce qui s'était passé la veille au soir ? La situation lui faisait peur… Heureusement, James et Molly feraient office de bouclier entre elle et les autres. Mais comment trouverait-elle le courage d'affronter tous ces regards après cette scène grotesque !

Redressant les épaules, elle se décida à s'approcher de la porte, leva la main pour frapper… la voix de James lui parvint par la fenêtre ouverte :

— Je ne l'ai *pas* embrassée. D'ailleurs, je ne vois pas en quoi cela te regarde.

— Mais Cherish a dit…

— Je me fiche de savoir ce qu'a dit Cherish, ou ce qu'elle a cru voir.

Figée derrière la porte, Rachel rougit. A l'intérieur, James semblait ne plus savoir où donner de la tête.

— Je crois qu'il va falloir établir un nouveau règlement, dit-il. Je suis le chef de famille, et j'embrasse qui je veux, quand je veux. Tu es ma fille, et tu n'embrasseras personne avant un bon paquet d'années. Ensuite, il s'agira uniquement de garçons pour lesquels j'aurai donné mon accord préalable, qui auront peur de moi, et qui ne transporteront aucun microbe.

— Oh, beurk, je ne veux pas embrasser de garçons !

— Dieu merci, marmonna son père.

Cette fois, Rachel dut mettre la main sur sa bouche pour ne pas éclater de rire.

A l'intérieur, Molly reprit :

— Mais ça ne m'ennuie pas si tu embrasses Rachel. Je l'aime bien.

Cette dernière sentit une petite explosion de chaleur dans sa poitrine. Etait-ce parce que la petite venait de donner son aval à son père ou parce qu'elle l'appréciait ? Un peu des deux sans doute…

— Je ne peux pas le croire, grogna James. C'est une conversation, ça, entre un père et sa fille de huit ans ?

— Moi, je trouve ça super ! reprit la petite voix joyeuse. Tu vas lui proposer un rendez-vous ?

— Il n'est *pas question* de rendez-vous.

Une déception d'une intensité surprenante vint dissiper toute chaleur chez Rachel. Elle-même n'avait aucune intention de s'intéresser à James, bien sûr, mais c'était tout de même blessant. Manifestement, elle avait eu raison : cette envie de l'embrasser n'était qu'une invention, la solution trouvée par un psychologue pour communiquer avec une femme en détresse.

— Mais le dîner que vous avez gagné, insistait Molly. Tu ne peux pas gaspiller un dîner au restaurant ! Et Rachel sera sûrement déçue, elle a dû faire de gros efforts pour aller aussi vite que toi.

Sous la véranda, Rachel sentit monter à ses lèvres un sourire à la fois tendre et amer. Voilà Molly qui prenait la défense des femmes blessées ! Quel cran, cette petite…

— Molly, arrête de remuer.

— Aïe ! Papa, doucement, ça fait mal.

— Ça ne ferait pas mal si tu te tenais tranquille. Viens là.

— Ouïe, arrête !

Par la fenêtre, Rachel aperçut James, entraînant sa fille vers le plan de travail de la cuisine sans lâcher ses cheveux qu'il tenait à pleines mains. Un souvenir très ancien jaillit en elle ; elle ouvrit la porte à la volée et se précipita à l'intérieur.

— Non ! Lâchez-la.

James s'immobilisa, un bras tendu vers le plan de travail, l'autre serrant toujours une poignée de cheveux.

— J'ai dit, lâchez-la !

— Si je lâche, sa natte va se défaire. Enfin, ce que j'ai réussi à faire jusqu'ici.

Un éclair d'humour s'alluma dans ses yeux et il demanda :

— Puisque vous êtes là, vous voulez bien me passer ce peigne ?

— Sa natte...

Sentant ses genoux fléchir, elle baissa les yeux vers Molly et vit qu'elle souriait.

— Vous êtes en train de lui faire une natte, répéta-t-elle.

Machinalement, elle prit le peigne sur le plan de travail, le lui tendit. En plus de toutes ses autres capacités surprenantes, cet homme savait faire des nattes à sa petite fille.

Habilement, il lissa les mèches éparses, glissa le peigne entre ses dents et se mit à tresser les mèches rousses.

— Quand je vous ai vu tirer ses cheveux — enfin, je croyais — ça m'a rappelé...

Secouant la tête, elle soupira :

— Je... enfin, oubliez ça.

— Vous entrez chez moi sans frapper et je n'ai même pas droit à une explication ? grommela-t-il les dents toujours serrées autour du peigne de plastique.

Désemparée, elle se tourna vers la porte grande ouverte, la contempla comme si elle ne comprenait pas comment elle se trouvait à l'intérieur.

— Je suis désolée. J'ai pensé…

Saisissant le peigne, il demanda :

— Vous avez cru que je lui faisais mal, n'est-ce pas ?

— Elle criait « aïe »…

— Vous avez foncé pour me sauver ?

Hilare, Molly se tortilla pour échapper à son père et vint jeter les bras autour de sa taille. James leva les mains au ciel.

— Bon, ça suffit comme ça. Aujourd'hui, tu te passeras de natte. Je te rappelle juste que c'est toi qui la voulais. Tu te contenteras d'une queue-de-cheval.

Revenant vers lui, la petite demanda :

— Je veux la même que celle de Rachel.

Celle-ci lui sourit, la chaleur revint doucement, chassant la gêne.

— C'est bien plus facile, murmura-t-elle.

— Oh, oui !

Adroitement, il défit le commencement de la coiffure compliquée et, en quelques gestes, acheva la coiffure de sa fille. Puis, lâchant les boucles, il demanda :

— Vous avez décidé de vous joindre à nous pour le petit déjeuner ?

Elle hocha la tête sans répondre.

— Bien !

Sa montre émit un bip, suivie presque immédiatement dans un registre plus aigu par celle de Molly. Rachel haussa les sourcils, interrogative.

— C'est l'heure des médicaments, expliqua-t-il en se dirigeant vers un placard de la kitchenette. Pour qu'ils aient le maximum d'efficacité, Molly doit les prendre à l'heure. 7 h 30 du matin, 7 h 30 du soir.

— Elle prend des médicaments ?

— Pour garder mon nouveau cœur, expliqua Molly.

Saisissant le verre d'eau que James lui tendait, elle les avala goulûment.

— Très bien, mesdames, nous y allons, dit son père en leur indiquant la porte d'un geste cérémonieux.

Une fois dehors, les deux adultes avancèrent d'un pas tranquille sur la route de terre, tout de suite distancés par Molly qui gambadait devant.

— Vous étiez impressionnante tout à l'heure, observa James au bout de quelques secondes. A vous précipiter comme ça…

Elle rougit violemment et baissa la tête.

— C'était ridicule. Je fais tout de travers en ce moment.

S'arrêtant de marcher, il se tourna vers elle.

— Tout de même, vous devriez savoir que je serais tout à fait incapable de faire du mal à Molly.

— Je le sais. Mais…

— Mais les apparences étaient contre moi, d'accord. On vous a déjà tiré les cheveux ?

Lui jetant un regard de biais, il se remit en marche. Elle l'imita en shootant dans un caillou, soulevant un petit nuage de poussière.

— Oui, autrefois… une institutrice, répondit-elle.

— Une institutrice ? Dans quel genre d'école étiez-vous !

Elle ne put retenir un petit sourire — et s'aperçut qu'avec lui, il était simple de se raconter. Où était passée sa réserve habituelle ?

— Une école D.O.D.D.

— Je donne ma langue au chat. Qu'est-ce que c'est que ça ? Une méthode comme Montessori, seulement les maîtresses doivent vous tirer les cheveux ?

Elle secoua la tête.

— Cela signifie *Department Of Defense Dependants*, ce sont les établissements réservés aux enfants du personnel des Forces armées. Mon père était militaire.

— Ah ! Voilà qui explique bien des choses.

— Par exemple ?

— La façon dont vous gardez tout verrouillé en vous. Je parie qu'on n'exprimait guère ses émotions, chez vous ?

— Non. Nous devions être stoïques.

— Et que pensait votre père de cette institutrice qui tirait les cheveux de sa gosse ?

Elle revit son père faisant une entrée fracassante dans sa classe de CP, heureusement presque vide.

— Il n'était pas content. J'avais une frousse affreuse, je pensais qu'il serait furieux contre moi : l'école a appelé ma mère, qui l'a appelé à son tour — alors qu'il était en manœuvres. Elle m'avait entendue pleurer très fort en cachette et cela l'avait bouleversée. Papa est arrivé... en tenue de combat, couvert d'herbe et de boue, un M12 en bandoulière... Je ne sais pas qui a eu le plus peur, l'institutrice ou moi. Papa aime la discipline mais il croit aussi en la justice. Par chance, j'étais du bon côté ce jour-là, mais papa m'a tout de même rappelé que les soldats ne pleuraient pas et que j'avais inquiété ma mère avec mes larmes.

Que ne donnerait-elle pas aujourd'hui pour que sa mère puisse encore l'entendre pleurer ! Car elle était morte, deux ans avant la naissance de Daniel. Rachel se demandait souvent quel conseil elle lui aurait donné, au sujet de Roman...

— Je parie que la maîtresse ne vous a plus jamais tiré les cheveux.

— Gagné.

Molly revint vers eux en courant.

— Papa ! Regarde ce que j'ai trouvé.

— Qu'est-ce que c'est cette fois, Insubmersible ?

La petite s'arrêta net, tapa du pied avec fureur et indiqua Rachel d'un mouvement du menton.

— On avait dit, pas en présence de quelqu'un, cria-t-elle.

Rachel serra les lèvres pour ne pas sourire. Comment avait-elle pu penser un seul instant que cet homme ferait du mal à son adorable petite fille ? Sa réaction était à mettre sur le compte du manque de sommeil, et du stress.

— Désolé. Qu'est-ce que tu as trouvé ? demanda James en se penchant, les mains posées sur les genoux.

Molly ouvrit les mains et un crapaud sauta d'un bond maladroit pour atterrir dans la poussière avant de se hâter lourdement vers les broussailles.

— Oh, non ! gémit la petite, désolée de l'avoir laissé échapper.

James se redressa en secouant la tête.

— Nous allons manger. Les crapauds et autres bestioles...

— Ne sont pas propres, je sais, soupira la petite en lui tendant ses mains vides. Mais il était si mignon, je voulais juste te le montrer.

— Pas avant de manger, d'accord ?

Tâtant la poche de sa chemise de jean délavé, il en sortit un petit flacon de plastique et fit gicler du désinfectant sur les paumes tendues de sa fille.

— Désolée, marmonna celle-ci en se frottant vigoureusement les mains.

— Pas de problème. N'oublie pas d'aller les laver comme il faut avant de manger.

Le flacon retourna dans la poche de sa chemise ; Molly se remit à courir vers le bâtiment principal, laissant les adultes continuer à leur rythme.

— Moi non plus, je n'aime pas les crapauds, dit Rachel.

— Non ?

— Je préfère les serpents, c'est beaucoup plus propre.

James resta bouche bée. Il s'arrêta de marcher un instant ; un sourire illumina son visage et il éclata de rire.

— Vous êtes surprenante, vous !

Rachel haussa les épaules, les laissa retomber.

— La vie est pleine de surprises. Certaines sont agréables, d'autres non.

Il tendit la main vers elle, fit glisser une mèche derrière son oreille.

— Je dirais que vous entrez dans la catégorie des bonnes surprises. Je ne m'attendais pas à trouver quelqu'un comme vous en colonie de vacances.

Elle se sentit rougir, chercha maladroitement à interpréter la douceur qu'elle lisait dans ses yeux.

— Vous voulez dire, une mère de donneur... ?

— Non. Je voulais dire...

— Papa ! hurla Molly de la porte de la salle à manger. Dépêche-toi ! Cherish est déjà là !

Il sourit et leva les yeux au ciel.

— C'est ma Molly, toujours impatiente.

Rachel réprima un soupir de déception. Elle ne saurait jamais ce qu'il avait failli dire.

— Il faut la comprendre, murmura-t-elle. Nous, les vieux, nous sommes trop lents pour eux. Daniel avait deux vitesses : supersonique et distorsion temporelle.

— Molly n'en est encore qu'au supersonique.

Ils entrèrent dans le bâtiment, s'engagèrent dans le couloir qui menait à la salle à manger. A l'autre bout, ils virent Molly disparaître dans les sanitaires pour se laver les mains, puis en rejaillir au moment où ils atteignaient la porte à leur tour. Tendant les mains, elle sourit à son père.

— Ça va comme ça, papa ? Je vais dire bonjour à Cherish, d'accord ?

James hocha la tête pour indiquer sa double approbation et passa les portes à la suite de sa fille. Rachel s'arrêta sur le seuil. Les effluves des œufs au bacon lui mettaient l'eau à la bouche, mais elle redoutait les regards qui, déjà, se tournaient vers elle... Elle commençait à reculer quand une main se referma sur la sienne.

— Vous m'aviez promis de déjeuner avec nous, lui glissa James. Vous n'allez pas revenir sur une promesse ?

— J'avais dit peut-être.

— Faites comme si j'étais un gosse. « Peut-être », ça veut toujours dire « oui ».

Gentiment, il la tira vers lui.

— Allez, venez. Il faut bien manger quelque chose.

A la gentillesse de son regard, elle vit qu'il comprenait très bien sa réticence ; les doigts qui serraient les siens lui donnèrent un peu de courage.

— Vous serez bien obligée de les affronter tôt ou tard. Autant que ce soit maintenant.

— C'est le psychologue qui parle ?

— Non, c'est l'ami.

Pendant de longues secondes, elle le regarda dans les yeux, puis elle serra sa main à son tour.

— Merci, murmura-t-elle.

Une étincelle s'alluma dans ses yeux.

— Tout le plaisir est pour moi. Après vous.

Lâchant sa main, il l'invita d'un geste à prendre place dans la file d'attente. Hochant la tête, elle fit un pas dans la salle… et les applaudissements commencèrent. Cela partit d'une femme à la table la plus proche, s'étendit comme une vague se propageant à la surface d'un lac. Paralysée, Rachel regardait autour d'elle sans comprendre. Ce n'était tout de même pas pour elle… ? La scène d'hier ne leur suffisait donc pas, ils voulaient qu'elle leur fasse un nouveau numéro ? D'autres personnes se levaient maintenant, elle voyait leurs mains se rapprocher en cadence mais un grondement dans ses oreilles étouffait tous les sons extérieurs. Un étau enserrait sa poitrine. Les paroles de Trudy, le premier jour, résonnaient à ses oreilles, hideusement déformées : ils vous considéreront comme une héroïne.

Sa gorge se serrait, elle ne pouvait plus respirer. Une autre femme quitta sa table et se hâta vers elle, tête basse. Quand elle fut tout près, Rachel reconnut la voisine agressive qui lui avait demandé de justifier sa présence, déclenchant tout ce grotesque processus.

— Rachel… Je voulais juste vous dire à quel point je regrettais, pour hier. Je n'avais aucune idée…

Rachel serra les poings dans un effort désespéré pour se contrôler. Elle ne pouvait pas endurer ça, elle allait éclater en sanglots, ou s'enfuir… La main de James vint se poser dans son dos et une immense reconnaissance l'envahit en sentant qu'il la soutenait.

— Merci, dit-elle, en regardant l'autre femme, mais en pensant à lui.

La femme venait de retirer de son chemisier une broche en forme de ruban vert. Les mains tremblantes, elle la fixa à celui de Rachel.

— C'est pour vous. Le signe de ralliement de ceux qui soutiennent les dons d'organes…

Rachel jeta un regard à l'insigne. Le vert du ruban ressortait, sur son corsage blanc ; le poids de la broche lui écrasait le cœur.

— Oh, non, je ne peux pas…

— Je vous en prie. Portez-le pour honorer votre petit garçon, dit la femme en lui saisissant les mains.

Incapable de parler, Rachel hocha la tête, lui serra la main en retour… puis son contrôle l'abandonna. Faisant volte-face, elle enfouit son visage contre la poitrine de James. Ses bras se refermèrent autour d'elle et il la serra étroitement contre lui.

— Doucement, chuchota-t-il. Tout va bien. Ils veulent juste vous montrer combien ils apprécient votre geste.

Tremblante, elle se blottit contre lui comme pour se cacher. Car elle n'avait rien fait ! Elle n'était pas une héroïne, pas même une femme généreuse qui tenait à ce que la mort de son fils serve à sauver la vie d'autres victimes. C'était une imposture pure et simple… elle ne voulait pas faire don des organes de Daniel !

7.

— La vie sentimentale de ton père ne te regarde pas. Je te trouve un peu jeune pour t'y intéresser, dit sévèrement la mère de Cherish à Molly.

Puis, se tournant vers sa propre fille :

— Je ne sais pas à quoi vous jouez toutes les deux, mais je vous demande d'arrêter tout de suite.

Molly jeta un coup d'œil par-dessus son épaule. Là-bas, Rachel, pâle et défaite, se laissait guider par son père le long de la file du self.

— Mais il la tenait dans ses bras, je l'ai vu !

— Elle était bouleversée. Ton père te serre bien dans ses bras quand tu as de la peine ?

Découragée, Molly se tassa un peu sur son banc.

— Ouais. Mais tu ne crois pas qu'elle lui plaît, juste un peu ?

Nolan laissa échapper un petit rire.

— A mon avis, elle lui plaît plus qu'un peu. Ouff !

Le coude de sa femme venait de lui heurter les côtes ; il ne dit rien de plus.

— Tu vois, je te l'avais dit ! clama Cherish, triomphante.

Lançant un clin d'œil à son amie, elle découpa une généreuse bouchée de pain perdu et la porta à ses lèvres ;

le sirop d'érable goutta dans son assiette, Molly en eut l'eau à la bouche. Jetant un nouveau regard par-dessus son épaule pour s'assurer que son père ne la regardait pas, elle se pencha vers son amie.

— Vite… fais-moi goûter.

Cherish lui fourra prestement la bouchée entre les lèvres.

— Mmm, gémit Molly, les yeux clos.

Du pain perdu ! Pour elle, c'était le délice des délices mais son père ne trouvait pas cela assez nourrissant. Quand elle ouvrit les yeux, elle rencontra le regard sagace de Michelle. D'une mimique, elle la supplia de ne rien dire, et Michelle accepta d'un signe de tête. Molly lui lança un sourire radieux.

— Bon ! s'écria-t-elle. Je ferais bien d'aller chercher mon plateau !

Elle fila vers la file d'attente. Une bouchée de douceur, ce n'était pas beaucoup ! Si seulement elle pouvait en prendre davantage. Mais non : comme d'habitude, elle n'aurait droit qu'à un gros tas de porridge gluant… et bon pour le cœur.

Quand elle revint avec son plateau, son père et Rachel étaient en train de s'installer de part et d'autre de la table. Voyant son père sortir une lingette javellisée, elle ralentit le pas, le vit essuyer minutieusement la table, puis le banc, à la place libre à côté de Cherish. La honte ! En avançant comme un escargot, elle réussit à ne les rejoindre qu'une fois le rituel terminé. Qu'allait penser Rachel ? Elle le prendrait pour un dingue — et dans un sens, elle aurait raison.

— Ah, te voilà, dit-il. Tiens, mets-toi près de Cherish.

Molly se glissa à la place qu'il lui indiquait, enfonçant son coude dans les côtes de son amie en levant les yeux au ciel. Dans l'effort qu'elle faisait pour se retenir de pouffer, Cherish renifla comme un cochon. Du coup, les deux filles partirent dans un fou rire, épaule contre épaule, leurs serviettes pressées sur le visage.

Quand elles se calmèrent enfin, le silence s'abattit sur la table. Les adultes ne parlaient pas. Du bout de sa cuillère, Molly tâta l'amas gris de porridge collé aux flancs de son bol bleu. Détachant une portion, elle la retourna pour estimer l'épaisseur. Le petit tas ne frémit pas, même quand elle le secoua. C'était encore pire que le porridge que faisait son père à la maison.

— Il faut manger, dit son père à mi-voix.

Elle leva les yeux, prête à se justifier avec véhémence... et fut stupéfaite de voir qu'il s'adressait à Rachel.

— Oh...

La jeune femme eut l'air stupéfaite, comme si elle avait oublié la nourriture posée devant elle. Examinant son plateau, elle soupira et le repoussa légèrement.

— Je n'ai pas pris de couteau. Ni de serviette...

Un second soupir lui échappa, plus profond encore que le premier. Papa sauta sur ses pieds.

— Ne bougez pas, j'y vais.

Effleurant de la main l'épaule de Rachel, il recommanda :

— Pendant ce temps, attaquez-vous donc à la salade de fruits. Vous n'avez pas besoin de couteau pour ça.

Molly attendit qu'il se soit éloigné pour piquer le dernier morceau de pain perdu sur l'assiette de Cherish. Le dévorant à toute allure, elle demanda à la jeune femme.

— Tu as aimé les lucioles hier soir ?

— Oui. Beaucoup. C'est le plus gentil cadeau qu'on m'ait offert depuis longtemps.

Un délicieux frémissement remonta de l'estomac de Molly pour lui réchauffer la poitrine.

— Mieux que le marshmallow ? demanda-t-elle, enchantée.

Les jolis yeux bleus de Rachel s'éclairèrent un peu, un tout petit sourire retroussa les coins de sa bouche.

— Oui, nettement mieux que le marshmallow.

— Tu as fait des vœux ?

La jeune femme hocha la tête.

— Bien, dit rondement Molly. Tu n'es pas obligée de me dire ce que c'était.

— Merci.

Le père de Molly revint, disposa le couteau et la serviette devant Rachel puis, se penchant par-dessus la table, il jeta un coup d'œil dans le bol de porridge.

— Ça ressemble à de la colle à papier peint, observa-t-il. Tiens, ajoute un peu de lait, ça devrait l'assouplir un peu.

— Le goût aussi est comme de la colle, gémit-elle.

Il eut un petit rire ; avec une grimace, elle prit le verre de lait qu'il lui tendait en marmonnant une protestation inaudible.

— Mange, ordonna son père.

Puis, se tournant, il ajouta :

— Vous aussi. La santé commence par une bonne alimentation.

— Qu'est-ce que je dois faire pour avoir quelque chose de bon ? marmonna Molly tout bas en mêlant le lait à son porridge. Faire la grève de la faim ?

— Comment ? demanda son père.

— Rien.

La mère de Cherish passa le bébé à Nolan.

— Tiens, prends-le, pour que je puisse manger moi aussi.

Les yeux ronds, Molly regarda Rachel noyer son pain perdu de sirop doré. A contrecœur, elle enfonçait sa cuillère dans ses flocons d'avoine quand une femme en débardeur blanc s'approcha d'eux et posa la main sur l'épaule de Rachel.

— Je partage votre chagrin. Je voulais vous dire à quel point j'admire votre courage.

Rachel repoussa son assiette en soupirant. Son père disait toujours qu'on se sentait mieux quand on parlait des choses qui font de la peine. Molly se lança :

— Il est mort comment, ton fils ?

— Molly ! s'exclamèrent en chœur les trois autres adultes.

Son père la foudroya du regard et même Cherish lui pinça la jambe. Sans se laisser démonter, Molly resta concentrée sur Rachel.

Rachel soutint le regard de la petite fille, les oreilles blessées par les protestations choquées résonnant autour d'elle.

— Fais tes excuses tout de suite, ordonna James.

— Non, dit Rachel.

— Non ? répéta-t-il, interloqué.

— Non. Elle n'a pas à s'excuser. Elle n'a fait que poser la question dont vous voudriez tous connaître la réponse.

Le poids de leurs regards sur elle était presque insoutenable ; elle s'accrocha à celui de Molly. Dans ces yeux-là, elle ne lisait aucune pitié, aucune gêne, seulement la curiosité franche d'un enfant. Respirant à fond, elle croisa les mains sur ses genoux et dit :

— C'était le premier week-end de beau temps de l'année. Le papa de Daniel l'a emmené au terrain de jeu. Il y a une grande structure de bois en forme de château fort, il adorait y grimper. Seulement, il a grimpé là où il n'aurait pas dû et il est tombé en se cognant la tête…

— Il a eu mal ? Il a pleuré ?

— Je n'étais pas… Je n'étais pas là mais non, je ne crois pas qu'il ait pleuré. Je crois qu'il n'a rien senti du tout.

Elle se raccrochait à cette conviction. Elle avait besoin de croire qu'il n'avait ressenti aucune douleur.

La gorge serrée, elle se tordit les mains sous la table. Une brume envahit sa vision, brouillant le visage grave de l'enfant assise en face d'elle. Elle baissa les yeux. Une chaleur fulgurante brûla la peau de sa cuisse quand James l'effleura, puis il trouva sa main sous la table et la serra fortement. Elle lui rendit la pression.

Ils étaient isolés dans un îlot de silence, entouré d'un océan de bavardages joyeux et de tintements de couverts. A leur table, personne ne bougeait, à part le bébé qui s'agitait dans les bras de son père.

— Tu veux échanger ton petit déjeuner avec le mien ?

— Quoi ?

La surprise lui fit relever la tête. Clignant des yeux pour chasser ses larmes, elle découvrit le sourire malicieux de Molly.

— On échange ? Tu manges mon porridge, je prends ton pain perdu.

Malgré elle, son regard s'égara un bref instant vers son père. Rachel esquissa un geste pour lui tendre son assiette.

— Vas-y, prends ce que tu veux. Je n'ai pas très faim…

— Pas question !

Lâchant sa main, James ramena d'autorité le plateau devant elle.

— Molly essaie de vous avoir. Vous allez manger toutes les deux, tout de suite.

Rachel ouvrit la bouche pour protester mais il posa un index sur ses lèvres.

— Pas d'excuses. Allez, au travail.

Ce contact sur sa bouche... et ce regard plein de sollicitude... Lui prenant sa fourchette des mains, il murmura :

— Ouvrez !

Elle obéit sans réfléchir et un goût délicieux de sirop d'érable et de cannelle envahit sa bouche. Un homme très doux, une enfant avec un cran extraordinaire... la dernière fois qu'il l'avait regardée avec une telle intensité, il lui demandait un baiser.

Michelle toussa bruyamment. Sursautant, Rachel sortit de sa transe et l'entendit lancer :

— Cherish, tu as terminé ?

L'aînée des deux filles hocha la tête.

— Bon, allons-y. Nolan, donne-moi le bébé, tu pourras prendre nos plateaux.

Saisissant sa fourchette de la main de James, elle se pencha sur son assiette en rougissant. Manifestement, ses pensées n'avaient pas échappé à ses voisins.

— On se retrouve plus tard, vieux, lança Nolan en appliquant une claque amicale sur l'épaule de son ami. Tu participes au tournoi de billard, cet après-midi ?

— Bien sûr ! J'espère que tu es prêt à perdre.

— Tu es si sûr de toi ? demanda son ami avec un petit rire. On verra.

Il s'éloigna pour rendre les plateaux. Cherish le suivit et Michelle se mit à ranger d'une main les affaires du bébé dans son fourre-tout.

— Papa, je peux y aller aussi ? Michelle pourrait peut-être me refaire ma coiffure avant le début des activités.

Croisant le regard de Rachel, Molly lui lança un clin d'œil de connivence. Rachel serra très fort les lèvres pour ne pas sourire.

— Tu dois...

— J'ai tout fini ! clama la petite en brandissant son bol vide.

Vaincu, James fit un geste comme pour chasser une mouche.

— Bon, vas-y, mais reste bien avec Cherish. Je viendrai m'assurer que tu arrives à l'heure à ta première activité.

— Ouais !

Molly jaillit de sa place, plateau en main, et se précipita à la suite de son amie.

— Cherish, attends-moi ! Je viens aussi !

— Tu auras du mal à la faire tenir tranquille pour la coiffer, Michelle, soupira-t-il. Je te conseillerais de la laisser avec sa queue-de-cheval.

— Oh, je sais ce que je fais... moi.

Quand la jeune maman se pencha pour poser un baiser sur la joue de son ami, Rachel capta l'odeur attendrissante du bébé. Levant la main, elle caressa timidement le genou dodu du petit garçon.

— Moi aussi, je sais ce que je fais, murmurait James.

— Du moment que tu en es sûr...

Et James et Rachel se retrouvèrent en tête à tête — une fois de plus.

— Eh bien ! constata Rachel. On dirait que j'ai encore réussi mon coup. J'ai fait fuir tout le monde.

Suivant Michelle du regard, elle ajouta :

— Je crois que votre amie ne m'apprécie guère.

— Ce n'est pas qu'elle ne vous apprécie pas…

— Alors où est le problème ?

Se penchant vers elle, il baissa la voix pour souffler :

— Elle se fait du souci à l'idée que je puisse tomber amoureux de vous.

Pour l'amour du ciel ! Avalant avec effort la grosse boule qui venait de se former dans sa gorge, elle demanda :

— Et… vous comptez le faire ?

— Je compte faire quoi ?

— Vous… comptez tomber amoureux de moi ? demanda-t-elle d'une voix hésitante.

— Amoureux, c'est un mot impressionnant. Nous sommes amis, non ?

Elle approuva de la tête et il reprit, pensif :

— Mais cela ne règle pas la question de mon souhait d'hier soir…

Il toucha le bord de sa lèvre et dit :

— Vous êtes toute collante.

— Cette fois, ce n'est pas de la guimauve…

— Non, c'est du sirop.

Jetant un regard rapide à la ronde, il baissa encore la voix pour avouer :

— C'est insensé, mais j'ai toujours envie de vous embrasser.

Elle réprima une plainte. C'était insensé, oui, parce qu'à ce moment précis, elle avait une envie terrible de réaliser son vœu. Incroyable ! Elle vivait à l'ombre de la mort de Daniel depuis si longtemps qu'elle avait oublié ce que cela signifiait… d'être vivante, tout simplement.

Un champ magique opérait donc réellement par ici ?

Une tache orange vif attira son regard et elle s'écarta d'un bond.

— Quoi donc ? demanda-t-il, interdit.

— Trudy et Don nous regardent.

Gênée, elle leur lança un faible sourire. Trudy lui répondit mais Don croisa les bras sur sa poitrine et se carra solidement sur sa chaise En cet instant, il lui rappelait beaucoup son père !

— Je ne peux pas le croire, marmonna-t-elle.

— Croire quoi ?

— Tous ces gosses, tous ces gens autour de nous, et vous parvenez à me faire oublier que nous sommes dans un lieu public. Zut !

— Et alors ? Nous n'avons rien fait de répréhensible, que je sache ? Ils ne vont pas vous renvoyer !

— Me renvoyer..., chuchota-t-elle.

Un instant oubliée, la réalité de sa situation croula sur elle comme une avalanche. A voir sa tête, Don ne préparait pas un rapport très favorable à son sujet !

— Pas eux peut-être, mais...

— Mais... ?

— Oubliez ça, dit-elle en se mettant sur pied. Je vous remercie pour votre compagnie.

— C'est à ça que servent les amis.

Elle se hâta de battre en retraite. Les bons soldats savent également quand il vaut mieux se replier pour constituer une nouvelle ligne de défense.

8.

— Ôte-toi de mon chemin, dit Nolan en poussant délicatement James appuyé contre la table de billard.

— Oh, désolé..., murmura celui-ci en sortant de sa rêverie et en découvrant la boule posée juste devant lui.

Se déplaçant de quelques pas, il s'accouda de nouveau à la table pour attendre son tour. De la salle de jeux voisine leur parvenait le crépitement incessant des parties de ping-pong en cours.

A quoi pensait-il ce matin dans la salle à manger ? Emporté par l'envie d'embrasser Rachel, de recueillir le sirop sucré sur ses lèvres, il était allé trop loin. Cela n'avait aucun sens ! Aussi jolie et douce soit-elle, aussi émouvante avec sa force discrète et butée face à son deuil, ce n'était pas à lui de... Il s'était trouvé à deux doigts de l'embrasser devant la colonie au grand complet ! Perdait-il la tête ? Sans doute pas : ceux qui trouvent insensé leur propre comportement ne sont pas fous ! Alors, comment expliquer sa réaction ?

— C'était courageux de ta part de laisser Molly s'inscrire au saut à l'élastique, dit Nolan. Cherish en avait très envie mais Michelle a refusé tout net.

Une panique absolue lui glaça la poitrine.

— Saut à l'élastique... ? Qu'est-ce...

Puis il vit le visage hilare de son ami.

— Tu as un humour vraiment malsain ! protesta-t-il.

Nolan éclata de rire.

— Je ne voyais pas d'autre moyen de te faire redescendre de ton nuage. Tu es mordu, James.

— C'est si visible que ça ?

— Il faudrait être aveugle, et encore.

James poussa une plainte douloureuse.

— Il ne manquait plus que ça...

D'un geste las, il s'essuya le front. L'air de la petite pièce était moite ; au plafond, la grosse hélice du ventilateur ne faisait que brasser la chaleur. Nolan aligna son prochain coup.

— La huit, dans l'angle, dit-il.

Il tira avec délicatesse et la balle glissa dans le trou.

— Superbe, commenta-t-il. Je gagne. Pour la troisième fois d'affilée. On continue ou tu préfères t'avouer vaincu tout de suite ?

— Je ne prends aucun plaisir à me faire massacrer, dit James en rangeant sa queue de billard. Voilà pourquoi ce serait une mauvaise idée.

— De jouer contre moi ?

— Pas contre toi, non.

Hochant la tête d'un air sagace, son ami vint le rejoindre.

— Tu sais ce qu'on dit quand quelqu'un travaille tant et plus, sans jamais s'amuser ? demanda-t-il.

— Oui, il devient ennuyeux à mourir.

— Pas du tout ! Il se retrouve en manque d'amour. Il serait temps que tu trouves une femme pour éclairer un peu ta vie.

— Oh, parfait. Entre toi et Cord, j'ai deux supporters qui me poussent à la catastrophe.

— Tu en as parlé à Cord ? Alors c'est encore plus grave que je ne pensais.

— Viens dehors, tu veux ? J'étouffe ici. Allons chercher un peu d'air.

— Je te suis, camarade.

Ils émergèrent du bâtiment dans un soleil éblouissant. Des rires leur parvenaient du terrain de foot, où un groupe de gosses jouait sous l'œil vigilant de leurs moniteurs. Sans se consulter, ils tournèrent les talons pour se diriger vers le lac.

— Molly est heureuse ici, dit James. Elle s'amuse beaucoup. Je suis content que vous ayez pu venir, Cherish lui manquait.

— Elle manquait aussi à Cherish, mais j'avoue que je suis content de ne plus te voir tous les jours. Ne te vexe pas mais j'en avais marre de l'hôpital !

— Je ne me vexe pas. J'aime de tout mon cœur l'équipe des médecins et infirmières mais si j'avais le choix, je ne remettrais jamais plus les pieds là-bas.

— Ça n'arrivera jamais, avec leurs examens de contrôle.

— C'est vrai, soupira James. Et c'est la raison pour laquelle je ne peux pas tomber amoureux. De qui que ce soit.

— Amoureux ? Qui te parle de tomber amoureux ?

Ils étaient arrivés sur la grève. Nolan ramassa un caillou plat, le lança d'un coup sec du poignet — il fit six ricochets avant de disparaître sous l'eau. Content de lui, il se retourna vers son ami en souriant.

— James, tu n'as jamais eu une copine, le temps d'un été ? Ça ne dure pas, ça n'engage personne et ça te laisse des souvenirs délicieux.

Des souvenirs ? Malgré lui, il se retourna vers la torche du souvenir plantée à l'endroit où la route débouchait sur le sable. Au soleil, sa flamme était presque invisible mais une volute de fumée s'élevait mollement dans l'air moite. Etait-ce seulement hier qu'il avait trouvé Rachel effondrée sur le sol de son chalet ?

— Elle mérite mieux que ça.

Nolan, qui s'apprêtait à lancer un nouveau caillou, interrompit son geste.

— Et si tu la laissais décider elle-même ?

— Et même si elle décidait de dire oui ? Comment est-ce que je pourrais faire, avec Molly ?

— Commence par aller réclamer ce repas au restaurant que tu as gagné !

Avec un petit rire, Nolan reprit :

— J'aurais voulu voir cette course. Mais j'étais assez occupé...

Sa voix changea sur le dernier mot et il précisa, en agitant les sourcils d'un air équivoque :

— Et voilà ton premier tuyau : tu trouves le temps quand la petite est occupée ailleurs.

— Oh, ce restaurant... Molly n'arrête pas de me harceler. Elle dit que je ne dois pas décevoir Rachel.

— Alors ne la déçois pas. Emmène-la dîner, buvez un peu de vin, amusez-vous. Tu sais encore t'amuser, j'espère ? Je me demande si elle se souvient de la recette.

James se posait la même question. Après tout ce qu'elle avait enduré !

— Et qu'est-ce que je fais de ma fille pendant que je sors m'amuser ?

Nolan envoya un autre caillou rebondir à la surface de l'eau.

— Elle vient dormir avec Cherish, bien sûr.

Il secoua la tête, ses cheveux blonds brillant au soleil.

— Il faut tout t'expliquer, alors ? Laisse-moi te dire que Cherish invite une copine à dormir à la maison au moins une fois par semaine !

L'idée avait son charme. Elle était même très tentante. Une soirée normale, une sortie à deux avec une jolie femme — un dîner aux chandelles ! Il pourrait peut-être la prendre dans ses bras pour danser… et plus encore ? Allait-il se cantonner à tout jamais dans son rôle de Super papa ou avait-il encore la capacité de se comporter comme un homme ordinaire ?

Quant à Rachel… et si c'était exactement ce dont elle avait besoin ? L'occasion d'échapper pour un soir à la colonie, et à tous ces enfants sauvés par un don d'organe qui lui rappelaient en permanence son fils perdu. Oserait-il laisser Molly pour une nuit ? Cette fois, ce ne serait pas chez ses grands-parents, et lui-même ne serait pas en train de résoudre un problème professionnel. Ce serait pour une raison purement égoïste.

Non, pas égoïste. Ce serait pour *elle*. Pour Rachel.

— Je vais réfléchir, dit-il.

Qui aurait cru qu'une colonie de vacances lui réserverait de telles tentations ? Le moment était-il venu de penser un peu à lui ?

Rachel soupira en soulevant sa queue-de-cheval. Quelle chaleur ! Elle aurait dû prendre quelques épingles pour relever ses cheveux. Des éclaboussures et des cris de joie montaient de la grande piscine ; elle contourna la haie et vit que deux leçons de natation étaient en cours ainsi qu'une partie de « loup » aquatique. Cela faisait beaucoup de monde dans l'eau, mais elle pourrait peut-être tremper ses pieds, histoire de se rafraîchir un peu ?

Poussant le portillon de la clôture, elle retira ses sandales, alla se rincer les pieds au bac. Quel délice, ce ciment humide ! L'odeur un peu piquante du chlore lui fit froncer le nez un instant mais l'eau bleue était trop belle ; elle chercha un endroit où s'asseoir sans gêner les activités en cours.

Surprise, elle reconnut Molly, assise sous un grand parasol un peu à l'écart, un gros livre sur les genoux. La petite ne l'avait pas encore vue ; son petit visage rond criblé de taches de rousseur se tournait tristement vers les enfants surexcités de son groupe qui s'agitaient dans l'eau en criant. Rachel vit ses épaules se hausser légèrement, retomber dans un soupir inaudible. L'Insubmersible se laissait-elle enfoncer ? Changeant de direction, elle alla la rejoindre.

— Salut, toi !

— Salut, répondit Molly sans entrain.

— Pourquoi est-ce que tu ne nages pas avec le reste du groupe ? Tu as oublié ton maillot de bain ? Moi aussi.

Traînant une chaise de plage plus près, elle s'installa près d'elle.

— Non..., répondit la petite avec un nouveau soupir. Je n'ai pas le droit.

— Mais pourquoi ?

— Les microbes, marmonna la petite d'un ton morne.

— Les microbes ? répéta Rachel en se redressant à demi sous le coup de la surprise. Je sens le chlore d'ici, aucun microbe ne pourrait survivre là-dedans !

— Essaie de dire ça à mon père. Je n'ai plus le droit d'aller dans les piscines publiques depuis qu'il a vu une émission aux informations sur les microbes qui restent dans l'eau, malgré le chlore.

D'un geste désabusé, elle repoussa la mèche collée à son front par la sueur. Attendrie, Rachel lui demanda :

— Ton père a un vrai problème avec les microbes, non ?

— Tu te souviens des médicaments que j'ai pris ce matin ? Eh bien, à cause d'eux, je peux facilement tomber malade. Mon corps ne rejette pas mon nouveau cœur, mais il ne rejette pas très bien les microbes non plus. Tous les gosses qui ont eu des greffes doivent faire attention.

Faire attention, oui, elle pouvait le comprendre, mais de là à devenir obsessionnel…

— Je vois plein de gosses comme toi dans la piscine !

— Moi aussi, dit la petite.

Fourrant un marque-page dans son gros livre, elle le ferma sèchement.

— Alors je suppose que tu ne peux même pas tremper tes pieds ? demanda Rachel. C'est ce que j'allais faire.

— Non. Même pas.

Elle ne supportait pas de voir un tel découragement sur ce visage toujours si rayonnant La pauvre gamine était censée rester là à regarder les autres s'amuser ? C'était trop cruel !

— La séance se termine à quelle heure ? demanda-t-elle.

— La prochaine activité est à 4 heures. Promenade dans la nature.

Rachel jeta un coup d'œil à sa montre. Si elle n'intervenait pas, Molly devrait rester assise ici plus d'une heure, en pleine chaleur, à attendre que les autres sortent de l'eau.

— Ecoute, si tu venais plutôt avec moi ?

— Où est-ce que tu vas ?

— J'avais envie de rentrer au chalet, me remonter les cheveux pour avoir moins chaud, et trouver un autre moyen de me rafraîchir.

Avec un peu de chance, le sachet de ballons dont elle s'était servie pour une démonstration de sciences serait toujours au fond de sa sacoche. Elle ne se souvenait pas de l'en avoir retiré, mais avec ses trous de mémoire...

— Comme quoi, par exemple ? demanda Molly, intéressée.

— J'ai bien une idée, mais je la garde pour moi. Qu'est-ce que tu en dis ?

— Qu'est-ce qu'on attend ?

— On prévient ton moniteur et on file ! lança Rachel en enfilant ses sandales.

Le moniteur ne fit aucune objection. Elles s'éloignaient côte à côte, quand Molly prit la main de Rachel. Quel choc ! Le cœur battant, elle serra dans la sienne la main de l'enfant, en luttant pour chasser la douleur sourde, le vide qui menaçait de l'aspirer. La vie allait de l'avant, et elle ferait de même. Sinon elle perdrait le peu qui lui restait.

Molly leva la tête pour lui sourire. Rachel lui rendit son sourire et serra la petite patte nichée dans sa main.

James marchait lentement vers son chalet. Les oiseaux eux-mêmes s'étaient tus, vaincus par la chaleur écrasante de l'après-midi ; pourtant, en approchant du cul-de-sac, il entendit des cris étouffés et des rires. Des rires aigus et d'autres plus graves, un peu enroués.

— Je t'ai eue ! hurla une voix.

Encore une explosion de rires, plus naturels cette fois. Interdit, il reconnut la voix de sa fille, qui aurait dû en ce moment se trouver avec son groupe au bord de la piscine. Accélérant le pas, il contourna le chalet bleu.

— Molly ! Qu'est-ce que tu...

— Papa, attention !

Un éclair jaune passa à quelques centimètres de son visage.

— Qu'est-ce qui se passe ici ? protesta-t-il.

Molly émergea de derrière un buisson, les cheveux détrempés, son T-shirt rose collé à sa poitrine, ses tennis et ses chaussettes blanches éclaboussées de boue. D'une main, elle tenait une sphère bleue.

— On fait une bataille de ballons d'eau. Tu veux jouer ?

Puis elle vit son expression et cessa de sourire.

— « On » ? Qui ça, « on » ?

Se retournant, il chercha en vain *l'autre* coupable.

— Tu es toute mouillée ! Pourquoi n'es-tu pas avec ton groupe ! Où as-tu rempli ça ?

— Ne la grondez pas. C'est ma faute.

De l'autre côté de la petite clairière, Rachel venait d'apparaître à l'angle de son propre chalet, une main derrière le dos.

— Vous vous rendez compte qu'elle est toute mouillée, maintenant ? s'exclama-t-il.

— C'était bien le propos. Puisqu'elle n'a pas le droit d'aller dans la piscine, nous cherchions un moyen d'avoir moins chaud.

— Si elle ne peut pas aller dans la piscine, c'est pour une excellente raison ! Où avez-vous rempli ces ballons ?

Rachel s'avança, passant entre les taches multicolores des ballons éclatés.

— Calmez-vous. Nous avons pris l'eau du robinet. Ce n'est pas si grave.

Faisant volte-face, il ordonna à sa fille :

— Molly, rentre au chalet, retire ces vêtements mouillés et va sous la douche. Regarde-toi, tu as les jambes toutes sales !

Les lèvres de la petite tremblèrent.

— Désolée, papa...

Puis elle s'enfuit vers le chalet. Atterré, James fourragea dans ses cheveux.

— Molly, chérie, lança-t-il. Attends !

Elle s'arrêta, se retourna lentement.

— Je fais attention à toi parce que je t'aime..., dit-il maladroitement.

Le chagrin de la petite se métamorphosa en fureur. Les poings sur ses hanches, elle lança :

— Quelquefois, je me dis que tu m'aimes trop !

Son pied boueux s'abattit furieusement dans la poussière.

— C'est peut-être aussi bien que je n'aie pas de maman, parce qu'avec deux parents comme toi, je ne pourrais même pas *respirer* !

Elle se précipita à l'intérieur en claquant la porte. Un gros poids croula sur la poitrine de James. L'étouffer, lui ? Non, sûrement pas : il ne pensait qu'à elle, à sa santé. Tout de même, cela faisait mal. Comment pouvait-on aimer *trop* !

Il fit un pas en direction de son chalet — et s'arrêta en sentant une main se poser sur son bras. Rachel ! Il l'avait complètement oubliée.

— Laissez-la un petit moment, murmura-t-elle. Donnez-lui le temps de se calmer.

Il inspira à fond, poussa un soupir. Derrière lui, la voix douce de Rachel reprit :

— Je ne comprends pas pourquoi c'est un tel problème. C'était l'eau du robinet.

— L'eau du robinet peut aussi être contaminée. Surtout quand on la mélange avec de la boue...

Il se retourna brusquement, prêt à passer sa rage sur elle... et oublia tout, même les dures paroles de Molly, à la vue du corsage blanc de Rachel. Détrempé (Molly devait avoir la main sûre avec ses projectiles !), il était devenu transparent, révélant sous l'étoffe translucide des rondeurs nichées dans de la dentelle... Il serra les poings si fort qu'un élancement lui monta jusqu'aux coudes. Elle s'approcha encore d'un pas et son parfum l'étourdit : un léger arôme de citron mêlé aux odeurs saines du soleil, de l'eau, d'une peau de femme. Tout à coup, il fut reconnaissant pour le poids de son short en jean : s'il lui tenait chaud, il masquait son désir bien mieux qu'un short en toile.

— Vous venez de l'envoyer se doucher dans la même eau du robinet. C'est logique, ça ? demanda-t-elle amicalement.

Il fit un effort pour dissiper le brouillard qui engourdissait son cerveau, força son regard à remonter de sa poitrine jusqu'à ses yeux.

— Comment ? La même eau ?

— Pourquoi avez-vous amené Molly ici, James ?

— Pour qu'elle passe de bonnes vacances, pour qu'elle s'amuse.

— Nous étions effectivement en train de nous amuser quand vous êtes arrivé comme un bulldozer

Levant la main, elle rabattit une mèche folle en arrière, la faisant glisser dans sa queue-de-cheval ; le geste fit saillir sa poitrine, il dut retenir une plainte sourde. Pensive, les yeux au loin, elle acheva de se coiffer en murmurant :

— Je n'avais plus autant ri depuis…

Il releva brusquement la tête, saisit l'éclat mourant de ses yeux bleus — son cœur se serra dans une nouvelle tension qui n'avait plus rien à voir avec le désir.

— Depuis la mort de Daniel ?

Elle hocha affirmativement la tête.

— Vous devriez rire plus souvent.

Malgré lui, sa main se tendit, ses doigts tracèrent le contour de son visage en glissant sur la peau lisse et humide.

— Dieu sait que vous mériteriez de rire davantage. Et vous êtes très jolie quand vous souriez.

— Et vous, quand avez-vous fait quelque chose d'amusant pour la dernière fois ? Sans raison, sur un coup de tête ?

Il s'entendit dire :

— Avant maintenant, vous voulez dire ?

Vive comme un serpent, sa main partit toute seule, s'enroula autour de sa taille et l'attira contre lui. Le ballon rempli d'eau chut à leurs pieds, elle renversa la tête en arrière et il prit possession de sa bouche.

Lui qui redoutait de la brusquer ! Dès la première pression, elle entrouvrit les lèvres. Acceptant l'invitation, il glissa à l'intérieur de sa bouche et son univers bascula dans la douceur.

Rachel gémit doucement dans sa bouche. Incapable de pensée cohérente, elle ne savait plus que sentir — sa bouche, ses mains qui la pressaient contre lui. Il la désirait ! Cette révélation souleva en elle une incroyable sensation de puissance… et de féminité. Intoxiquée par la chaleur stupéfiante générée par la jonction de leurs bouches, elle ne put retenir une petite plainte quand il s'écarta d'elle.

L'air entre eux crépitait d'électricité ; leur souffle précipité l'assourdissait.

— Fichtre, chuchota-t-il. Je dirais bien que je suis désolé mais je ne le suis pas du tout. A croire que les souhaits aux lucioles se réalisent vraiment...

— Nous devrions peut-être demander à Molly d'en attraper d'autres ce soir ? dit-elle en haletant.

— Maintenant, je vais souhaiter beaucoup plus qu'un baiser.

Ce regard braqué sur elle, rempli de douceur et de passion... Alerte ! Danger ! Elle voyait où il voulait la mener, le long du chemin redouté, grossesse, mariage, souffrance... et pourtant, elle avait si envie de se perdre dans ses bras ! S'il pouvait l'emporter au paradis avec un baiser, une nuit avec lui serait... stupéfiante. Elle avala sa salive avec difficulté.

— N'aie pas l'air si horrifiée, dit-il avec un petit sourire. Moi aussi, j'ai mon ego.

Il la reprit dans ses bras. Cela aurait presque pu passer pour une étreinte amicale... sans la sensualité qui crépitait toujours entre eux.

— Il ne se passera rien si tu ne le veux pas, assura-t-il.

Jusqu'où pouvait-elle lui faire confiance ? Comment réfléchir alors que son souffle tiède jouait sur son oreille, soulevant des frissons dans tout son corps ?

— Je veux tout savoir de toi, Rachel.

La lâchant, il recula d'un pas en tirant sur l'ourlet de sa chemisette... sur laquelle deux taches humides marquaient l'endroit où ses seins s'étaient écrasés contre lui. Il proposa :

— Et si on profitait de notre prix pour dîner ensemble vendredi soir ?

Des taches humides ? Rachel baissa les yeux vers sa propre poitrine et sentit une chaleur brûlante enflammer ses joues. Voilà pourquoi il s'était jeté sur elle ! Elle était incroyablement provocante, comme ces filles dans les bars qui mouillent exprès leur T-shirt pour se donner en spectacle... Repliant les bras pour se cacher de son mieux, elle demanda :

— Vous... tu... vous me demandez un rendez-vous ?

Il la regarda, pris de court, un peu affolé même.

— Un rendez-vous ? Je... enfin...

Il se montrait autrement affirmatif lors de la conversation avec Molly qu'elle avait surprise au point du jour ! Eh bien, que cela lui serve de leçon. A lui maintenant de trouver une façon de se défiler. Recouvrant un peu d'assurance, elle lui sourit.

— C'est ce qu'on dit quand un homme demande à une femme de dîner avec lui. On appelle ça un rendez-vous.

— Alors, oui, dit-il. Vendredi soir.

— Très bien, murmura-t-elle. Vendredi soir.

9.

Un rendez-vous…

Scrutant son propre visage dans le miroir de la salle de bains, James effaça une dernière trace de crème à raser. Avait-il perdu la tête ? Il lui faudrait des semaines de thérapie pour reprendre le dessus et il ne pourrait même pas compter sur Cord — puisque son ami approuvait cette folie.

C'était curieux, la façon dont la capacité de raisonnement d'un homme pouvait s'envoler facilement à la seule vue d'un corsage mouillé. Car de toute évidence, c'était cette vision qui l'avait troublé, plus que son regard lorsqu'elle lui avait dit qu'elle ne riait plus depuis la mort de Daniel.

Il mit de l'après-rasage, esquissa une grimace sous la brûlure de l'alcool. Derrière lui, une petite voix lança :

— Mmm, tu sens bon.

Molly venait de paraître sur le pas de la porte. Manifestement, l'incident des ballons était oublié : ses yeux avaient retrouvé leur pétillement habituel. Pourquoi alors se sentait-il encore coupable à l'idée de la laisser pour une soirée ?

— Tu es prête, Insubmersible ? Tu as préparé tes affaires pour dormir chez Cherish ?

— Pas encore. Ça va être cool !

Sans avertissement, elle se jeta contre lui, nouant les bras autour de sa taille et pressant sa joue contre lui. Tout heureux, il caressa ses cheveux. C'était cela, son bonheur ; son enfant lui suffisait depuis des années, pourquoi se sentait-il si fortement poussé vers Rachel ?

— Tu es le meilleur papa du monde !

Hier il l'étouffait et aujourd'hui il était le meilleur papa du monde ? Il recommanda :

— Souviens-toi de ça, la prochaine fois que je te dirai de faire quelque chose qui ne te plaît pas.

Elle pouffa et prit un air malin pour préciser :

— Disons tu es le meilleur papa du monde en ce moment.

— Voilà qui est plus vraisemblable.

La relâchant, il la fit pivoter vers la porte en lui appliquant une petite tape affectueuse.

— Rassemble tes affaires. Il faut qu'on s'en aille d'ici cinq minutes.

— Oh, papa a un rendez-vous ! chantonna-t-elle en disparaissant.

— Ce n'est pas un…

Le miroir lui renvoya l'image de son visage rasé de frais.

— Bon, bon, c'est un rendez-vous, soupira-t-il. Hé, tu as oublié ta brosse à dents, petit singe !

Elle revint au galop. Il s'accroupit pour se mettre à son niveau et, quand elle voulut prendre la brosse à dents, il la retint un instant en lui demandant :

— Tu es sûre que ça ne pose pas de problème, Insubmersible ?

Elle leva les yeux au ciel.

— Tu me demandes si ça ne me pose pas de problème d'aller chez Cherish ? Tu plaisantes, j'espère !

— Pas du tout ! Et tu es d'accord pour que j'aie un rendez-vous ?

— Oh, papa ! Je veux que tu sois heureux, s'écria-t-elle. Tu t'occupes des gens à ton travail, tu t'occupes de moi à la maison… tu mérites plein de rendez-vous !

Elle plaqua un baiser sur le bout de son nez. Yeux fermés, il la serra bien fort contre lui en écoutant le battement régulier, miraculeux de son cœur.

— Je t'aime, Molly.

Elle se tortilla pour se dégager.

— Moi aussi, papa, mais allons-y, sinon tu vas être en retard !

Saisissant sa brosse à dents, elle partit au grand galop. Quelques minutes plus tard, il regarda de nouveau sa montre.

— Molly, tu y es ?

— Elle est prête, et toi ? répondit la voix de Nolan.

— Qu'est-ce que tu fais là ? demanda-t-il en émergeant de sa chambre.

— Je suis venu chercher Molly et m'assurer que tout allait bien pour toi.

Jetant un regard par-dessus son épaule, il ajouta un ton plus bas :

— Je t'ai apporté quelque chose. Tiens.

James ouvrit le petit boîtier que lui tendait Nolan et vit qu'il contenait plusieurs préservatifs. Il secoua la tête.

— Tu vas un peu vite en besogne…

— Bien sûr que non. C'est ta soirée.

— Pas à ce point !

Il en avait très envie, bien sûr, mais il ne voulait pas partir du principe que cette nuit s'achèverait dans le lit de Rachel. Il ne savait pas encore si ce serait une bonne idée... et puis, rien ne garantissait qu'elle accepte. Nolan souriait toujours.

— Tu connais la devise des Scouts : toujours prêt.

— Je n'ai jamais été Scout.

— Tais-toi et mets ça dans ta poche. Si tu n'en as pas besoin, tu pourras toujours me les rendre. J'en ferai bon usage.

James lui jeta un regard de biais.

— Au cas où il se passerait effectivement quelque chose, et si Rachel me posait la question : ils ont quel âge, tes préservatifs ?

— Quel âge ? répéta son ami, perplexe.

— Tu les as depuis quand ?

— J'ai acheté une grande boîte juste avant de venir ici. Comme Michelle nourrit encore Tyler, c'est le seul contraceptif pour nous. Elle m'en voudrait si elle se retrouvait de nouveau enceinte trop tôt.

— Trop tôt ? Vous comptez en faire un autre ?

Nolan eut l'air un peu gêné.

— Moi en tout cas, je voudrais bien. Il y a une grande différence d'âge entre Cherish et Tyler, et j'aimerais qu'il ait un petit frère ou une petite sœur, lui aussi.

— Je comprends ça...

Réprimant un pincement de jalousie, James fourra la boîte dans sa poche. Lui aussi avait toujours voulu une vraie famille, avec trois ou même quatre gosses.

— Viens, je te donne les cachets de Molly...

Ils sortirent ensemble de la chambre ; les filles les attendaient près de la porte d'entrée.

— Molly, je donne tes médicaments à Nolan. Tu as ta montre ?

— Oui, papa ! s'écria-t-elle en lui montrant son poignet.

Hochant la tête d'un air approbateur, il se dirigea vers le placard où il rangeait ses médicaments. Elle précisa :

— J'ai ma brosse à dents et mon pyjama et mes habits pour demain. Je penserai à prendre une douche et à mettre une culotte propre. Je ne mangerai rien de malsain et nous nous coucherons à une heure raisonnable. J'ai oublié quelque chose ?

Préférant ne pas relever cette tirade plus qu'à moitié ironique, il remit les boîtes de gélules à Nolan en répétant :

— 7 heures et demie. Les instructions sont sur l'emballage et Molly a l'habitude.

— Nous aussi, nous avons l'habitude, tu sais ?

James se tourna vers Molly.

— Je crois que tu n'as oublié qu'une seule chose, dit-il.

— Ah oui ? Quoi ?

— Mon baiser pour me dire bonne nuit. Je vais le prendre maintenant puisque je ne serai pas là tout à l'heure.

Laissant choir son petit sac à dos, elle se jeta dans ses bras.

— Bonne nuit, papa ! clama-t-elle en déposant un gros baiser sur sa joue.

— Bonne nuit, Tigresse. Sois sage.

— Et toi, amuse-toi ! Et Rachel aussi.

— Je ferai de mon mieux pour qu'elle s'amuse. Nolan, tu as mon numéro de portable, et aussi le numéro du restaurant…

— Tout se passera bien, James. Molly a raison, tout ce que tu as à faire, c'est faire en sorte pour que vous vous amusiez bien tous les deux.

Il poussa les filles dehors et se retourna pour lancer un dernier clin d'œil.

— On se revoit demain au petit déjeuner...

La porte moustiquaire retomba derrière lui. Quel silence ! Il respira à fond, un peu troublé par la sensation de vide du chalet. Il avait toute une soirée devant lui ! Sortant son téléphone portable de son étui, il s'assura qu'il fonctionnait. Un coup léger à la porte le fit sursauter.

— James ?

— Rachel !

Il jeta un coup d'œil à sa montre et alla à sa rencontre.

— Je suis désolé ! J'ai un peu de retard...

Il s'arrêta pour la contempler. La couleur turquoise de son chemisier sans manches mettait en valeur ses cheveux aux reflets dorés et ses yeux bleus ; son pantalon corsaire épousait ses formes.

— Tu es superbe !

Elle rosit joliment, l'examina à son tour puis baissa les yeux, gênée.

— Merci ! T... toi aussi.

Voilà qui les débarrassait des premiers compliments, toujours un peu gênants. Il sortit de sa poche les clés de son 4x4.

— J'ai réservé pour 7 heures...

Elle leva la main et il entendit tinter un autre trousseau.

— J'ai pensé qu'on pourrait prendre la décapotable. Ça te dirait de la conduire ?

Il plaqua la main sur sa poitrine en mimant l'émotion.

— On ne plaisante pas avec ces choses-là...

— Je ne plaisante pas, répliqua-t-elle en lui lançant les clés.

— Une belle femme et une voiture de rêve !

Redressant la tête, il la prit par le bras et l'entraîna vers la voiture. Que c'était bon d'être juste un homme, pour une fois !

Rachel plissa les yeux, un peu perdue dans la pénombre subite du restaurant. Des nappes à carreaux rouge et blanc, des bougies fichées dans des bouteilles, une musique douce... Tout à coup, elle sentit sa gorge se nouer.

Quand James lui prit le bras, elle fut prise de panique. De quoi allaient-ils parler maintenant ? Le sujet de la voiture était épuisé ? Elle n'avait jamais été douée pour les bavardages !

— Par ici...

Une très jeune serveuse les guidait vers le fond de la salle, en passant habilement entre les tables, encore vides pour la plupart. La porte de la cuisine s'ouvrit, libérant un parfum de pain frais et de sauce à l'ail. L'estomac de Rachel se retourna, elle se heurta à une chaise.

— Ça va ? demanda James en la soutenant discrètement.

Elle se dégagea en serrant les lèvres et se hâta de rattraper la serveuse.

Bientôt, ils se retrouvèrent installés dans un coin très discret, presque une alcôve ; la serveuse repartit avec leurs commandes d'apéritifs et Rachel se mit à étudier le menu avec concentration.

— Qu'est-ce qui te plairait ? demanda-t-il gaiement.

Toi, pensa-t-elle. Bien entendu, elle ne le dit pas tout haut — à tort peut-être, car cela aurait contribué à repousser les souvenirs que ce charmant restaurant italien menaçait de faire remonter à la surface.

— Je ne sais pas. Et toi ?

— Les lasagnes, peut-être ?

— Non !

Le menu retomba sur la table, elle noua les mains sur ses genoux.

— Tu as quelque chose contre les lasagnes ? demanda-t-il, un peu surpris.

Elle sentit la sueur perler sur son front.

— Désolée. Non, bien sûr, commande ce que tu veux…

Elle pouvait affronter cela, elle en était capable. Pour l'amour du ciel, pensa-t-elle désespérément, contrôle-toi. Entre l'autre fois et ce soir, il n'y a aucun rapport !

Posant son menu à son tour, il lui tendit la main, paume ouverte. Hésitante, elle lâcha la serviette qu'elle tordait en cachette et y posa la sienne. Une bonne chaleur l'envahit dès que ses doigts se refermèrent sur les siens.

— Rachel, les amis partagent, ils ne se cachent pas ce qui les dérange. Tu te souviens de ce que je t'ai dit à propos de ce qui arrive quand on verrouille tout à l'intérieur ?

Oui, elle le savait : ceux qui s'efforcent de tout verrouiller finissent par être pris pour des fous. Il avait formulé cela d'une manière plus professionnelle ; dans sa version, il était question de troubles liés au stress. Elle hocha la tête avec un soupir.

— Alors dis-moi : pourquoi n'as-tu pas envie de me voir commander des lasagnes ?

La lumière douce, la musique et la chaleur de sa main la rassuraient. Elle osa demander :

— Comment est-ce que cela s'appelle quand une personne ne veut plus manger quelque chose parce qu'une fois, ça l'a rendue malade ?

— Une aversion conditionnée ?

— J'en ai une pour les lasagnes.

Il l'étudiait avec une telle attention qu'elle baissa la tête, mal à l'aise.

— Il y a un rapport avec Daniel, n'est-ce pas ?

Elle hocha légèrement la tête. Puis, très droite, le menton levé, elle précisa :

— C'était son plat préféré. Je lui en faisais quand…

Elle s'éclaircit la gorge, reprit :

— J'étais en train de sortir le plat du four quand Roman m'a téléphoné pour me dire que Daniel était tombé.

— Seigneur…

Serrant sa main, il murmura :

— Désolé. Pas de lasagnes.

Puis, jetant un coup d'œil à la ronde, il demanda :

— Tu es sûre de vouloir rester ? Nous pouvons aller ailleurs, rien ne nous oblige à dîner ici.

— Et perdre notre prix ? Oh, non, nous avons travaillé dur pour le remporter, Molly était fière de nous. Tant que nous évitons les lasagnes…

— Il est possible de se déconditionner, tu sais. Il suffit d'associer le stimulus déplaisant à quelque chose d'agréable.

Prenant sa main, il posa un baiser léger au centre de sa paume.

— Quelque chose qui soit lié au plaisir…

Une seconde fois, ses lèvres effleurèrent sa peau. Une onde de chaleur se répandit dans son corps tout entier. Si une personne au monde pouvait l'aider, pensa-t-elle, ce serait lui. Cet homme tendre, rempli de compassion… et tellement sexy.

— Ah ? Et ça se passe comment ? chuchota-t-elle.

Cette fois, ses lèvres se pressèrent contre son poignet — elle espéra qu'il ne sentirait pas à quel point son pouls s'emballait.

— Eh bien, tu pourrais procéder par étapes. Par exemple, si tu parviens à supporter d'entrer dans un restaurant italien et de sentir l'arôme des lasagnes, tu pourrais passer au stade suivant…

Elle entendit un léger raclement ; il venait de faire glisser sa chaise un peu plus près de la sienne.

— Tu pourrais essayer de regarder quelqu'un en manger devant toi. A terme, tu devrais être capable d'en manger toi-même.

— Et l'autre… l'autre stimulus ? Celui qui est lié au plaisir ? Que choisirais-tu ?

— Ça dépend, murmura-t-il en effleurant sa joue du dos de la main.

— De quoi ? murmura-t-elle.

— De si nous sommes seuls ou non.

— Et si nous l'étions…

C'était jouer avec le feu, elle le savait, mais elle ne pouvait pas s'en empêcher. Se penchant en avant, il lui glissa à l'oreille :

—Quelle est la chose la plus agréable que tu puisses m'imaginer en train de te faire ?

Le souffle court, elle ferma les yeux. Oh, elle voyait tout ce que ces grandes mains tendres pourraient lui faire — et sa bouche aussi… Une vibration de désir la parcourut.

— Oh, oui, chuchota-t-il. Je ne sais pas à quoi tu viens de penser mais je serais enchanté…

Et elle adorerait le laisser faire… si seulement…

— Voulez-vous passer votre commande ? demanda la serveuse en posant leurs apéritifs devant eux.

Rachel s'écarta dans un sursaut, les joues brûlantes. Pourvu que l'éclairage soit assez faible pour que ni James ni la serveuse ne remarquent sa confusion ! Au moment où elle pensait cela, James lui sourit en serrant sa main qu'il tenait toujours.

— Je… je prendrai les lasagnes, dit-elle.

Elle vit son sourire s'effacer brutalement.

— Tu n'es pas obligée de faire ça. Ce que je t'expliquais prend du temps. Il ne faut pas brûler les étapes, je voudrais que tu profites de cette soirée.

— Les lasagnes ont toujours été un de mes plats préférés.

James secoua la tête, médusé. Si la moitié seulement de ses patients avaient ce courage, son travail serait plus facile !

— Tu es sûre ?

Quand elle hocha la tête, il se tourna vers la serveuse en murmurant :

— Je prendrai la même chose.

Ils complétèrent leur commande ; ce fut un soulagement quand la serveuse les laissa de nouveau seuls dans leur petit coin discret. A la lumière vacillante de la bougie, il lut l'appréhension dans les yeux bleus de Rachel.

— Tu peux encore changer, se hâta-t-il de proposer. Je la rappelle.

— Non. Je voudrais aller jusqu'au bout.

— Tu es une femme remarquable. Courageuse.

Elle secoua la tête avec une petite moue.

— Oh, si ! s'écria-t-il. Le fait de venir aux Lucioles était déjà un acte de courage.

Lâchant sa main, elle prit son verre, but une gorgée et lança :

— Un acte de désespoir, pas de courage.

— Je ne comprends pas. Explique-moi.

Il voulait tout savoir d'elle... De son enfance dans cette famille de militaires. De la façon dont elle enseignait. De cette image qui lui était venue pendant qu'il chuchotait à son oreille. Surtout cette image...

Elle prit un morceau de pain, se mit à le beurrer avec nervosité.

— J'ai été plus ou moins... manipulée. On m'a forcée à venir aux Lucioles ; en toute franchise, je n'en avais aucune envie.

— Parce que tu n'étais pas prête ?

Sans la quitter des yeux, il prit un morceau de pain à son tour.

— Exactement, dit-elle avec un petit sourire.

— J'ai l'impression que tu te sous-estimes. Tu étais peut-être prête, tout en ayant peur de l'avouer.

Tout comme lui ne tenait pas à s'avouer à quel point il était attiré par cette femme — et pas seulement sur le plan physique.

— Pourquoi est-ce que j'aurais peur ?

— Tu as peut-être le sentiment que réussir à surmonter la mort de Daniel, ce serait comme le perdre une seconde fois.

— C'est votre opinion professionnelle, docteur ?

— En fait, oui.

Se renversant en arrière sur son siège, il fit un geste désinvolte avec son morceau de pain.

— Je te rappelle que nous ne sommes pas en consultation. Nous sommes en plein...

Il jeta un regard furtif à la ronde et acheva dans un chuchotement théâtral :

—...en plein rendez-vous galant !

— C'est vrai, dit-elle en souriant plus franchement. J'avais presque oublié. Cela fait si longtemps, il faut m'excuser si je suis un peu rouillée.

— Je connais cette sensation, repartit-il avec un petit rire. On compare ? Je parie que je suis le plus rouillé des deux.

— Non, c'est vrai ?

Il hocha la tête, la bouche pleine.

— J'aurais cru qu'un homme comme toi serait très sollicité.

— Un homme comme moi ? Qu'est-ce que ça veut dire ?

Baissant les yeux, elle rougit de nouveau et se mit à suivre du bout de l'index les volutes du bord de la corbeille de pain.

— Je ne sais pas, tu as...

La fin de la phrase fut marmonnée, quasi inaudible. Il se pencha en avant, demanda :

— J'ai... ?

— Beaucoup d'aisance. Tu es un séducteur.

Il se redressa en bombant la poitrine. Fichtre, cela faisait du bien ! Pourquoi boire ou se droguer quand une petite phrase pouvait vous donner cette sensation de marcher sur un nuage ? Avec un petit rire, il lança :

— Je vois bien que tu ne dis pas ça comme un compliment mais c'est comme ça que je le prends. Si mon associé me voyait, il serait mort de rire. En fait, mon dernier rendez-vous date de quatre ans — et je m'en souviens uniquement parce c'était juste après l'anniversaire de Molly.

— Quatre ans ? Très bien, je gagne. Mon dernier rendez-vous date de six ans et demi. Dommage que mon mari ne se soit pas arrêté en même temps que moi.

Elle posa son menton sur sa main et ses yeux se firent lointains.

— Il t'a trompée ? demanda-t-il doucement.

Une étincelle douloureuse passa dans les profondeurs bleues de son regard.

— Ça n'aurait pas dû me surprendre, vu le contexte dans lequel s'était déroulé notre mariage. En fait de séducteur... C'était sa raison de vivre. J'espérais qu'il changerait : tu comprends, cela lui avait manqué de ne pas avoir de père quand il était petit, et je le croyais quand il disait qu'il voulait réussir notre mariage.

Elle eut un petit rire un peu forcé, et reprit :

— En fait, je crois que quand il a demandé ma main, sa motivation profonde était surtout la crainte que mon père — ou Jerry — ne lui arrache la tête s'il ne le faisait pas.

— Jerry ?

Elle ne répondit pas : la serveuse s'approchait de la table avec leurs entrées. Quand elle fut repartie, il entreprit d'assaisonner sa salade en répétant la question :

— Qui est Jerry ?

— Le directeur de mon école, et l'oncle de Roman. Un homme adorable mais très vieux jeu... et pas du tout content d'apprendre qu'un bébé s'annonçait avant le mariage.

Elle se mit à jouer avec les petits croûtons qui parsemaient sa propre salade.

— Je risquais de perdre mon poste. Je n'étais pas encore titulaire, et le Conseil n'aurait certainement pas approuvé l'embauche d'une institutrice enceinte et célibataire.

— Alors, Roman a proposé de t'épouser ?

— Au bout d'un certain temps. Avec quelques encouragements. Nous avons tout de même pris la décision finale ensemble.

Tandis qu'ils attaquaient leur repas, elle lui décrivit la convocation de Roman dans le bureau de son père — une pièce ultra masculine avec une vitrine remplie de fusils et des trophées de chasse aux murs. A son arrivée, Rachel était assise sur le canapé, et Jerry et son père étaient présents tous les deux. Après un bref interrogatoire, les deux hommes lui avaient tendu une enveloppe contenant deux billets d'avion pour Las Vegas, une réservation d'hôtel et l'heure à laquelle ils devaient se présenter à l'église. Le tout payé d'avance.

— Et voilà comment je me suis retrouvée mariée. Roman et moi, nous en avons discuté et nous avons décidé que c'était vraiment la meilleure solution, pour tout le monde. Pour le bébé, pour moi et ma carrière... Malheureusement, ça n'a pas fonctionné pour lui comme nous le pensions.

— Est-ce que tu l'aimais ?

La réponse se fit attendre. Il sentit une brûlure se loger dans ses entrailles et la regarda réfléchir, pensive.

— Je pensais être amoureuse de lui, dit-elle enfin. Comme beaucoup de femmes, je pensais que mon amour pourrait le changer. Le guérir.

Elle soupira, puis reprit d'une voix plus ferme :

— Je crois que je n'avais pas compris l'amour. C'est une question de communication, et de confiance... L'amour, c'est être là quand ça devient difficile. Ma grossesse était notre première difficulté et comme nous avions passé ce test, je pensais que nous nous en sortirions.

Puis, avec un petit rire nerveux, elle conclut :

— Assez parlé de moi. Dis-moi quelque chose sur toi.

— Je suis assez d'accord avec ta définition de l'amour. Tiffany, mon ex, ne voyait pas les choses de la même façon. Tout allait bien pour nous, pas un seul nuage… jusqu'à ce qu'on découvre la malformation cardiaque de Molly pendant le deuxième trimestre de la grossesse.

Il sentit la crispation le gagner, fit un effort pour écarter la colère qui ne s'était jamais tout à fait dissipée.

— Qu'est-ce qui s'est passé ? demanda-t-elle.

— Le premier réflexe de Tiffany a été de demander au médecin s'il était trop tard pour avorter.

Elle resta bouche bée un instant, puis murmura :

— Je… je ne sais pas quoi dire.

— Ç'a a été à peu près ma réaction sur le moment.

— Mais tu as réussi à la convaincre…

— Oui, Dieu merci !

Il ne parvenait même pas à imaginer sa vie sans son enfant. Molly s'était emparée de son cœur dès l'instant où il avait découvert son existence. Même à l'échographie qui devait révéler sa malformation, cette petite silhouette qui semblait sucer son pouce était sa fille, qui comptait sur lui pour tout arranger.

— Tiffany voyait seulement que tout à coup, on s'occupait davantage du bébé que d'elle, et qu'il fallait passer ses journées au chevet d'un lit d'hôpital.

— Alors elle vous a quittés, toi et Molly ?

Il hocha la tête.

— C'est elle la perdante de l'histoire ! jeta-t-elle avec une véhémence qui le surprit. Molly est une gamine merveilleuse et je ne peux pas comprendre qu'une mère puisse tourner le dos à son enfant. Elle a un droit de visite ?

— Sur le papier, oui — mais elle vit en Californie maintenant et ne s'intéresse pas à sa fille. C'est tout juste si Molly reçoit une carte pour son anniversaire ou pour Noël.

— C'est épouvantable.

Une émotion sincère crispait son visage.

— Ta fille est une gamine spéciale, qui a de la chance de t'avoir pour père. Quant à ton ex... Oh, je donnerais n'importe quoi...

La lueur de la bougie fit briller les larmes qui débordaient de ses yeux.

Lui reprenant sa main, elle jeta sa serviette sur la table et saisit son sac.

— Excuse-moi...

— Reviens vite, s'entendit-il dire. Je me sentirai seul sans toi.

Les yeux baissés, elle hocha la tête. Emu, il préféra plaisanter :

— Si tu ne reviens pas, j'irai te rechercher jusque dans les toilettes des dames.

Elle lui jeta un regard bref à travers ses longs cils, hocha de nouveau la tête et s'éloigna, traversant la salle d'un pas vif. Plusieurs têtes masculines pivotèrent sur son passage ; il sentit un pincement de jalousie.

De la jalousie ? Et des phrases comme « Je me sentirai seul sans toi » ? Abasourdi, il se laissa retomber sur sa chaise. Qu'était-il en train de faire ?

10.

Penchée sur le bébé, qu'elle examinait avec intérêt, Molly demanda tout à coup :

— Tu crois qu'ils font quoi, pour leur rendez-vous ?

Les deux filles étaient allongées sur le ventre sur le grand lit, de part et d'autre de Tyler. Un peu intimidée, Molly tendit la main et lui chatouilla le pied.

— Ils dînent au restaurant, puisqu'ils ont gagné un repas ! Ensuite, je ne sais pas, ils iront peut-être danser.

Tyler se mit à gazouiller ; des bulles de salive se formèrent sur sa bouche. Molly fronça le nez, un peu dégoûtée.

— Il se bave dans le cou !

Très professionnelle, Cherish sortit une petite serviette du grand fourre-tout que la famille emportait partout avec le bébé.

— J'aime mieux ça que quand il bave dans mon cou à moi. Quand tu le tiens dans tes bras, c'est toi qui prends tout.

— Je trouve quand même que tu as de la chance, soupira Molly. J'aimerais bien avoir un petit frère.

Elle se laissa retomber sur le lit où sa copine la rejoignit aussitôt, observant :

— Pour ça, il te faut une nouvelle maman.

— Je sais bien ! Et ça, ça n'arrivera jamais.

— A ta place, je n'en serais pas si sûre. Ma mère aussi disait toujours qu'elle ne se remarierait jamais.

Sautant sur ses pieds, elle alla prendre un paquet de coton sur la commode, en déchira un peu, y fit goutter de l'alcool et se mit à tamponner les lobes de ses oreilles… percées. Encore une chose que Molly n'avait aucun espoir d'obtenir !

— Je me demande comment papa se débrouille avec Rachel. Tu crois qu'il dit des bêtises ? Tu crois qu'il va l'embrasser ?

— Peut-être.

Le menton posé sur les mains, Molly regarda son amie achever de soigner ses oreilles.

— Tu crois que ça pourrait finir comme dans les films ? demanda-t-elle. Qu'ils tombent amoureux, qu'ils se marient ?

— Alors, tu aurais une marâtre comme Cendrillon ?

Molly pouffa. Quelquefois, pour rire, elles disaient que Nolan était un affreux beau-père mais en fait, il était génial et Cherish l'adorait.

— Mais non, idiote. Ça veut dire qu'on serait une vraie famille et qu'on vivrait heureux à tout jamais. J'aurais une maman avec qui faire des trucs de fille, comme le maquillage par exemple. Papa pique sa crise si je veux seulement me vernir les ongles.

Sa montre se mit à sonner ; immédiatement, elle roula à bas du lit en expliquant :

— C'est l'heure des médicaments.

Puis, entendant le téléphone sonner dans l'autre pièce, elle s'écria :

— Tu veux parier que c'est mon père ? La confiance règne !

Elle se dirigea vers la porte, Cherish sur ses talons.

— Je ne parie pas, lança cette dernière. Je n'aime pas perdre.

— Il faut qu'on attrape encore des lucioles ce soir. S'il ne me lâche pas même quand il a un rendez-vous, il me faut une vraie maman pour m'aider.

Une nouvelle maman qui ne se laisserait pas impressionner par les greffes d'organes, et qui aimerait les batailles de ballons d'eau. Une nouvelle maman comme Rachel.

— Pris sur le fait ! dit Rachel en reprenant place en face de lui.

James se hâta de ranger son portable. Rapidement, il scruta son visage. Malgré ses yeux un peu gonflés, elle semblait sereine.

— Tu prenais des nouvelles de Molly, n'est-ce pas ?

— Je plaide coupable, madame la juge.

Elle secoua la tête, désapprobatrice.

— Tu ne fais pas confiance à tes amis ? Comment va-t-elle ?

—Agacée que j'aie téléphoné, mais bien. Et toi ?

— Moi ? Très bien. Pourquoi est-ce que je n'irais pas bien ?

— Je dois te faire une liste ? Je dois te rappeler ce qui risque d'arriver quand on garde tout à l'intérieur ?

Pendant l'absence de la jeune femme, il avait demandé à la serveuse d'attendre un peu avant d'apporter leurs plats — le temps de s'assurer qu'elle était prête à affronter l'épreuve. Il savait combien c'était important pour elle de garder sa dignité !

— Vous insistez, docteur, murmura-t-elle en tortillant sa serviette.

— Ne m'appelle pas docteur. Je sais ce que tu penses de ma profession mais je ne suis pas de garde ce soir. Ce soir, je suis seulement James, de sortie avec une belle dame que je considère déjà comme une amie.

Un léger sourire détendit sa bouche... mais ses yeux restèrent tristes.

— Tu ne pourrais jamais être seulement James...

— Non ?

— Non. Tu es trop différent des autres hommes pour être « seulement » quelque chose.

Une vague d'ivresse l'envahit, qui ne devait rien au verre de vin qu'il faisait durer depuis leur arrivée. Différent, elle le trouvait différent ! Malgré son euphorie, il eut pourtant conscience d'un pincement d'angoisse. Il s'aventurait sur un terrain plus mouvant que prévu, car lui aussi la trouvait différente ! Le désir, c'était tellement plus simple...

Il ouvrit la bouche pour la remercier, mais la sonnerie d'un portable le figea sur place. Molly ! Il était arrivé quelque chose à Molly. En face de lui, Rachel sortit un appareil minuscule de son sac... et il comprit que l'appel ne lui était pas destiné.

— Allô ?

Silence sur la ligne. Surprise, elle fronça les sourcils, consulta l'écran... numéro protégé. Etait-il possible que cela soit Roman ?

— Personne ? demanda James.

Haussant les épaules, elle rangea l'appareil dans son sac et jeta un coup d'œil à la ronde.

— Nos plats ne sont pas arrivés ? Je meurs de faim.

— Si tu es bien sûre de toi, allons-y, dit-il en faisant signe à la serveuse. Si tu me racontais ce qui t'a amenée aux Lucioles ?

Son premier réflexe fut d'esquiver la question, comme elle le faisait toujours — mais au fond, pourquoi faire tant de mystères ? Sa réticence devenait un peu maladive, elle en venait à éviter systématiquement de parler d'elle. Eh bien cette fois, elle se lancerait, décida-t-elle. Lentement d'abord, puis avec plus d'assurance, elle raconta la façon dont Jerry et son père l'avaient « encouragée » à tenter cette expérience. Le regard attentif de James restait fixé sur son visage, cet homme savait écouter comme personne... mais elle ne devait pas prendre cela pour elle. Ecouter, cela faisait partie de son travail...

La serveuse posa devant eux des assiettes fumantes, remplit leurs verres et disparut. Le parfum de la sauce se mêla à celui du pain chaud, elle sentit monter en elle une angoisse affreuse ; se redressant, elle empoigna fermement sa fourchette et la brandit.

— Bon. Je peux le faire, annonça-t-elle.

Puis elle jeta un regard à l'homme qui lui faisait face. Un retour aux échanges mi-taquins, mi-séducteurs de tout à l'heure l'aiderait beaucoup en ce moment. Oserait-elle le ramener sur ce terrain ? Elle pouvait tout de même flirter avec lui sans se sentir obligée de sauter ensuite dans son lit !

— Et le dérivatif que tu m'avais promis ? L'association au plaisir ?

Elle vit sa bouche se retrousser dans un lent sourire sensuel.

— Nous ne sommes pas seuls mais je vais voir ce que je peux faire...

S'emparant de sa main gauche, il la retourna entre les siennes. Du bout des doigts, en l'effleurant à peine, il traça un dessin sinueux sur la peau sensible de sa paume, remontant jusqu'à son poignet, revenant s'attarder au fond du creux. Fermant les yeux, elle laissa échapper un petit soupir. Cela faisait si longtemps qu'on ne l'avait pas touchée ! Les câlins des enfants ne comptaient pas, elle aspirait à un autre contact... Son contact à lui ! elle s'en rendit compte dans un sursaut de tout son être.

L'arôme des lasagnes se fit plus présent. Elle ouvrit les yeux et vit qu'il lui en présentait une bouchée. Hésitante, elle entrouvrit la bouche, le laissa glisser délicatement la fourchette fumante entre ses lèvres ; son cœur battait furieusement dans sa poitrine, sa gorge se serrait, l'empêchant d'avaler. Elle referma les yeux, tétanisée par la présence des autres convives, tous ces regards qui se tourneraient vers elle au premier signe de détresse...

La fourchette tinta sur l'assiette, elle sentit James s'approcher d'elle, sa main glisser sous le rebord de la nappe pour se poser sur sa cuisse. Un souffle tiède caressa son oreille et elle l'entendit murmurer :

— Je ne sais toujours pas à quoi tu as pensé tout à l'heure, mais je suis partant.

L'image revint, beaucoup plus détaillée cette fois : leurs corps nus, peau contre peau ; la bouche sensuelle de James s'attardant sur ses lèvres, ses seins... Une merveilleuse sensation de liberté et de témérité se glissa en elle. Dans l'effort qu'elle fit pour s'éclaircir la gorge, la bouchée « passa ». Ouvrant les yeux, elle trouva son regard posé sur elle, attentif et caressant.

— Tu es partant ? répéta-t-elle avec un petit sourire. Tu ne sais même pas ce que j'ai imaginé. Et si j'allais t'attacher sur un lit pour abuser de toi ?

Une chaleur subite flamba dans ses yeux, sa main se resserra sur son genou.

— On peut toujours espérer... En même temps, tu ne me fais pas l'effet d'une dominatrice.

— Non ?

Il secoua la tête.

— Je me trompe rarement. N'oublie pas que je suis un expert.

— Alors, dans quelle catégorie me rangerais-tu ? demanda-t-elle en acceptant une nouvelle bouchée.

— Je pense que tu es une femme très sensuelle, très sexy. Quelqu'un qui se ferait une idée du plaisir... que j'aurais énormément de bonheur à satisfaire.

Sexy ? Il la trouvait *sexy* ? Quand Roman l'avait séduite, c'était surtout pour relever un défi, voir s'il était capable de faire craquer la fille la plus sage du bourg. Quelques mois seulement après le mariage, il lui avait fait clairement comprendre qu'il s'ennuyait avec elle au lit. Qu'elle était si peu intéressante que même un expert comme lui ne parvenait pas à faire son éducation. Après le divorce, elle avait eu à cœur de renouveler toute sa lingerie, dans un geste d'autodéfense...

— Je vois une lueur de doute dans ces magnifiques yeux bleus, murmura-t-il en lui offrant encore une bouchée. Je parle sérieusement. Dès que je t'ai vue, je t'ai désirée.

— Moi ? répéta-t-elle, incrédule.

Il eut ce demi-sourire qui lui plaisait tant, hocha gravement la tête.

— Avec Molly et mon travail, je n'ai guère de temps pour autre chose que des fantasmes. Si tu savais comme j'ai rêvé de toi...

Elle vit ses yeux s'assombrir, le sang affluer sous la peau de ses joues. A son tour, elle se sentit rougir, dans un élan qui montait du fond d'elle pour allumer un feu dans ses yeux — son visage, tendu vers le sien, brûlait de la même façon derrière la flamme de la bougie.

L'approche d'un homme n'annonçait que des complications, elle le savait pourtant — mais pour une fois, elle se sentait prête à les affronter.

La luciole clignota en jaillissant du bocal ; pour la cinquième fois, Molly ferma les yeux et souhaita de toutes ses forces : s'il vous plaît, s'il vous plaît, que mon père tombe amoureux de Rachel, qu'elle devienne ma nouvelle maman.

— Tiens, dit Cherish en se laissant tomber près d'elle sur les marches du chalet. J'en ai encore trois.

— D'accord.

Acceptant le gobelet, elle retira le film transparent, libéra les insectes en répétant son vœu. Une seule des lucioles ne s'éclaira pas.

— On fait autre chose ? demanda son amie, lassée de ce manège.

— Tu crois que j'en ai fait assez ? demanda Molly, soucieuse, en fourrant le film au fond du gobelet. Je veux être bien sûre que ça va marcher.

— Je crois que le message a dû passer !

— Bon. On fait quoi, alors ? On s'amuse avec le maquillage de ta mère ?

— Non...

Cherish sauta sur ses pieds en époussetant son short, réfléchit un instant et se mit à rire.

— Je sais ! On va espionner ma mère et Nolan.

Avec des ruses de Sioux, elles se mirent à contourner le chalet, à la recherche de leurs victimes.

— Tu crois qu'on les trouvera encore en train de s'embrasser ? pouffa Molly.

— Sûrement ! Ils ne peuvent pas s'en empêcher ; si ça continue, je vais me retrouver avec plein de frères et de sœurs. J'espère au moins que le prochain sera une fille !

— Je n'arrive toujours pas à imaginer quelqu'un en train de faire... *ça*, pour de vrai. C'est dégoûtant !

Cherish s'arrêta, si brusquement que Molly la heurta, et plaqua les mains sur sa bouche pour étouffer son fou rire.

— Quoi ? chuchota Molly, intriguée.

— Tu es drôle ! Tu veux que ton père tombe amoureux, tu veux un petit frère ou une petite sœur... comment est-ce que tu crois qu'ils vont le faire !

Un peu vexée, Molly la poussa du coude pour la faire taire.

— Laisse-moi le temps de m'y habituer. Papa ne sait même pas que je sais comment on fait les bébés.

— Surtout, ne lui dis pas que je t'ai expliqué !

L'index sur ses lèvres, elle reprit son chemin à pas de loup, en faisant signe à Molly de la suivre. Parvenues au coin, elles risquèrent un regard vers le foyer de plein air installé derrière la petite maison de bois. Blottis ensemble sur un siège de toile, Nolan et Michelle bavardaient à mi-voix.

— Il faut le comprendre, Michelle. On ne peut pas vivre si longtemps sans amour.

— Je sais bien. C'est juste...

La mère de Cherish se tut pour réfléchir quelques instants, puis soupira :

— Je ne sais pas... Dans un sens, j'ai de la peine pour Rachel : j'ai vécu dans l'angoisse qu'il m'arrive la même chose, je sais qu'elle a besoin d'être aimée, peut-être même d'un autre enfant, pour l'aider à combler le vide...

Molly en eut le frisson. Rachel avait besoin d'un enfant ? Ce serait génial — cela voudrait dire qu'elle avait besoin de Molly autant que Molly d'elle ! Ses vœux les aideraient toutes les deux !

—...En même temps, je me fais du souci pour James. Il a trouvé son équilibre, il n'a pas besoin de complications supplémentaires dans sa vie. Ni dans celle de Molly.

Nolan frotta tendrement son nez contre la joue de sa femme.

— Et tu ne peux pas le laisser s'amuser un peu ?

— James n'est pas du genre à s'amuser, il n'est pas léger.

Molly réprima une envie de rire. C'était bien vrai ! Elle avait beau adorer son père, il ne savait pas s'amuser.

— Alors, il serait temps qu'il apprenne. C'est un grand garçon, tu sais ! Allez, souris et cesse de penser à lui.

— Tu as raison... Seulement, Tiffany l'a blessé, terriblement, et je ne veux pas le voir souffrir de nouveau.

— Tu ne peux pas le mettre sous verre comme il essaie de le faire avec Molly. La souffrance fait partie de la vie, même si on n'est jamais content de la voir débarquer. Jim a besoin d'apprendre à vivre un peu ; s'il réussit, ce sera un peu plus facile pour sa fille.

De sa place contre la paroi du chalet, recroquevillée dans l'ombre, Molly ouvrit de grands yeux. Elle ne s'était pas doutée que Nolan voyait aussi clair dans ce qui se passait chez eux !

— La façon dont il élève Molly le regarde, murmura Michelle, un peu vexée.

— Sa vie privée aussi.

L'attirant dans ses bras, il chuchota :

— Et moi, je préférerais me concentrer sur la nôtre.

— Et c'est reparti, chuchota Cherish en les regardant s'embrasser.

Molly pencha la tête sur le côté pour mieux voir. C'était beaucoup plus intéressant que dans les films. Curieuse, elle chuchota :

— Ça ne leur arrive jamais de se cogner les dents ?

— Non, ils se sont beaucoup exercés…

Elle essaya d'imaginer son père en train d'embrasser Rachel de cette façon. Il lui demanderait peut-être d'abord son dossier médical ? Il lui essuierait la bouche avec une de ses lingettes ? Un fou rire la saisit ; au bruit qu'elle fit, le couple au coin du feu se sépara d'un bond.

— Les filles ? lança Michelle en se retournant vers les ombres au pied du chalet. Qu'est-ce que vous fabriquez ?

Contrariée, Cherish la poussa du coude.

— C'est malin !

— C'est bon, montrez-vous. Je sais que vous êtes là.

— Oui, maman. On ne se cachait pas, c'est juste qu'on ne voulait pas déranger, mentit innocemment Cherish en s'avançant à la lumière des flammes, suivie de Molly.

— C'est très délicat de votre part, dit Michelle, sarcastique, en se redressant sur le siège de toile.

— Oui, repartit Cherish avec un nouveau coup de coude pour son amie. On est discrètes, nous.

— Discrètes, c'est ça, se hâta de confirmer Molly.

— Je croyais que vous vouliez faire des vœux aux lucioles ? demanda Nolan.

Cherish haussa les épaules.

— On en a fait plein, mais maintenant, on s'ennuie.

— Vous vous ennuyez ? répéta-t-il en se penchant pour tisonner le feu avec un bâton.

Elles hochèrent toutes deux la tête, un peu penaudes. Gaiement, il fit jaillir une nouvelle fontaine d'étincelles et posa son bâton sur le sol.

— Eh bien, on a le feu de camp, on a les étoiles... il ne manque plus que les histoires.

— Quel genre d'histoires ? demanda Molly avec méfiance.

— Près d'un feu de camp, on ne raconte qu'un seul genre d'histoires, répliqua-t-il en glissant de son siège pour s'asseoir en tailleur sur le sol.

Baissant la tête, il les regarda par en dessous, laissant les lueurs du feu jeter des ombres étranges sur son visage.

— Des histoires de fantôôôômes !

A l'intérieur du chalet, Tyler poussa une plainte. La mère de Cherish se leva.

— Je vous laisse, dit-elle en posant ma main sur l'épaule de Nolan. Vous avez une heure. Si elles n'arrivent plus à s'endormir parce qu'elles ont trop peur, ce sera à toi de leur tenir compagnie.

— Oui, chérie, lança-t-il derrière elle. Tout ce que tu voudras, mon cœur.

Les filles pouffèrent de plus belle.

— Bon, asseyez-vous, toutes les deux. Restez tout près du feu, sinon, l'homme en noir viendra vous chercher et je ne pourrai rien pour vous.

Malgré la chaleur des flammes, Molly frissonna un peu en se laissant tomber sur l'herbe dans le cercle de lumière vacillante. Se penchant vers son amie, elle lui glissa à l'oreille :

— Tu as de la chance. Il est cool, Nolan !

— On ne chuchote pas, protesta celui-ci. Je commence ?

Elles hochèrent toutes deux la tête avec impatience, en serrant bien les lèvres pour montrer qu'elles ne parleraient plus.

— Vous connaissez l'histoire de la patte du singe ? demanda-t-il d'une voix d'outre-tombe.

— Oh, non ! Vas-y, raconte !

— C'est assez effrayant, je ne sais pas si vos nerfs tiendront le choc.

— Si, vas-y, vas-y ! supplièrent-elles ensemble.

Satisfait, il commença l'histoire d'une voix grave et vibrante. Molly frissonna de nouveau, enchantée. C'était la meilleure soirée de toute sa vie. Si seulement les choses se passaient aussi bien entre son père et Rachel, tout était pour le mieux dans le meilleur des mondes.

11.

Vivement que ce repas se termine !

Il n'en pouvait plus, la méthode qu'ils avaient choisie pour exorciser le traumatisme de Rachel le rendait fou. Cherchant à contrôler le tremblement de sa main, il la resserra sur sa cuisse, luttant contre l'envie de s'égarer un peu plus haut. Elle prit une grande inspiration ; ses pupilles dilatées mangeaient le bleu de ses iris.

— James, murmura-t-elle, le souffle court.

Malgré elle sans doute, elle se pencha un peu vers lui. Le cœur battant, il retira sa main et s'accrocha au rebord de la table. Elle soupira, les yeux assombris ; faisant un gros effort pour retrouver sa voix, il murmura :

— Rachel, si je n'arrête pas de te toucher, je ne pourrai jamais sortir d'ici sans me ridiculiser.

— Oh…

Cette expression innocemment stupéfaite, cet émerveillement… Quel sombre crétin son ex-mari était-il donc pour qu'elle ignore à ce point son propre pouvoir de séduction ?

— Vous au moins, vous avez de l'appétit ! dit gaiement la serveuse en apparaissant soudain près de la table pour prendre leurs assiettes vides. Je vous laisse choisir un dessert ?

Rachel secoua très légèrement la tête ; il en aurait crié de joie.

— Non, se hâta-t-il de dire. Rien, merci. Juste l'addition.

— Mais non, c'est déjà réglé, vous savez bien. Passez une bonne soirée, et bon séjour au Domaine des Lucioles !

Leur décochant un clin d'œil coquin, la jeune femme s'éloigna.

— Pour ça, pas de problème, murmura-t-il en posant un billet sur la table en guise de pourboire. Nous y allons ?

— Mais ! Oh, mon Dieu ! Henry !

Une voix affolée venait de s'élever de la salle principale, perçant le murmure des conversations. Une voix de femme.

— Au secours ! Aidez-le, quelqu'un, je vous en prie !

La chaise de James grinça sur le sol, faillit basculer quand il se précipita. Près des baies donnant sur la rue, une dame assez âgée, à la tenue discrète, se tordait les mains en se penchant vers une silhouette effondrée sur le sol. Il se laissa tomber à genoux près de l'homme inerte.

— Que s'est-il passé ? demanda-t-il en cherchant son pouls.

— Je... Je ne sais pas ! Il allait bien, il riait — et puis il a fait une grimace, il s'est frotté le bras et il est tombé. Je vous en prie, faites quelque chose !

— Appelez les pompiers, lança-t-il au groupe qui se rassemblait autour d'eux. Dites-leur que c'est un arrêt cardiaque.

Grâce aux stages de secourisme qu'il suivait régulièrement, les gestes nécessaires lui venaient automatiquement. Derrière lui, il entendit Rachel s'efforcer de réconforter la femme du malade. Il se concentra sur la tâche à accomplir. Quinze pressions, deux respirations... Il y mettait tout son cœur, toute son énergie, le visage en sueur, les reins douloureux...

Une éternité passa dans un effort soutenu, puis il se rendit compte qu'une équipe médicale venait d'arriver dans la salle et que quelqu'un le tirait en arrière. A bout de forces, il se remit maladroitement sur pied, s'écarta pour laisser passer le matériel : brancard, bonbonnes d'oxygène, défibrillateur...

Le chaos prenait forme, les uniformes sombres et les blouses blanches entouraient le malade, un homme jetait des chiffres et des ordres aux autres membres de l'équipe. Lentement, James contourna le groupe pour se rapprocher de Rachel, qui serrait dans ses bras la femme livide et secouée de sanglots nerveux. Toutes deux avaient le regard rivé sur celui qu'on tentait de sauver.

— Rachel...

Elles se tournèrent vers lui ; la chaleur de son regard bleu fit beaucoup pour dissiper l'engourdissement qui s'emparait de lui.

— James, murmura-t-elle. Je te présente Rosemary.

— Oh, merci. Merci d'avoir été là, bredouilla la pauvre femme en lui saisissant les mains.

— Ecartez-vous ! cria une voix.

L'ordre résonna dans la mémoire de James, faisant jaillir le souvenir de l'unité de cardiologie à l'Hôpital des Enfants. L'on déclencha le défibrillateur.

— Oh ! Qu'est-ce qu'ils lui font ! cria Rosemary en voyant tressauter le corps allongé.

La prenant aux épaules, James la fit pivoter avec douceur de façon qu'elle tourne le dos à la scène.

— Venez vous asseoir par ici, nous risquons de les gêner.

— Mais je veux rester près de lui !

— Vous l'aiderez davantage en vous reposant un peu. Si tout se passe bien, il aura besoin de vous plus tard.

Sentant qu'elle ne résistait plus, il la poussa à l'écart, la fit asseoir. Tout de suite, un membre de l'équipe vint les rejoindre et, penché vers elle, se mit à lui poser des questions rapides sur l'histoire médicale du patient.

— J'ai un pouls ! cria le responsable.

Un murmure parcourut la salle. Les autres clients du restaurant étaient tous debout, attendant l'issue du drame. Rosemary leva vers James un regard noyé de larmes et lui offrit un sourire hésitant, tout en faisant oui de la tête pour répondre à une dernière question.

C'était fini, l'homme était sauvé. James sentit ses jambes trembler sous lui — le contrecoup sans doute. Avec des gestes un peu incertains, il se dirigea vers une table libre et se laissa tomber sur une chaise, les coudes sur la nappe et le visage entre les mains. Respirant lentement, profondément, il chercha à contenir les images terrifiantes qui l'agressaient. Cela aurait pu arriver à Molly...

Il lutta contre cette idée, parvint à la repousser. Il s'agissait d'un inconnu. S'il avait passé son brevet de secourisme pour être prêt en cas de besoin, sa fille n'avait — Dieu merci !— jamais eu besoin de ses services. Molly allait bien, elle se trouvait avec des amis en qui il avait toute confiance... et qui détenaient, eux aussi, leurs brevets de secourisme. Il ne devait pas tout confondre.

Deux mains tièdes se posèrent sur ses épaules, le secouant doucement.

— Elle va bien, murmura la voix de Rachel à son oreille.

Il saisit l'une de ses mains, s'y accrocha.

— Je sais. Merci ! Comment savais-tu à quoi je pensais ?

— J'ai deviné que si tu avais appris à faire ça, c'était pour elle. Donc, en ce moment, tu penses à elle. Ça n'a rien d'étonnant.

Il se releva sans lâcher sa main.

— J'aime mieux ça. J'avais peur que tu n'aies quelques pouvoirs spéciaux...

Main dans la main, ils allèrent rejoindre Rosemary. Le visage gris, les lèvres tremblantes, elle tordait la lanière de son sac entre ses mains ; tout de suite, elle se tourna vers James.

— Vous pensez que tout ira bien ?

— Le cœur est un organe incroyable, dit-il avec conviction. Beaucoup plus résistant qu'on ne le pense.

On emportait le brancard. Ils suivirent le mouvement, emboîtant le pas de l'équipe jusqu'à l'ambulance. Lorsque Rosemary voulut grimper à l'arrière avec son mari, l'infirmier leva la main pour la retenir.

— Je suis désolé, madame, mais nous sommes deux à l'arrière, il n'y a pas de place pour vous.

— Comment ? Mais...

Ses mains se remirent à pétrir son sac.

— Mais... comment est-ce que je vais aller à l'hôpital ! Je ne peux pas conduire, je suis trop énervée.

— Rosemary, tout va bien...

Doucement, James prit dans les siennes les mains affolées. La sentant tout de suite plus calme, il fit un signe de tête à l'infirmier qui claqua les portières de l'ambulance. La sirène hurla, assourdissante, le véhicule se rua hors du parking et disparut. Rosemary la suivit du regard, muette de détresse.

— Rosemary, répéta James d'une voix apaisante. Où est votre voiture ? Je vais vous conduire, et je resterai avec vous jusqu'à l'arrivée de votre famille. D'accord ?

— Oh... Vous êtes gentil... C'est... les clés sont dans mon sac.

— Bien !

Se retournant vers Rachel, il lui lança rapidement :

— Tu nous suis avec la décapotable ?

— A... à l'hôpital ?

Il répondit d'un bref signe de tête en prenant le trousseau que lui tenait Rosemary. Il savait trop bien ce que l'on ressent à attendre seul le diagnostic d'un cardiologue ; il ne voulait pas que cette femme affolée ait à endurer cela.

Une fois au volant de la Buick du vieux couple, il réalisa que Rachel n'avait pas semblé très enthousiaste... mais les sanglots de Rosemary ne lui laissèrent pas le loisir de se demander pourquoi.

Le cœur prêt à éclater, Rachel s'engagea dans le parking du petit hôpital de province. Là-bas, James s'engouffrait déjà par la porte brillamment éclairée des urgences. La voyant, il agita la main, fit signe qu'il entrait et disparut à l'intérieur.

Elle fit un tour de parking, puis un autre. Aucune place ne trouvait grâce à ses yeux, celle-ci était trop proche, celle-là trop lointaine, trop étroite, ou coincée entre deux voitures trop cabossées. A l'intérieur, James devait prendre les renseignements nécessaires, accompagner Rosemary dans la salle d'attente... Elle savait qu'elle cherchait à gagner du temps mais ne se sentait pas la force de marcher à son tour vers cette porte.

Se décidant soudain, elle gara la décapotable dans un emplacement juste en face de l'immeuble. De ses mains froides et moites, elle tambourina sur le volant, de plus en plus vite, puis s'arrêta tout à coup ; elle jaillit hors de la voiture, claqua la portière. Les poings serrés, les ongles enfoncés dans les paumes, elle dit tout haut :

— Tu peux le faire. Tu as mangé des lasagnes ce soir. Serre les lacets de tes godillots et marche !

Au pas de charge, elle avança entre les voitures, franchit une bande de gazon et déboucha sur le trottoir. Un instant, elle s'arrêta sous un arbre pour étudier le bâtiment carré qui se dressait de l'autre côté du parvis de béton. Beaucoup de fenêtres étaient éclairées — sans doute des chambres de patients. Dans certaines de ces chambres, on devait célébrer l'arrivée d'une nouvelle vie ; dans d'autres...

Brutalement, elle repoussa cette pensée, et l'image du petit corps de Daniel. A la place, elle se représenta le visage de James. James la trouvait extraordinaire. Et courageuse.

— Pense à des choses agréables, se dit-elle.

La démarche raide, elle quitta le trottoir et s'avança vers la porte. Du chocolat... James... Une nuit d'amour avec James et ensuite, du chocolat. Un petit rire nerveux lui échappa : ses idées devenaient de plus en plus insolites ! Voilà, cela allait mieux.

Maintenant, elle se tenait devant l'entrée des urgences. Bien droite, épaules en arrière, elle marcha vers les portes, sursauta violemment quand elles s'écartèrent, mais parvint à continuer sur sa lancée. Au bout de trois pas, l'odeur de l'hôpital, mélange d'antiseptiques et de produits de nettoyage, lui sauta au visage. Une nausée violente la saisit, la lumière dure des néons l'éblouit.

Au comptoir d'accueil, une infirmière en blanc tapotait sur un clavier, tête baissée, notant les informations murmurées par un homme qui serrait contre lui sa main enroulée dans une serviette. D'autres murmures émergeaient du couloir s'enfonçant dans les profondeurs du bâtiment. Avalant sa salive, elle se tourna vers la salle d'attente.

Les chaises de plastique ne cherchaient même pas à prétendre au confort, les tables basses étaient encombrées de revues aux couvertures déchirées et de dépliants remplis de recommandations sur la santé et l'hygiène. Dans un angle, une télé réglée sur CNN : encore des crimes, encore des maladies... encore des mauvaises nouvelles.

Sans s'approcher, elle dévisagea les petits groupes qui patientaient en parlant bas, sombres et soucieux. Elle ne voyait James nulle part.

Les portes automatiques s'ouvrirent de nouveau et un tourbillon mouvant déferla dans les urgences. De nouveau, des blouses blanches, des visages tendus, des voix nerveuses. Le groupe s'engouffra dans le couloir, encadrant un brancard ; parmi les phrases sèches qui se croisaient en rafales, elle n'en retint qu'une : « grave traumatisme à la tête ».

Le brancard entouré de son essaim fiévreux disparut à l'angle du couloir. Tout là-bas, elle vit enfin la silhouette qu'elle cherchait. James.

Grave traumatisme à la tête ! Un bruissement emplit ses oreilles. A son oreille, un autre médecin prononçait ces mots. Grave traumatisme... Et la même voix, un peu plus tard : « mort cérébrale ». Aveugle, les jambes tremblantes, elle n'entendait plus que les voix qui s'entrechoquaient dans sa tête. Une inconnue à la voix douce : « Nous aimerions vous parler des dons d'organes. » Roman :

« Je crois qu'on devrait, Rachel. » Son père : « Rachel, c'est normal... »

Elle ne voulait pas. Ne supportait pas l'idée qu'on ouvre le corps de son bébé. Malgré les tubes et les fils électriques, elle voulait le prendre dans ses bras et le guérir d'un baiser. Les médecins se trompaient. Cela ne pouvait pas être vrai.

Son père et Roman avaient déjà accepté. Ils pensaient déjà à sauver d'autres vies, puisque leur enfant chéri, leur rayon de soleil, était parti.

Daniel.

Il semblait si paisible, si tranquille ; une partie d'elle-même savait qu'elle devait lui dire au revoir, lui donner la permission de s'envoler. Mais l'autre ne voyait qu'une chose : il avait seulement l'air endormi ! Comme s'il allait se réveiller de sa sieste et lui demander de jouer avec lui aux petites voitures.

La voix de son père, plus bourrue que jamais, marmonnait des phrases incompréhensibles à son oreille ; il l'entraînait hors de la chambre. Son propre cœur scandait : Daniel, quatre ans et demi. Objectif dans la vie : aller à l'école dans un bus jaune comme les grands de la classe de sa mère. Il n'avait pas accompli sa grande ambition.

Les larmes ruisselaient sur son visage — les larmes qu'elle n'avait pas pu laisser couler ce jour-là, en présence de son père. Un rideau de larmes. Son cœur se heurtait violemment à ses côtes, elle hoquetait, suffoquée par l'odeur affreuse de l'hôpital. L'odeur de mort. Un rideau noir se refermait lentement devant ses yeux. Très loin, James se tourna vers elle, la regarda... puis lui aussi s'effaça dans les ténèbres.

— Rachel !

James se précipita, manquant renverser Don dans son élan.

— Rachel !

Elle glissa le long du mur, s'abattit sur le sol. Se laissant tomber à genoux, il la souleva dans ses bras, chercha son pouls.

— Rachel ? Ne fais pas ça, reviens avec nous.

Don le rejoignit et se pencha, l'air soucieux.

— Je parie que c'est la première fois qu'elle entre dans un hôpital depuis la mort de son fils, dit-il.

— Nom de Dieu, je n'y avais même pas pensé !

Se mordant les lèvres, il fit signe à une infirmière qui s'approchait d'un pas rapide.

— S'il vous plaît ! Nous avons besoin d'aide.

— Je ne pensais pas qu'elle était du genre à s'évanouir, reprit Don.

James le foudroya du regard.

— Elle s'en tire comme un chef. Ce soir, elle a franchi une étape difficile. Laissez-lui un peu de temps, tout de même ! D'ailleurs, vous m'aviez bien dit de garder mes distances en espérant qu'elle craquerait ? Eh bien, elle a craqué.

Se concentrant de nouveau sur la femme abandonnée entre ses bras, il supplia :

— Rachel ? Ma chérie, réveille-toi.

L'infirmière en blouse rose s'agenouilla près de lui, présentant une capsule d'ammoniaque sous les narines de la jeune femme. Celle-ci inspira brusquement, détourna la tête. L'infirmière suivit son mouvement et cette fois, Rachel gémit, ses paupières battirent. Elle se mit à tousser, protestant :

— Non… Enlevez ça.

— Apporte-moi un fauteuil roulant, lança l'infirmière à un aide-soignant.

— Non. Laissez-moi, je veux m'en aller, marmonna Rachel en repoussant l'infirmière.

— Tout va bien, dit celle-ci d'une voix joviale. Doucement, calmez-vous. Détendez-vous et laissez-nous vous installer dans ce fauteuil. Vous allez vous allonger quelques minutes et ensuite, vous vous sentirez beaucoup mieux.

Rachel la repoussa encore, réussit à s'asseoir.

— Non, répéta-t-elle. Non, vous ne comprenez pas. Je ne peux pas rester ici. Pas une seconde de plus.

D'un geste brusque, elle repoussa le fauteuil roulant, réussit à se remettre sur pied. Chaque fois que l'un d'eux cherchait à la toucher, elle se débattait, affolée. Ils finirent par renoncer et elle se dirigea vers la porte en titubant, les mains tendues devant elle.

Secouant la tête avec irritation, l'infirmière s'éloigna en faisant claquer ses talons sur le sol. Don se tourna vers James.

— Vous avez besoin d'un coup de main ?

— Vous voulez m'aider ? Votre groupe de soutien est terminé ?

— Oui, depuis une vingtaine de minutes.

— Parfait. Dans ce cas, j'aimerais que vous restiez auprès de Rosemary, une dame que nous avons accompagnée ici, jusqu'à l'arrivée de son fils. Disons pendant une heure.

— D'accord.

En quelques mots, il lui expliqua où la trouver, puis se précipita à son tour vers la sortie.

Rachel n'était pas allée bien loin. Il la retrouva à une vingtaine de mètres à peine, étreignant la hampe d'un réverbère.

S'arrêtant à quelques pas, il demanda à mi-voix :

— Tu te sens comment ?

— Comme si on avait tiré le tapis de sous mes pieds.

— Tu as encore le vertige ?

— Non, je console ce réverbère parce qu'il se sent seul.

— Tiens, je ne te connaissais pas ce sens de l'humour.

Gentiment, il la prit par la taille et la mena vers un banc.

— Je crois que je vais vomir, marmonna-t-elle.

Avec une plainte sourde, elle se laissa tomber sur le siège.

— Respire à fond, murmura-t-il.

Elle fit ce qu'il lui demandait ; il resta assis près d'elle en lui frottant le dos. Au bout d'une minute, elle se redressa pour lui jeter un regard.

— Dis-moi que ce n'est pas Don que j'ai vu avec toi tout à l'heure. Dis-moi que j'hallucinais.

— Ce serait un mensonge. Il anime des groupes de parole à l'hôpital. Pourquoi, sa présence te dérange ?

Laissant retomber sa tête, elle haussa les épaules.

Elle passa les mains sur ses cheveux. Un léger soupir s'envola dans la nuit tiède. Il attendit la suite.

— Ramène-moi à la colonie, s'il te plaît, murmura-t-elle.

Il l'aida à se mettre sur pied, prit les clés qu'elle lui tendait.

— On va retirer le toit, rouler avec le vent dans les cheveux et faire comme si on était jeunes, bêtes et sans souci, lança-t-elle.

Elle souriait dans le vide, les yeux fixes. Il la prit dans ses bras et la serra contre lui, la berçant doucement. Oh, cette tendresse qui montait en lui, cette envie de la protéger…

— Oui, c'est exactement ce qu'on va faire, murmura-t-il.

Et il tenterait d'oublier à quel point cette femme si courageuse et si vulnérable à la fois commençait à compter pour lui. Une femme qui ne pouvait mettre les pieds dans un hôpital sans s'évanouir, alors que sa fille et lui considéraient l'Hôpital des Enfants de Pittsburgh comme un second foyer… quelle chance cela leur laissait-il ?

Le visage au vent, il lança la décapotable sur les petites routes, entendant à peine le ronronnement soyeux du moteur. La clarté de la pleine lune inondait un ciel rempli d'étoiles. A côté de lui, Rachel dénoua ses cheveux, les laissant flotter librement autour de son visage.

— C'est mieux comme ça !

— Tu es prête à parler de ce qui s'est passé ce soir ? demanda-t-il.

Se tournant à demi vers lui, elle tendit la main, posa les doigts sur sa bouche.

— On avait dit : sans souci.

— Tu sais pourtant ce qui arrive quand on nie ce qu'on ressent.

Pour adoucir ces mots, il embrassa au vol le bout de ses doigts.

— Je croyais que tu étais mon ami ?

— Je suis ton ami. Les amis parlent ensemble de ce qui les trouble.

— J'ai horreur des hôpitaux. Je ne veux pas en parler.

— Rachel…

Se penchant en avant, elle alluma la radio, remplissant la nuit des accords plaintifs d'une musique country. Des profondeurs de son sac, elle sortit des caramels enrobés de papier argenté, lui en offrit un, en glissa un autre dans sa bouche. Quand il secoua la tête, elle laissa retomber la friandise dans son sac, le glissa sous le siège. Croisant les bras sur sa poitrine, elle se détourna pour contempler le paysage.

Avec un soupir inaudible, James se cala au fond de son siège… et sentit dans sa poche arrière le boîtier offert par Nolan. Comme s'il avait besoin qu'on lui rappelle où la soirée les menait avant la catastrophe au restaurant !

Faire semblant d'être jeune, bête et sans souci ? Il doutait d'en être encore capable !

12.

Rachel savait pertinemment qu'avec des « si », on pouvait inventer n'importe quoi. Pourtant, si James n'avait pas été là ce soir-là, avec ses connaissances de secouriste, un homme serait peut-être mort.

Il se gara devant le chalet dans un crissement discret de gravier, coupa le moteur et lui tendit les clés.

— Merci de m'avoir laissé conduire.

— Je n'étais pas en état…

— Tu m'as aussi laissé conduire à l'aller.

— J'ai pensé que ça te ferait plaisir, dit-elle en haussant les épaules.

Elle se pencha pour récupérer son sac sous le siège, descendit. Sans avoir besoin de se concerter, ils refermèrent le toit, s'activant en silence chacun de leur côté, puis James contourna la voiture pour venir la rejoindre.

— Rachel, je suis désolé que la soirée se soit terminée de cette façon. Ce n'est pas comme ça que je voyais notre rendez-vous.

— Moi non plus.

Pendant quelques instants, elle contempla son visage au clair de lune, puis dit à mi-voix :

— Mais la soirée n'est pas encore terminée. J'ai envie de faire un tour du côté du lac. Tu veux venir ?

Levant la main, il effleura ses cheveux blonds.
— Oui, je veux bien.
— Je prends juste quelques petites choses.
Très affairée tout à coup, elle alla ouvrir le coffre, en sortit une lampe de poche et une vieille couette dont Daniel et elle se servaient souvent pour les pique-niques.
— J'ai découvert un coin formidable. Suis-moi mais fais bien attention où tu mets les pieds : il y a beaucoup de cailloux et de racines.
La lune filtrant entre les branches mouvantes des arbres leur montrait le chemin : un petit sentier envahi d'herbes folles, à demi étouffé entre les buissons. Se faufilant dans l'étroit passage, elle déboucha dans la crique cachée où une petite plage secrète s'ouvrait sur le lac.
— Nous y sommes, annonça-t-elle en étalant sa couette sur le sable. Qu'en penses-tu ?
— Comment as-tu trouvé cet endroit ? demanda-t-il en tournant sur lui-même. C'est magique.
— Pendant une promenade un matin, très tôt.
S'asseyant sur l'étoffe douce et usée, elle renversa la tête en arrière.
— Regarde toutes ces étoiles...
Il s'installa derrière elle, lui entourant la taille de ses bras.
— C'est bien comme ça ?
Avec un petit soupir de contentement, elle laissa son corps s'ajuster au sien, sa tête reposer contre son épaule.
— C'est bien, murmura-t-elle.
— Mmm. Je trouve aussi.
Ils écoutèrent la nuit, le chant d'amour des grenouilles, le clapotis de l'eau toute proche. Une brise tiède caressait leur visage, dérangeait par moments leurs cheveux.

Des lucioles étincelaient dans les buissons et les hautes herbes qui entouraient leur nid. Se blottissant dans la chaleur de l'homme qui la tenait avec tant de tendresse, elle murmura :

— Molly pourrait s'en donner à cœur joie.

Elle le sentit sourire, le nez pressé dans ses cheveux.

— On dirait des reflets d'étoiles, dit-elle encore.

Levant le visage, elle étudia les cieux.

— Tu n'as pas l'impression d'être tout petit, insignifiant, en voyant tout cela ?

— Pas exactement, murmura-t-il. Impressionné, oui. Emerveillé par la grandeur de l'univers. C'est la même chose que se sentir petit ?

Le silence retomba, quelques vaguelettes vinrent lécher la grève.

— J'ai compris quelque chose ce soir, dit-elle tout à coup.

— Quoi donc ?

— La vie est courte. Juste une étincelle sur l'écran de l'univers.

Levant la main, elle fit un geste qui balayait le ciel.

— Ça ne dure qu'un instant. J'ai compris que si on tient à certaines choses, on ne peut pas les remettre à plus tard, il faut s'en emparer tout de suite. Daniel…

Un gros soupir involontaire souleva sa poitrine, elle le laissa passer et reprit :

— Daniel voulait monter dans le gros bus jaune pour aller à la grande école. Je ne pouvais pas faire en sorte que cela arrive plus vite, mais je pense aux couples comme Henry et Rosemary, qui commencent à prendre de l'âge… qui ont peut-être toujours voulu faire un grand voyage mais qui l'ont remis d'année en année, pour une raison ou pour une autre. Ce soir, ils ont failli devoir y renoncer pour de bon.

L'une des mains de James quitta sa taille, monta vers son visage, caressa doucement sa joue.

— Et toi, qu'est-ce que tu veux pendant qu'il en est encore temps ? demanda-t-il.

Elle sentit ses joues flamber, son corps entier dégager une chaleur subite. Avalant sa salive, elle osa chuchoter :

— Toi. Je te veux, toi.

La main qui se promenait sur son visage s'immobilisa, un long, très long silence la glaça. Quand il lui sembla qu'elle ne pourrait pas supporter cette humiliation un instant de plus, il murmura :

— Rachel, je...

— Tu ne veux pas ? balbutia-t-elle.

Il eut un sursaut de tout son corps.

— Oh, si, j'ai envie de toi ! C'est seulement...

— Quoi ?

— Je ne peux rien te promettre pour l'avenir. Tu mérites quelqu'un qui soit près de toi longtemps...

Elle se sentit fondre.

— Oh, James... Je crois bien que c'est la première fois qu'on se préoccupe vraiment de moi.

— Je parle sérieusement...

Il pencha la tête, effleura tout juste ses lèvres des siennes. Passionnément, elle lui offrit sa bouche... et le sentit s'éloigner d'un sursaut. Interdite, elle ouvrit les yeux ; la lâchant brusquement, il sauta sur ses pieds.

— Attends ! cria-t-elle en se relevant à son tour. Non, ne t'en va pas.

— Rachel, je suis désolé mais si je reste ici, je vais faire quelque chose que tu pourrais regretter ensuite.

— Me faire l'amour comme je te le demande ? Tu crois que je le regretterais ?

Elle n'attendit pas sa réponse — la vie était trop courte et James trop extraordinaire. Se plantant juste devant lui, elle posa les paumes sur sa poitrine.

— Je ne te demande pas de m'aimer toujours, James, je me moque même de ce qui arrivera demain. Tout ce que je veux, c'est cet instant, ce soir. Il n'y en aura peut-être jamais d'autre mais je ne peux pas le laisser passer.

S'enhardissant un peu, elle glissa les mains autour de sa taille.

— Et toi... ? chuchota-t-elle encore.

Il ne fit pas un geste. Médusée par sa propre audace, elle laissa courir ses mains, lui caressa la poitrine, le dos. Voilà encore une chose qu'elle tentait pour la première fois ! Saurait-elle le séduire ? Oubliant toute prudence, elle se pressa contre lui.

Convulsivement, il aspira une bouffée d'air et ses hanches avancèrent, cherchant le contact.

— Rachel...

Levant vivement la main, elle la posa sur ses lèvres, en dessina le contour avec sensualité.

— Ta bouche dit non mais ton corps dit oui...

Puis, reculant tout à coup :

— Mais si tu ne veux vraiment pas...

Reculant au milieu de la couverture, elle retira ses sandales, défit les deux premiers boutons de son corsage.

— Qu... qu'est-ce que tu fais ? balbutia-t-il.

— Moi ? Je ne me suis jamais baignée nue. C'est une expérience qu'il faut faire au moins une fois dans sa vie, il me semble ?

Tout en parlant, elle se déshabillait. Le clair de lune coula sur ses épaules nues ; il aurait aimé être ce rayon de lune glissant sur sa peau de satin. Un soutien-gorge bordé de dentelle parut, elle jeta son corsage sur la couverture, posa les mains sur le premier bouton de son pantalon… il dut faire un effort pour penser à respirer.

Le crissement de la fermeture Eclair déchira l'air de la petite crique. Ondulant d'un côté et de l'autre, elle dégagea ses hanches de l'étoffe moulante et se retourna pour lui offrir le spectacle d'une chute de reins parfaite tandis que le vêtement tombait sur ses pieds. Un string ! Pour l'amour du ciel, elle portait un string minuscule…

— Rachel…

Les deux syllabes s'arrachèrent à grand-peine de sa gorge nouée. Ingénument, elle se retourna vers lui, l'air interrogateur, une apparition au clair de lune.

— Il y a un problème ?

— Oui. Tu me coupes le souffle.

Manifestement intimidée par le compliment, elle baissa la tête, la releva avec un petit sourire. En deux pas, il fut devant elle ; comme il n'osait pas toucher sa peau nue, il prit son visage entre ses mains.

— Tu es bien sûre que c'est ce que tu veux ?

Elle hocha la tête, son beau regard limpide plongé dans le sien. Lâchant enfin la bride à sa passion, il l'embrassa, goûta le souvenir du caramel dans sa bouche ; glissa les mains sur toute la longueur de son dos, ébloui de trouver sa peau aussi lisse. Le fil du string guida ses doigts plus bas, il effleura ses courbes, l'empoigna à pleins bras pour la presser contre lui. Elle réagit d'un petit frisson, d'une faible plainte qui achevèrent de lui faire perdre la tête. Il embrassa son cou comme s'il allait la dévorer tout entière, sentit ses mains tirer sa chemise.

— Je veux te sentir contre moi, balbutiait-elle.

Il tira le vêtement par-dessus sa tête et le laissa choir sur le sol.

— Ça aussi, murmura-t-il en passant les mains derrière elle à la recherche de l'attache de son soutien-gorge.

Ses doigts tâtonnèrent jusqu'à ce que la dentelle se défasse enfin. Il fit glisser les bretelles le long de ses bras et elle se pressa contre lui, ses mamelons durcis brûlant sa peau nue comme des flammes. La soulevant entre ses bras, il se laissa tomber à genoux, l'étendit devant lui. Pour la première fois, il vit un éclair d'appréhension traverser son regard ; elle croisa les bras sur sa poitrine.

— Non, ne te couvre pas, chuchota-t-il en les dépliant avec douceur. Je veux te voir.

Elle serra les lèvres, articula avec gêne :

— Ils sont…

— Magnifiques.

Du bout de l'index, il effleura un mamelon qui se dressa fièrement.

— Ils sont tout petits…

Elle se tut dans un sursaut involontaire quand il prit son sein au creux de sa main.

— Ils sont parfaits. Les choses les plus précieuses se trouvent dans de tout petits emballages.

— J'aimerais voir ta tête si je disais ça quand tu baisseras ton pantalon !

Il partit d'un énorme éclat de rire, se pencha pour mordiller le lobe de son oreille, chuchotant :

— Je pense que je ne te décevrai pas.

Elle sourit lentement, baissa délibérément les yeux pour le jauger du regard, et murmura :

— Je ne le pense pas non plus…

Elle tendit la main, il saisit convulsivement son poignet, protestant :

— Ma chérie, depuis le début de la soirée, je te désire à en avoir mal. Je n'ai plus qu'une envie : m'enfoncer au plus profond de toi. Touche-moi et le feu d'artifice partira avant qu'on n'ait vraiment commencé !

Etendant les doigts au maximum, elle réussit à l'effleurer tout de même en murmurant :

— C'est vrai ?

Ce fut son tour d'avoir du mal à reprendre son souffle.

— Tu es vraiment... provocante, et incroyablement sexy.

— Seulement avec toi, chuchota-t-elle. Il n'y a qu'avec toi que je suis comme ça.

— Ton mari était un imbécile.

Elle pouffa, réussit à placer une nouvelle caresse. Baissant la tête, il posa sa bouche juste au-dessus de son sein.

— On peut être deux à jouer à ce petit jeu !

Du bout de la langue, il taquina son mamelon, lui arrachant une nouvelle plainte.

— Et si tu me décrivais la vision de plaisir que tu as eue au restaurant ? Celle qui t'a fait rougir si joliment ?

— Oh, disons que tu es sur la bonne... voie, haleta-t-elle en plongeant les doigts dans ses cheveux.

Levant la tête, il lui sourit lentement.

— C'est vrai ? Voyons si je peux suivre la voie jusqu'au bout.

Il entreprit de la couvrir de baisers, de haut en bas. Quand il atteignit son nombril, elle gémit ; quand sa bouche se pressa sur l'étoffe de son string, elle cessa tout à fait de respirer.

— Ne retiens pas ton souffle, murmura-t-il. Un homme en train de faire l'amour se sent dévalorisé si son amante s'évanouit... sauf si elle attend le moment du plaisir !

Il leva la tête un instant pour lui sourire avant de reposer sa bouche sur elle. Elle sentit une chaleur incroyable se répercuter en elle.

— Tu... n'es pas obligé...

— Je ne suis pas obligé mais j'ai envie. Soulève-toi.

Il retira le string et elle s'accrocha à la couverture de toutes ses forces sous la caresse de sa bouche. Bientôt, ses doigts agiles entrèrent en jeu, la faisant haleter de plus en plus violemment. Bientôt, elle explosa en criant son nom.

Quand elle rouvrit les yeux, sa tête et ses épaules se découpaient au-dessus d'elle sur le ciel étoilé.

— C'est ce que nous appelons un stimulus agréable, observa-t-il avec satisfaction.

Elle approuva de la tête, incapable d'articuler un mot.

— Bien ! Maintenant que nous avons terminé l'entrée, si nous nous attaquions au plat principal ?

Il pressa son bassin contre le sien et elle se rendit compte qu'il était nu. Une panique subite la saisit.

— Attends ! On ne peut pas, pas sans...

— Oui, ma douce, je sais.

Tâtonnant un instant près de lui, il lui montra un petit emballage.

— Pas sans ça, tu allais dire ? Fraîcheur garantie, il n'a pas passé des années sur l'étagère de la pharmacie.

Elle lui offrit un sourire, émue qu'il se soit souvenu de son histoire. De la bouche et des mains, il caressa son corps, réveillant doucement son désir assouvi.

— Prête ? articula-t-il à son oreille.

— Oui. Je te veux en moi.

Il s'écarta quelques instants pour se préparer, revint se coucher sur elle.

— Tu sais, ce sera peut-être un peu rapide, alors si…

— Chut ! Ne dis rien, souffla-t-elle en le saisissant aux hanches.

Un mouvement souple et il fut en elle.

— Oh, ma chérie…

Son tremblement trahissait l'effort qu'il faisait pour se contrôler. Il commença un lent va-et-vient, sa main glissa entre leurs deux corps pour la caresser là où ils étaient joints. Elle haleta son nom, il murmura des mots tendres à son oreille. Bientôt, elle commença à se dissoudre et sentit qu'il se précipitait à sa suite. Ses mouvements se firent frénétiques, il poussa une longue plainte sourde, fondit sur elle pour l'embrasser furieusement… elle bascula dans un plaisir très doux.

Lentement, leur souffle heurté s'apaisa, les sons de la nuit reprirent leur place, vent dans les arbres, chant des grenouilles. Un peu plus loin, il entendait le souffle d'un ruisseau se jetant dans le lac. Tirant le rebord de la couverture sur eux, il enfouit son visage dans ses cheveux.

— C'était incroyable, murmura-t-il.

— Oui…

Tendrement, paresseusement, elle promenait les mains sur son torse. Son corps nu pressé contre le sien, le parfum de citron de sa peau, l'air frais de la nuit… Une détente merveilleuse se glissa en lui, dissolvant toutes ses tensions, dénouant chaque muscle.

— C'est encore beaucoup mieux qu'un hamac, murmura-t-il.

— Un hamac ? Tu as déjà fait l'amour dans un hamac ?

Il eut un petit rire engourdi.

— Non, je veux dire : pour se relaxer. Je ne me suis pas senti aussi bien depuis… je crois bien que je ne me suis jamais senti aussi bien.

— Je suis contente

Le silence confortable revint les envelopper. Doucement, inlassablement, il caressait ses cheveux. Son corps était satisfait mais il voulait plus encore : après l'intimité physique, il avait envie d'une autre intimité, plus subtile. Il eut envie de l'interroger sur son fils, redouta de gâcher le moment…

— James ? demanda-t-elle tout à coup.

— Mmm ?

— Parle-moi du cœur de Molly.

Les muscles de sa nuque se crispèrent dans un réflexe automatique de défense mais aussi parce qu'une fois de plus, elle pensait à la même chose que lui.

— Le cœur de Molly ? Pourquoi ? Je croyais qu'on était jeunes, bêtes et sans souci.

— Excuse-moi, dit-elle. J'écoutais le battement de ton cœur et j'ai pensé à elle. Elle est vraiment étonnante, tu sais ?

Il sourit dans la nuit.

— C'est vrai. Que veux-tu savoir ?

— Quel… quelles sont les prévisions pour elle ? Et aussi : as-tu appris quoi que ce soit au sujet de son donneur ?

— Les prévisions sont plutôt bonnes. Ils ne peuvent rien me dire de précis sur son espérance de vie parce que les greffes d'organes restent un domaine très expérimental…

— Aucun d'entre nous ne sait combien de temps il aura. Ni pour lui-même, ni pour ses enfants.

Il la serra étroitement contre lui.

— C'est très vrai, ce que tu dis.

— Et la famille de son donneur : tu les as contactés ?

— J'ai envoyé un mot pour les remercier. Jamais je n'avais eu autant de mal à rédiger quelques phrases. Chaque fois que je les relisais, ça me semblait si dérisoire ! On ne peut pas exprimer ce genre de reconnaissance, ou consoler quelqu'un de son deuil. Ils n'ont pas répondu.

— Je... je peux comprendre ça.

— Oui, bien sûr...

— J'ai reçu des courriers de l'organisme qui gère les dons d'organes. Il y a eu une lettre, une quinzaine de jours après... Je ne l'ai même pas ouverte.

— Pas prête ? demanda-t-il doucement.

— Non. Et crois-moi, j'ai essayé plusieurs fois. Peut-être que maintenant... Quand je rentrerai à la maison, je verrai si je peux remettre la main dessus.

Elle avançait vraiment à pas de géant ! Ne sachant comment exprimer son admiration, il demanda :

— Tu veux bien me parler de Daniel ?

— Pour dire quoi, par exemple ?

— Tout : quelle était sa couleur préférée, son émission fétiche ? Il dormait avec une veilleuse ou c'était un petit dur ?

A mi-voix, elle lui parla de son fils, de sa passion pour le jaune, pour les véhicules de toutes les tailles et de toutes les formes, de son nounours et de sa veilleuse.

— Il avait toujours un sourire pour tout le monde.

— Il tient ça de sa mère...

— Mmm. Tu sais, je m'inquiétais quelquefois de le voir ressembler à son père, en grandissant…

Il la berça contre lui.

— Avec toi comme mère ? Sûrement pas. Il aurait grandi en sachant apprécier les femmes, et en fouillant le pays entier pour en trouver une qui supporte la comparaison avec toi.

Une traînée blanche s'alluma dans le ciel de la nuit.

— Une étoile filante !

— Je l'ai vue.

— Tu as fait un vœu ?

— Tu parlais vraiment sérieusement en disant que tu croyais aux vœux ? Lesquelles sont les plus puissantes à ton avis : les étoiles filantes ou les lucioles ?

Il roula sur le flanc pour mieux voir son visage.

— Je ne sais pas… mais mon vœu aux lucioles s'est réalisé au centuple.

Il se pencha pour effleurer sa bouche de la sienne… légèrement d'abord, puis plus fermement, la taquinant du bout de la langue jusqu'à ce qu'elle s'ouvre à lui. Plusieurs minutes passèrent avant qu'il ne reprenne son souffle.

— J'ai un nouveau vœu. Tu veux savoir ce que c'est ?

Ses cils battirent, elle ouvrit les yeux, des yeux rêveurs et embrumés. Lentement, elle hocha la tête.

— Je veux encore te faire l'amour.

Taquine, elle ondula contre lui.

— C'est vrai ? Je n'aurais jamais deviné.

— D'accord, mais savais-tu que cette fois, je voudrais le faire dans un lit ?

Glissant avec précaution la main sous son flanc, il murmura avec une grimace :

— Je crois bien que je suis couché sur un caillou.

— D'accord, dit-elle avec un petit rire. Chez moi ou chez toi ?

— Chez toi, c'est plus près.

Il posa un baiser sur le bout de son nez, proposa encore :

— On fait la course ?

— Tu veux courir dans le noir, toi ? Mais on pourrait tomber, se faire mal…

Rejetant la couette, il tendit la main vers ses vêtements.

— Je crains surtout qu'on n'arrive pas assez vite. Je risque de me jeter sur toi pour te faire l'amour devant les chalets.

— Heureusement que je suis au bout de la rangée !

— Ça ne nous sauvera pas des cailloux.

Pantalon enfilé, chemise ouverte, il fourra ses pieds nus dans ses chaussures et plia sommairement la couette.

— Ne te boutonne pas trop !

— Tu ne veux pas avoir trop de travail en arrivant ?

— Exactement.

Ils remontèrent la pente douce vers le sentier, suivant le rayon dansant de la lampe torche. Une seule nuit, pensait-il, mais une nuit incroyable, qu'il n'oublierait jamais. Pourtant, en regardant Rachel marcher devant lui, il se demandait si une nuit lui suffirait. Ou même la semaine restante du séjour…

Oui mais… Molly. Il ne pouvait pas la reléguer à la seconde place, ce n'était pas sa faute si elle occupait entièrement son temps et ses pensées. Il ne pouvait pas la léser, ne le souhaitait pour rien au monde…

Son pas ralentit, Rachel le devança sans s'en apercevoir. Curieux comme ses pensées se clarifiaient dès qu'elle n'était plus près de lui ! Un peu lourdement, il grimpa les marches grinçantes de sa véranda, passa la porte ouverte, laissa tomber la couette sur une chaise. Appuyée de la hanche au dossier du canapé, elle pencha la tête sur le côté en scrutant son visage.

— Notre nuit est déjà terminée, on dirait ?

Troublé par la déception dans ses yeux bleus, il secoua la tête.

— Pas terminée, non, juste momentanément interrompue. Je dois prendre de ses nouvelles.

— Je comprends ça.

— Je pensais que tu comprendrais.

Il jeta un coup d'œil à sa montre, se dirigea vers le téléphone. 10 h 40 ; Nolan était un oiseau de nuit, il pouvait être sûr de le trouver encore debout.

— Je m'arrange un peu pendant que tu passes ton coup de fil, murmura Rachel en disparaissant dans la salle de bains.

Il approuva de la tête et composa le numéro ; Nolan décrocha à la première sonnerie.

— Allô ?

— C'est moi.

— Je me disais aussi. Elle va bien. Je les ai expédiées toutes les deux dans leur chambre il y a une demi-heure, et elles sont bordées pour la nuit. Va te servir de ce que je t'ai donné et arrête de te faire du souci.

— C'est un talent que j'ai, ça me vient naturellement. Tu es sûr que tout va bien ?

— Je l'ai mise au lit moi-même, elle est installée comme un petit pacha. A l'heure qu'il est, elles dorment probablement sur leurs deux oreilles.

Une explosion de piaillements aigus vint contredire ce rapport rassurant.

— Qu'est-ce qui se passe ? Je dois venir la chercher ?

Des petits pas, des murmures où il était question d'ombres et de pattes de singe... puis des rires qui le rassurèrent. La voix de Nolan revint à son oreille.

— Non, mais ces deux-là semblent bien décidées à m'empêcher d'aller retrouver ma femme.

— Pauvre vieux, va. Ce n'est que pour une nuit.

— Je n'ai pas la moindre envie de te suivre sur le chemin de la chasteté. Allez, raccroche, et concentre-toi sur la jolie dame qui a dîné avec toi. Tu es toujours avec elle, j'espère ?

James se retourna pour jeter un coup d'œil à la porte close de la salle de bains. Derrière le battant, il entendait couler de l'eau. Sa bouche s'étira dans un sourire involontaire à l'idée de se retrouver avec elle sous le jet de la douche, faisant glisser ses paumes sur sa peau savonneuse.

— Toujours, oui. Dis à Molly que je l'aime.

— Je n'y manquerai pas. Bonne nuit, James.

Voilà, il avait rempli ses obligations de père. Raccrochant le combiné, il retira sa chemise, l'accrocha au dossier d'une chaise et se dirigea vers la porte de la salle de bains. La nuit commençait à peine, et ce soir, il se sentait jeune. Jeune et bête, tous ses soucis bien bordés dans leur lit, entre les mains compétentes de ses amis.

Entrebâillant la porte sur une bouffée de vapeur, il lança :

— Rachel ? Ça te dirait, un peu de compagnie ?

Le visage ruisselant de Rachel parut à la fente du rideau de douche couleur arc-en-ciel.

— J'ai cru que tu ne le proposerais jamais !

Avec un petit rire, elle ajouta :

— Je me suis dit que tu préférerais ça à un bain de minuit dans le lac. Moins de microbes.

— Tu as sûrement raison. Je devrais peut-être te rejoindre pour les traquer sur ta peau jusqu'au dernier.

Du doigt, elle lui fit signe de s'approcher.

— Qu'est-ce que tu attends ? Retire ce pantalon et viens me sauver.

Elle n'eut pas à répéter son invitation.

13.

L'homme au volant du 4x4 était très différent de celui qui se glissait sous la douche avec elle vingt-quatre heures auparavant. Plus question d'être jeune et bête, celui-ci ruminait sombrement ses pensées.

Ils venaient de passer la journée du samedi dans un petit parc d'attractions de la région. La Colonie des Lucioles avait fourni les entrées, ainsi qu'un car pour transporter les pensionnaires sans véhicule. En l'absence des familles, Rachel pensait passer une journée tranquille dans la colonie déserte mais, à sa grande surprise et à la grande joie de Molly, James l'avait invitée à les accompagner. Dommage qu'il ait fini par regretter sa décision !

A mi-voix pour ne pas réveiller la petite qui dormait sur la banquette arrière, elle dit :

— Tu es en colère contre moi.

— Non, je ne suis pas en colère.

Elle étudia son profil à la lueur verdâtre du tableau de bord.

— Tu en as pourtant l'air.

— Mais non.

— Docteur McClain, ne m'aviez-vous pas expliqué qu'il fallait exprimer ses émotions ?

— Je ne suis pas en colère, Rachel, je suis juste…

— Quoi donc ?

Il poussa un soupir explosif et finit par avouer :

— Un peu agacé. En tant que parent, c'est moi qui décide pour Molly, et tu n'as pas respecté mon autorité.

Elle fit un geste dans sa direction, laissa retomber sa main.

— Je regrette. Ce n'était pas délibéré, je ne pensais pas que tu serais contrarié. C'était à peine plus excitant que les montagnes russes pour les tout-petits. Tu sais…

Sa voix s'éteignit, laissant sa phrase en suspens. Elle n'avait pas envie de lui raconter qu'ils étaient déjà venus à ce parc avec Daniel, et combien le petit avait eu envie de monter sur cette attraction. Elle lui avait promis de revenir l'année suivante, quand il serait assez grand. En emmenant Molly sur la Comète pendant que son père était aux toilettes, elle exprimait seulement un élan de tendresse. Et Molly avait adoré — tout au moins, jusqu'à ce qu'elles descendent de leur nacelle pour se retrouver nez à nez avec James.

— Quoi donc ? demanda-t-il.

— Rien. Je regrette. Je ne cherchais pas à te couper l'herbe sous le pied. Molly s'est beaucoup amusée. Tu limites beaucoup ses activités, tu sais ? Pas de piscine, pas d'autotamponneuses, pas de montagnes russes — alors que Cherish, qui est dans la même situation, fait toutes ces choses et plus encore. Je croyais que tu l'avais emmenée ici pour qu'elle ait des vacances normales, pour qu'elle s'amuse.

— Elle s'amuse.

Le ronronnement du moteur combla un silence plutôt crispé. Rachel décida de ne pas discuter : elle cherchait à se réconcilier avec James, pas à le contrarier davantage. Le regard fixé sur la vitre, elle regarda défiler les silhouettes sombres des arbres.

Un gémissement lugubre monta de la banquette arrière.

— Molly, chérie, ça ne va pas ? s'écria James avec un regard rapide par-dessus son épaule.

— Nooon.

— Qu'est-ce qui se passe ?

— Je crois que je vais vomir. Gare-toi, vite !

La voiture s'immobilisa, Rachel bondit à terre ; Molly avait déjà ouvert sa portière et se précipitait vers le talus herbeux. Rachel retint sa longue queue-de-cheval auburn et lui frotta le dos pendant qu'elle vomissait. Le temps de mettre les feux de détresse, et James les rejoignit en courant.

Quand Molly se redressa enfin, Rachel les laissa ensemble et retourna à la voiture fouiller la boîte à gants, sûre d'y trouver des lingettes et de l'eau minérale. Elle rapporta son butin et le tendit à James, en restant un peu en retrait.

— Tiens, ma grande, rince-toi la bouche. J'espère seulement que tu ne fais pas une intoxication alimentaire, murmura James, soucieux.

Molly s'essuya le visage avec une lingette en soupirant :

— Non, c'est tout ce que j'ai mangé. Oh, p'pa, tu avais raison, manger n'importe quoi, ça ne fait pas du bien.

— N'importe quoi ? répéta James en la ramenant vers la voiture.

Molly hocha la tête, lugubre.

— Je n'ai pas arrêté de goûter à des trucs. Des beignets, de la barbe à papa, de la citronnade, de la glace, du chocolat, des frites, un bout de pomme candi et un cookie aux pépites…

Avec un gros soupir, elle s'affaissa sur la banquette de cuir. Sans un mot, James lui boucla sa ceinture, claqua sa portière et reprit le volant, en jetant un regard noir à Rachel qui s'installait auprès de lui. Levant les paumes, celle-ci s'écria :

— Ne me regarde pas comme ça. Je n'ai pas donné de friandises à ta fille en cachette !

Il démarra brusquement, dans une secousse qui arracha une nouvelle plainte à Molly.

— Ce n'est pas la faute de Rachel, papa, gémit-elle. Elle ne savait pas. Je me suis servie chez tout le monde, j'en ai aussi pris à Cherish, à Nolan…

James s'éclaircit la gorge et reprit, subitement radouci :

— J'espère que tu comprends maintenant que je ne te dis pas non pour le plaisir.

Sa fille marmonna un assentiment dépourvu de tout enthousiasme.

Le reste du trajet se déroula sans heurt. Molly s'endormit très vite. Quand ils se garèrent devant le petit chalet bleu, Rachel saisit son sac et se laissa glisser à terre.

— Merci de m'avoir invitée, dit-elle par la portière ouverte. Je me suis bien amusée. La plupart du temps.

— J'aimerais compenser ce « la plupart du temps ». Tu veux bien m'attendre quelques minutes ? Le temps de mettre Molly au lit.

— D'accord. J'attends ici ?

— Où tu veux. Dans le chalet, sous la véranda… Fais comme chez toi.

Ouvrant la portière arrière, il défit la ceinture de sécurité de Molly et la souleva dans ses bras. La tête de la petite roula sur son épaule et pendant un instant, Rachel ne sut lequel des deux elle enviait le plus. Oh, pouvoir encore porter Daniel endormi ! Ou avoir le droit de toucher James chaque fois qu'elle en aurait envie ! Le précédant, elle lui ouvrit la porte moustiquaire, puis la porte de bois plein.

— Merci, murmura-t-il. Je reviens tout de suite.

Ballotté entre des émotions contradictoires, il porta Molly dans sa chambre. Maintenant qu'il avait eu le temps de se calmer, il trouvait odieuse et mesquine son attitude envers Rachel. Bien sûr qu'elle ne cherchait pas à miner son autorité, ou à faire les choses dans son dos ! Sur le moment déjà, malgré sa colère, il s'était mentalement traité de tous les noms en voyant l'excitation joyeuse s'effacer de leurs deux visages, à la descente des montagnes russes. En même temps, c'était à lui de fixer leurs règles de vie et à Molly de les respecter...

Il posa sa fille sur le lit, il lui retira baskets et chaussettes. Elle détestait dormir avec sa queue-de-cheval ; avec précaution, il entreprit de défaire l'élastique pour libérer les épaisses vagues ondulées. Puis il ouvrit le lit et la coucha tout habillée. Elle s'étira vaguement.

— Bisou, bonne nuit, marmonna-t-elle.

— Bisou, Insubmersible.

Même dans son sommeil, elle grogna en entendant son surnom. Amusé, il repoussa une mèche de son front, y pressa ses lèvres. Pas de température, son malaise de tout à l'heure était bien une indigestion.

— Je t'aime, chuchota-t-il.

— T'aime aussi. Oublie pas... embrasser aussi Rachel.

L'idée avait son charme. Tout au long de la journée, il avait dû se retenir de lui prendre la main, de poser des baisers sur sa joue. Et quelle torture de la tenir entre ses cuisses pour dévaler la cascade dans la nacelle en forme de tronc d'arbre ! Une torture délicieuse, qui lui faisait revivre leur nuit d'amour.

— Dis donc, murmura-t-il. On avait dit que si j'embrassais quelqu'un, c'était mon affaire, pas la tienne.

— Mmm.

Roulant sur le flanc, Molly enfouit son visage dans son oreiller. Il sortit sans bruit.

La pièce principale n'était éclairée que par une petite lampe au-dessus de l'évier ; il dut s'immobiliser un instant pour trouver Rachel dans la pénombre. Elle se tenait près de la porte, comme si elle craignait de s'imposer.

— Viens t'asseoir un petit moment, dit-il avec un geste vers le canapé. Je voudrais t'expliquer mon comportement de tout à l'heure.

— Tu n'as pas à t'expliquer.

— Peut-être, mais j'aimerais le faire.

Elle vint s'installer à une extrémité du canapé ; il s'assit au centre, à demi tourné vers elle.

— D'abord, je sais très bien que tu n'avais aucune intention de miner mon autorité, je regrette d'avoir dit ça. C'est juste… que je n'ai pas l'habitude de voir un autre que moi faire des choix concernant Molly.

Elle lui lança un bref sourire.

— Autrement dit, si je rédigeais une évaluation, je serais obligée de mettre : « a des difficultés à partager avec les autres ».

— Peut-être bien. Elle est toute ma vie, Rachel. Je te dirai même qu'après cette semaine passée avec d'autres parents dans la même situation, je commence à me dire que je la couve un peu trop…

— Un peu ? demanda-t-elle, tandis que son sourire s'élargissait.

— D'accord, un peu beaucoup. Mais j'ai failli la perdre, tu comprends ? Et cette idée... cette idée me rend fou d'angoisse.

La compassion qu'il lut dans son regard bleu l'émut. Lui effleurant l'épaule, il demanda :

— Alors, tu me pardonnes ?

— Il n'y a rien à pardonner. Tu es un papa qui prend soin de sa fille.

En contemplant son visage si doux, en laissant ses doigts se promener sur la peau tendre de sa nuque, il se demanda un instant si le fait d'être père lui suffirait toujours.

— J'ai attendu toute la journée de pouvoir faire ça, chuchota-t-il en se penchant pour presser un instant ses lèvres sur les siennes.

Elle le tint à distance, les mains sur sa poitrine.

— Molly est juste à côté.

Souriant, il caressa la peau de sa joue et murmura :

— Hier soir, c'était... fantastique.

Hésitante, elle leva les yeux vers les siens.

— Pour moi aussi.

— Rachel... Ecoute, je ne sais pas si nous aurons l'occasion de retrouver ce genre... d'intimité. Tu comprends, avec Molly... Mais je ne veux pas gaspiller une seule seconde du temps que nous pourrons nous ménager tous les deux.

Sa bouche se détendit, elle lui sourit enfin.

— Alors j'ai une suggestion, docteur. Tais-toi et embrasse-moi.

L'attirant contre sa poitrine, il fit ce qu'elle demandait. Avec elle, il se sentait plus libre, plus vivant, un homme à part entière. Dire qu'il n'aurait qu'une semaine avec elle !

— Entrez !

Don ouvrit largement sa porte et l'invita du geste à passer devant lui. Rachel entra, séchant discrètement ses paumes sur l'ourlet de son T-shirt. Le bureau de Don était plus grand que celui de Trudy ; la pièce devait parfois servir de salle de réunion car on y trouvait une table entourée de chaises et dans un angle, un canapé et un grand fauteuil. Et il y avait la climatisation !

Don se laissa tomber dans le fauteuil, ne lui laissant pas d'autre choix que de s'installer en face, sur le canapé.

Le séjour se terminait déjà. Où étaient passées ces deux semaines ? Les journées remplies d'activités, les promenades matinales avec James et Molly, les soirées auprès du feu de camp, les caresses volées, les baisers discrets… Ils n'avaient plus fait l'amour et pourtant, chaque moment passé avec lui comptait dans son souvenir.

— Alors, dites-moi : ce séjour a-t-il répondu à votre attente ?

Nous y voilà, pensa-t-elle. Elle tenait sa dernière chance d'influencer le contenu du rapport que Don rédigerait dans les jours à venir. Fermement, elle hocha la tête.

— Je pense que oui.

— A quel niveau ?

— Eh bien, le fait de rencontrer ces enfants m'a permis…

Sa gorge se serra, elle dut se forcer à prononcer les paroles suivantes :

— M'a permis de me réconcilier avec le fait d'avoir fait don des organes de Daniel.

Don griffonna quelque chose sur le bloc posé sur l'accoudoir de son fauteuil.

— Quoi d'autre ?

Elle haussa les épaules, avoua :

— Je ne sais pas. Je me dis que la vie est courte, et que je ferais bien de recommencer à vivre. Même si c'est très difficile.

— C'est bien !

Ils parlèrent des enfants dont elle avait eu la charge, du ressenti des parents face à son histoire personnelle, de sa performance en tant que monitrice de travaux manuels. Don n'évoqua pas sa relation avec James et Molly. Certaine qu'il avait noté leur amitié, elle lui en fut reconnaissante.

— Parlons du soir où vous vous êtes rendue à l'hôpital.

Instantanément, sa bouche se dessécha, ses mains devinrent moites. Baissant les yeux, elle murmura :

— Je préfère ne pas parler de ça.

— J'aimerais savoir quelles pensées, quels sentiments vous ont amenée à vous évanouir, Rachel.

Le stylo restait suspendu au-dessus du bloc. Elle sentit de nouveau l'odeur âcre des désinfectants, entendit le son des sirènes, le brouhaha des voix. Elle revit Daniel, relié à des machines muettes.

— Non ! cria-t-elle en sautant sur ses pieds. Je ne parlerai pas de ça, je n'y penserai même pas.

— Doucement. Nous ne faisons que parler. Les paroles ne peuvent pas vous faire de mal.

Don se leva à son tour, la main tendue vers elle.

— Non, coupa-t-elle. Je m'en vais. Ça suffit comme ça. Vous ferez votre rapport comme vous l'entendrez mais je ne parlerai pas de ça avec vous. Avec personne !

Ouvrant la porte à la volée, elle se précipita dehors. Dans le couloir, la chaleur la reprit à la gorge, l'air lui sembla irrespirable. Son premier réflexe fut de courir retrouver James : près de lui, elle oubliait tout ce qui lui faisait mal. Mais à quoi bon ? Demain, ils quitteraient la Colonie, chacun de leur côté ; il rentrerait à Branford Fields, au sud-est de la Pennsylvanie, elle à Elsworth, au nord-ouest. Le moment était venu d'affronter seule ses démons.

Il faisait nuit. Pour la dernière fois, tous les participants du séjour étaient réunis sur la plage pour la cérémonie de clôture. James se rapprocha un peu de Rachel. Difficile d'imaginer que leur temps ensemble était fini ; qu'ils ne se verraient plus après ce soir.

— Ainsi, nous éteignons la torche du souvenir jusqu'à l'année prochaine, mais nous gardons dans notre cœur la mémoire de ceux que nous avons perdus, et aussi celui des personnes qui ont changé la face du monde pour nous en donnant la vie au moment où la mort les frappait.

La voix solennelle de Don résonnait dans le silence. S'avançant d'un pas, il posa un éteignoir sur la flamme de la torche arc-en-ciel. La flamme claire s'évanouit, une fumée noire s'éleva dans le ciel nocturne.

— Nous espérons revoir certains d'entre vous l'année prochaine. D'ici là, je vous souhaite à tous le bonheur et la santé.

Du coin de l'œil, il vit la main de Rachel monter vers son visage ; devinant que les paroles de Don venaient une fois de plus de réveiller son chagrin, il s'en empara pour la serrer bien fort, en mêlant ses doigts aux siens.

— Oh, zut, je n'arrive pas à croire que c'est déjà terminé, se lamenta Molly, brisant le silence. Maintenant, il va falloir rentrer à la maison et on va s'ennuyer tout le reste de l'été. Je veux rester ici !

James aussi aurait aimé rester ! Il ne voulait pas renoncer à Rachel — à cette oasis inespérée qu'il venait de traverser. Grâce à elle, il avait osé tenter des distractions tout à fait nouvelles avec Molly, une promenade à cheval, une sortie en barque sur le lac. Elle le poussait à élargir son horizon, à reculer les limites du possible. Ils avaient passé de si bons moments ensemble, et ceux qu'il regretterait le plus étaient peut-être les plus simples : la regarder border Molly le soir, l'attirer sous la véranda pour bavarder et s'embrasser pendant des heures comme deux adolescents.

Réprimant une énorme envie de soupirer, il répondit :

— Désolé, Tigresse, c'est comme ça. Tu verras, la rentrée arrivera vite.

— Génial. C'est censé me consoler ?

Oubliant sa peine, Rachel se mit à rire.

La foule se dispersa lentement, remontant la plage et se dirigeant vers les chalets individuels. Nolan, Michelle et Cherish émergèrent d'un groupe ; Nolan, qui portait Tyler, appliqua une claque sur l'épaule de James.

— Alors, c'est déjà la fin ? Toi aussi, tu reprends le travail lundi ? Si on se faisait un dernier feu de camp ?

— Oh, papa, s'il te plaît, supplia Molly. Une dernière soirée ? On peut attraper encore des lucioles et se raconter des histoires.

— Et rôtir des marshmallows, ajouta Cherish. Je ne vais plus revoir Molly avant longtemps. S'il te plaît ?

James fit semblant de réfléchir un instant ; en fait, il avait autant que les filles envie de s'accorder ce dernier plaisir.

— Bon, d'accord.

Les gamines sautèrent de joie.

— On vous retrouve là-bas ! cria Molly en saisissant la main de Cherish.

Elles partirent au galop, se faufilant entre les groupes.

— Tu viens aussi, n'est-ce pas ? demanda-t-il à Rachel.

Elle se retourna vers lui, l'expression lointaine.

— Comment ? Je viens où ?

— Faire un dernier feu de camp derrière mon chalet. Au programme, marshmallows fondus, histoires de fantômes…

Il fit signe à Michelle et Nolan de les précéder et ses amis se dirigèrent vers la route, le laissant seul avec Rachel. Sans se concerter, ils les laissèrent prendre un peu d'avance avant de se mettre en marche à leur tour.

— Je devrais faire mes bagages, dit-elle. Je compte partir tôt demain.

Comme si elle avait hâte de retrouver sa maison vide et sa vie désolée ! Il n'y aurait personne pour l'accueillir, même la chatte Peggy Sue lui en voudrait de l'avoir laissée si longtemps en pension. Et que ferait-elle pendant les semaines à venir, en attendant le moment de préparer la rentrée ? A part rester assise dans le salon à contempler les murs ?

Dans un frisson, elle comprit qu'elle ne faisait pas autre chose depuis la mort de Daniel. Repliée sur elle-même, elle évitait tout contact, tout échange avec ses semblables.

— Rachel ? demanda-t-il à voix basse tandis que sa main se refermait sur la sienne. Tu vas bien ?

— Je vais bien.

Il hocha la tête, philosophe.

— Bien sûr… Je ne sais pas pourquoi, je m'attendais à cette réponse. Ecoute, voilà ce que je te propose : fais tes bagages et ensuite, viens nous rejoindre auprès du feu.

Ils étaient arrivés devant le chalet bleu. Elle se retourna vers lui pour lui dire, bien en face :

— Je ne manquerais ça pour rien au monde.

Elle pensait : comme je n'aurais manqué pour rien au monde ces deux semaines auprès de toi.

— Bien ! s'écria-t-il, tout heureux. A tout de suite !

— Alors, James, tu es content de ton séjour ?

Michelle se balançait doucement en berçant son bébé dans ses bras ; le feu jetait des lueurs et des ombres vives sur son visage.

Nolan avait entraîné les filles sur la route, pour attraper les dernières lucioles. Le vent s'était levé, froissant la cime des arbres, fouettant les flammes et faisant tournoyer la fumée.

— Content et plus que content, dit-il en souriant.

— C'est bien ce qui me semblait. Tu marches sur un petit nuage, depuis une semaine.

Le bébé s'était endormi. Elle le posa dans son couffin, borda avec soin la petite couverture et lança avec sa franchise habituelle :

— Ça te va bien, même si ça m'ennuie un peu de l'admettre.

— Qu'est-ce qui me va bien ? demanda-t-il en baissant machinalement les yeux sur son polo jaune pâle.

— Pas ta chemise, pauvre type. Rachel !

Très surpris, il la regarda se carrer confortablement dans son siège de toile.

— Je croyais que tu n'approuvais pas ? Qu'elle portait un bagage trop lourd ? C'est parce que le séjour est terminé que tu... ?

— Je m'inquiétais et j'avais tort. Elle a été fantastique avec les filles.

Des piaillements aigus leur parvinrent, puis un grand éclat de rire de Nolan. Penchant la tête sur le côté, elle sourit.

— Ce n'est pas bon de rester seul, James. Je m'inquiétais des effets du... deuil... de Rachel sur toi et Molly. Et je me trompais.

— C'est à inscrire dans le livre des records ! Michelle s'est trompée !

— Pauvre type. Alors, tu vas continuer à la voir ? J'ai regardé une carte hier, vous n'habitez qu'à deux heures de route l'un de l'autre. Ce serait tout à fait faisable pour les week-ends.

Des week-ends avec Rachel. Quelle idée formidable. Lui aussi avait déjà vérifié la distance entre leurs petites villes respectives. Oui, c'était tout à fait faisable.

— Je ne sais pas, dit-il. Et si Molly allait sauter à des conclusions ? Attribuer trop d'importance à notre histoire ? Je ne voudrais pas qu'elle ait de la peine, ensuite.

Rachel non plus. Moi non plus, pensait-il.

— Tu ne pourras pas la protéger de tout, soupira Michelle. D'ailleurs, après ce que tu as vécu, tu devrais commencer à mesurer la résistance du cœur humain.

Il étendit les jambes, contempla le feu. Les grillons chantaient, une grenouille ajoutait parfois sa note creuse au concert. La fumée lui chatouillait agréablement les narines.

— Je ne sais même pas si elle voudra, murmura-t-il, pensif. Si ça se trouve, elle aime autant s'en tenir à une aventure de vacances...

— Tu ne le sauras jamais si tu ne lui poses pas la question. Allez, pour une fois, prends un risque !

Un fou rire de petites filles, un rugissement de Nolan. Michelle se mit à rire.

— Qui sait ? Tu auras peut-être autant de chance que moi.

Quelques week-ends, rien que pour voir... Molly et lui iraient voir Rachel, elle viendrait leur rendre visite. Elle dormirait dans la chambre d'amis, décida-t-il ; il ne voulait pas perturber Molly...

Bondissant de sa chaise, il se dirigea au pas de charge vers le chalet de Rachel. Le mieux serait de régler la question tout de suite, avant qu'elle ait fini ses bagages. Pourvu qu'elle accepte de le revoir !

— Je reviens tout de suite ! lança-t-il. Garde un œil sur Molly.

— James ! cria-t-elle derrière lui en riant. Ne cours pas dans le noir ! Tu pourrais tomber !

Il pourrait, oui. Et cette idée l'angoissait moins qu'à l'ordinaire.

Parvenu au chalet jaune, il gravit les marches quatre à quatre, traversa la véranda, frappa à la porte et l'ouvrit dans le même mouvement.

— Rachel ?

— Dans la chambre. Entre !

Une fois déjà, il avait fait irruption dans cette pièce alors qu'elle faisait ses bagages — mais cette fois, l'ambiance était très différente ! Posant un vêtement bien plié dans sa valise, elle se retourna vers lui avec un demi-sourire.

— Tu m'as encore apporté des lucioles ?

— Non, cette fois, j'ai autre chose pour toi.

— Ah ?

— Viens me voir…

Elle s'approcha, il l'attira dans ses bras, scruta avec tendresse le visage souriant levé vers le sien. Incapable de résister, il posa ses lèvres sur sa bouche. Le baiser dura longtemps ; enfin, il posa son front sur le sien en soupirant :

— Ah, ma douce. Tu as des regrets ?

— Non, dit-elle à mi-voix. Enfin, si, un seul.

— Quoi donc ?

— J'aurais aimé avoir une autre occasion de faire l'amour avec toi.

Détournant les yeux, elle rosit joliment — en même temps, ses mains dans son dos s'animaient en caresses sensuelles.

— Moi aussi. Nous pourrions peut-être organiser quelque chose ?

— Les autres nous attendent, non ?

— Je ne voulais pas dire tout de suite.

Reculant d'un pas, il lui saisit les mains et se jeta à l'eau :

— Rachel, deux semaines, ce n'est pas assez. Je veux davantage. Est-ce que tu accepterais de me voir quelquefois, le week-end ?

— Le week-end…

— Oui ! Nous pourrions faire la route, chacun notre tour. Tu viendrais chez nous, ou nous irions te rejoindre, Molly et moi…

Elle le fixait, immobile. Un peu affolé par son manque de réaction, il scruta son visage, demanda :

— Qu'est-ce que tu en dis ?

Un merveilleux sourire lui répondit, elle hocha la tête avec enthousiasme et ses mains s'agrippèrent aux siennes.

— J'en dis que c'est une idée fabuleuse !

— Parfait. Magnifique.

Vite, il se pencha la tête pour l'embrasser de nouveau.

— Alors nous ne nous disons pas au revoir ce soir. Seulement « à bientôt ».

14.

Depuis la fin du séjour aux Lucioles deux semaines auparavant, Molly s'ennuyait ferme. Sa grand-mère l'avait bien emmenée au cinéma, et son grand-père jouait avec elle à la PlayStation, mais comparé à la colonie, c'était nul ! Enfin, maintenant, tout allait s'arranger, ils allaient passer le week-end avec Rachel, dans sa maison ! Dans son dernier mail, Cherish disait que c'était bon signe ; son plan pour trouver une nouvelle maman allait peut-être réussir ! Croisant les doigts, elle se jura de ne pas relâcher ses efforts.

— On est arrivés ? s'écria-t-elle en bondissant littéralement sur place sur la banquette arrière.

Son père venait d'engager la voiture dans une allée. Visage pressé à la vitre, elle examina la maison à la lueur des réverbères.

— Oui, nous y sommes, dit son père en coupant le contact.

Elle ouvrait déjà sa portière quand il lança :

— Stop ! Ecoute-moi une seconde. Je veux que tu te souviennes bien de tout ce qu'on a dit. Sage, polie, nous sommes bien d'accord ?

Elle leva les yeux au ciel. Comme si elle risquait de se rendre insupportable devant celle qu'elle voulait pour maman ! Elle avait plutôt envie de faire ses propres recommandations pour que son père fasse bonne impression !

— Oui, p'pa. Et toi, tu te souviens de ce que tu as promis ? Tu ne m'appelles pas Insubmersible et surtout, tu ne désinfectes rien. Tu as bien laissé le pschitt à la maison ? Tu risques de la vexer si tu fais ça chez elle.

Une lumière extérieure s'alluma et la silhouette de Rachel parut à la porte de la maison mitoyenne. Molly saisit son petit sac à dos, jaillit de sa portière et gravit au galop les marches du perron en criant :

— Rachel ! On est arrivés !

— Je vois ça, dit la jeune femme en lui souriant.

James prit le temps d'ouvrir le coffre pour sortir son propre sac avant de les rejoindre.

— Désolé d'arriver si tard. J'ai pris du retard dans mes rendez-vous et il y a eu une urgence…

— Pas de problème. Je suis contente de vous voir. Entrez !

Elle s'effaça pour les laisser passer ; la porte s'ouvrait directement dans le salon. Comparée à la leur, la maison de Rachel était minuscule ; deux arches s'ouvraient dans le mur qui leur faisait face, l'une menant à un coin salle à manger, l'autre à deux marches et un petit palier. Un parfum de pâtisserie flottait dans l'air,

Bondissant du canapé, un chat roux fila entre les chevilles de Molly et disparut à l'étage.

— Tu as un chat ? C'est cool !

Derrière elle, son père fit un petit son étranglé. Elle devina à quoi il pensait : la litière, les microbes.

— Oui, c'était Peggy Sue. Ne vous vexez pas, elle n'est pas très sociable.

— Qu'est-ce qui sent si bon ? demanda Molly en humant l'air.

— Je fais un gâteau.

L'air un peu gênée, elle se tourna vers James.

— Il y a un pique-nique demain chez mon père. Mon frère Sloan, qui vit au Texas, est venu en visite avec ses deux filles et papa a décidé que c'était l'occasion de réunir toute la famille. Nous ne sommes pas obligés d'y aller si vous n'avez pas envie, mais j'ai pensé que ça amuserait Molly de jouer avec mes nièces.

— Non, ce sera bien. J'aimerais rencontrer l'homme qui a su terroriser ton institutrice de CP, lança-t-il.

En rencontrant sa famille, il la comprendrait mieux et cela, il en avait très envie.

— Venez, je vous fais visiter !

Ils parcoururent le rez-de-chaussée, living, salle à manger et cuisine, avec une véranda close courant sur tout l'arrière de la maison. Une curieuse petite maison, avec des marches partout : il fallait grimper et redescendre pour passer du living dans la cuisine ; en tournant à gauche, l'escalier se prolongeait jusqu'au premier.

Au premier, elle leur montra d'abord la salle de bains, puis ouvrit une autre porte et disparut à l'intérieur en murmurant :

— Voilà où tu vas dormir, Molly.

La chambre de Daniel ! Et il voulait bien parier que rien n'avait changé depuis la mort du petit. Il ne voyait pas un seul grain de poussière sur les meubles ; soit elle venait de faire le ménage, soit elle entretenait cette pièce comme une sorte de musée du souvenir. Il contempla les murs bleu pâle, les rideaux assortis au couvre-lit répétant le même motif de camions et de bulldozers, la petite étagère remplie de livres d'images… La vue d'un petit autobus jaune posé sur le meuble lui fit l'effet d'un coup en pleine poitrine ; il n'avait pas oublié la grande ambition du petit garçon.

Un sweat-shirt rouge était posé sur la commode de chêne, une paire de baskets à côté de la penderie semblait attendre son propriétaire. Plantée près du lit, Rachel hésita un instant avant de se décider à lisser l'oreiller d'un geste nerveux.

— Je sais bien que ce n'est pas... une chambre de fille...

Sa voix s'éteignit, elle se mordit la lèvre ; James dut lutter contre un besoin terrible de la réconforter. Molly, déjà en train de parcourir les titres des livres, leva la tête un instant.

— Pas de problème. J'aime bien.

Puis, tirant un livre de l'étagère, elle le brandit en s'écriant :

— Jack Prelutsky ! J'adore ses poèmes.

— Moi aussi, repartit Rachel en lui offrant un sourire un peu tremblant. Et aussi ceux de Shel Silverstein.

— Ouais !

James posa le petit sac de Molly au pied du lit.

— Allez, lave-toi les dents et prépare-toi à te coucher. Il est tard et Rachel a des projets pour nous demain.

— J'y vais !

Il haussa un sourcil mais décida de ne pas relever cette docilité plus qu'inhabituelle. En bas, une sonnerie se déclencha.

— Mon gâteau ! s'écria Rachel en passant en hâte devant lui. Je te laisse, redescends quand Molly sera installée.

Au bout de dix minutes et quatre poèmes de Prelutsky, il redescendit dans la cuisine. Lors de leur premier passage, il n'avait pas remarqué la grande feuille de papier accrochée au réfrigérateur avec quatre aimants : une peinture représentant une grosse boîte jaune posée sur quatre taches noires. Pas besoin de lire la légende parfaitement calligraphiée par la maîtresse pour comprendre qu'il s'agissait d'un bus scolaire peint par Daniel.

Rachel démoulait son gâteau ; il se glissa derrière elle et renifla bruyamment.

— Ça sent bon !

— Il est au chocolat. Je ferai un glaçage à la vanille demain matin.

— Je parlais de toi.

Ecartant sa queue-de-cheval, il posa sa bouche sur sa nuque, la frotta contre la peau si douce.

— Mmm. Ça fait quinze jours que j'attend de pouvoir faire ça. Et aussi ça.

Il la retourna vers lui, noua ses bras autour de sa taille et l'embrassa.

Elle sentit toutes ses tensions s'évanouir, se perdit dans les sensations qu'il éveillait en elle. S'efforçant de garder une oreille en éveil — au cas où Molly descendrait — elle s'abandonna avec reconnaissance à cette chaleur et cette tendresse. Quand il s'écarta, elle leva le visage pour lui sourire.

— L'attente valait la peine.

— Je trouve aussi.

Détendue, apaisée, elle se mit à ranger ses ustensiles et nettoyer le plan de travail, pendant qu'il lui racontait son retour de colonie, et le marathon qu'il avait dû fournir pour se remettre à jour avec ses patients et permettre à son associé de partir à son tour en vacances. Une fois la cuisine nette, ils passèrent au living. Une photo sur la cheminée attira le regard de James. Immobile dans son cadre d'argent, il découvrit le visage heureux d'un petit garçon en pyjama à carreaux rouges et verts, planté devant un arbre de Noël, un ours en peluche dans les bras.

— Il avait tout à fait le sourire de sa mère, observa-t-il.

— Elle a été prise le Noël avant… le dernier Noël. C'est ma photo préférée de lui.

Il examina le portrait encore un instant, puis prit la main de Rachel pour l'entraîner vers le canapé.

— C'est une belle photo. Tu fais souvent le ménage dans sa chambre ?

Sans manifester de surprise devant cette question insolite, elle secoua la tête en haussant les épaules.

— Au début, j'ai fermé la porte de sa chambre ; je n'y ai plus mis les pieds et je n'ai autorisé personne d'autre à y entrer. Au premier anniversaire de sa mort, je suis montée là-haut avec quelques bouteilles et son album photo, et je me suis endormie, complètement cuite, à même le plancher.

Les yeux fixés sur ses souvenirs, elle eut un sourire un peu amer.

— Je me suis réveillée avec l'empreinte d'une pièce de Lego sur la joue. C'est là que j'ai décidé de ranger un peu — mais je n'ai pas encore pu me décider à faire le vide, donner ses affaires. Je ne suis…

— Pas prête, acheva-t-il à sa place.

— Exactement.

— Eh bien, le moment venu, si tu veux un coup de main ou même seulement ma compagnie…

Emue, elle se mordit la lèvre. Cela existait donc, les hommes comme lui ? Elle ne savait pas jusqu'où irait leur histoire, ou même comment la définir, mais quel miracle de l'avoir rencontré !

— Merci, murmura-t-elle.

La sonnerie du téléphone les fit sursauter tous deux. Sautant sur ses pieds, elle s'empara de l'appareil, consulta l'écran et poussa un juron.

— Il y a un problème ? demanda-t-il en se levant à son tour.

— C'est Roman.

Pressant une touche, elle lança sans préambule :

— Nom de Dieu, Roman, je ne veux pas te parler, alors arrête de me m'appeler !

Elle coupa la communication d'un geste furieux. Il vint derrière elle, la prit dans ses bras.

— Tu trembles. Combien de fois t'a-t-il appelée depuis le soir où nous sommes sortis dîner ?

— Deux ou trois fois. Généralement, il raccroche sans laisser de message. D'habitude, je ne décroche pas mais je commence à en avoir assez !

— Tu as parlé à la police ? Le harcèlement n'est pas à prendre à la légère.

— Le harcèlement ?

Se dégageant de ses bras, elle se retourna vers lui, interdite.

— Ce n'est pas comme ça. Il est irritant, oui, mais pas... il ne lui viendrait pas à l'idée de me faire du mal.

— Que veut-il ?

— Je ne sais pas. Jerry dit qu'il a juste besoin de me parler.

— Il cherche peut-être à accepter la mort de Daniel, lui aussi ? A faire son deuil ?

Cherchant sans doute à adoucir ses propres paroles, il lui caressa la joue avec gentillesse.

Faire son deuil ? se demanda-t-elle. Etait-ce possible après la perte d'une part aussi importante de soi-même ?

Elle n'avait pas la réponse, ni à sa propre question muette, ni à celle de James.

— Je ne sais pas, répéta-t-elle. Ce n'est pas mon problème. J'ai assez de difficultés sans me préoccuper de lui.

— C'est de toi que je me préoccupe. Si jamais il te semble déséquilibré, s'il continue à t'appeler, tu veux bien me promettre d'en parler à la police ?

Du bout du doigt, elle lissa les lignes tendues du visage penché vers le sien.

— Arrête de t'inquiéter, toi. Tout ira bien pour moi.

Sur la cheminée, une petite horloge sonna onze coups.

— Il se fait tard, reprit-elle. Puisque tu tiens absolument à dormir en bas sur le clic-clac...

Il poussa une plainte sourde.

— Rachel, rien ne me plairait davantage que de partager ton lit là-haut mais pas...

— Pas avec Molly dans la chambre voisine.

Un instant, elle pressa ses lèvres contre les siennes et lui sourit.

— Je sais, je comprends tout à fait.

C'était tout de même une déception. L'idée de passer une nuit entière dans ses bras était excitante, et aussi curieusement réconfortante.

— Je te taquine, c'est tout, dit-elle pourtant. Je monte te chercher des oreillers. J'ai mis des draps et des couvertures cet après-midi...

En revenant, elle s'immobilisa un instant sous l'arche pour admirer le spectacle. Il venait de déplier le canapé ; penché, il lissait soigneusement les plis de la literie. Sentant sa présence, il se retourna, juste à temps pour attraper au vol l'oreiller qu'elle lui lançait. Du doigt, elle lui fit signe d'approcher.

— Donne-moi de quoi me tenir chaud le reste de la nuit. Je doute de pouvoir dormir, sachant que tu es en bas.

Le baiser qu'il lui donna remplit parfaitement sa mission. Elle avait de quoi se réchauffer, de quoi peupler ses rêves.

— Quelles sont vos intentions envers ma fille ?

Avec l'assurance d'un homme qui obtient toujours une réponse à ses questions, Steven Thompson braquait une spatule métallique vers la poitrine de James. Derrière lui, des hamburgers sifflaient sur le gril, remplissant le petit jardin de délicieux effluves. James comprit qu'en proposant son aide au barbecue, il s'était exposé à un véritable interrogatoire.

Le père de Rachel s'était présenté par son nom mais James avait tout de suite noté que son entourage l'appelait « Sergent ». Même sans uniforme, il gardait la dégaine de l'emploi avec ses cheveux argentés coupés en brosse, son corps athlétique et des épaules musclées. Face à lui, on réprimait le réflexe de se mettre au garde à vous. En même temps, il ne ressemblait pas à une caricature : il forçait le respect, on le sentait indestructible. James comprenait mieux maintenant pourquoi Rachel tenait tant à contrôler ses émotions ; pourquoi elle plaçait aussi haut la barre de son propre comportement.

— Vous avez une fille, James, vous pouvez comprendre le désir d'un père de protéger son enfant.

Un instant, une inquiétude sincère remplit les yeux rivés sur lui, puis elle disparut, remplacée par une expression austère visant à intimider son interlocuteur. James ne broncha pas. En temps que psychologue, il cernait parfaitement le personnage : Steven Thompson aimait sa fille de tout son cœur et n'avait pas d'autre moyen de l'exprimer.

— Je comprends que vous vouliez protéger votre enfant.

— Parfait. Parce que ma fille en a beaucoup bavé et je ne veux pas la voir souffrir davantage.

— Je n'ai aucune intention de lui faire du mal, monsieur.

— Personne n'en a jamais l'intention.

— Où est Rachel ? lança une autre voix.

Le frère aîné de Rachel venait de déboucher en coup de vent sur le patio de briques, le visage tendu. Sloan avait les mêmes yeux bleus que sa sœur… et ils lançaient des étincelles de colère et d'inquiétude.

— Je crois qu'elle est dans la cuisine, avec Molly et Ashley.

— Pourquoi ? demanda James.

— Parce que Roman vient de se garer devant la maison.

Lançant un juron, Steven fourra sa spatule dans les mains de James.

— Je m'en occupe.

Il s'éloigna en courant presque, Sloan sur ses talons. Jetant la spatule sur la table de pique-nique, James se précipita à leur suite. La scène pouvait facilement tourner au drame ; savaient-ils seulement que Roman bombardait Rachel de coups de fil ?

En émergeant de derrière le pick-up de Sloan, il découvrit un tableau presque comique. Rangés au coude à coude devant le pare-chocs de la décapotable, le père et le frère de Rachel croisaient les bras sur la poitrine, dégageant à eux deux suffisamment d'hostilité pour tenir en respect une meute d'ex-maris.

— Sergent, Sloan..., murmura le jeune homme en guise de salut.

Retirant ses lunettes de soleil, il les glissa dans la poche de son veston. Avec ses longs cheveux sombres et lisses coiffés en catogan, il ne ressemblait pas du tout à l'idée que James se faisait de lui. Son aura de voyou cossu ne s'accordait guère avec la douceur généreuse de Rachel ! Il comprenait mieux pourquoi le Sergent s'inquiétait de ses propres intentions ! S'avançant de quelques pas, il se planta à côté de lui.

Roman leva les mains dans un geste apaisant.

— Ecoutez, je ne cherche pas les ennuis. Je suis juste venu parler à Rachel. Cinq minutes, c'est tout ce que je demande.

— Tu as cinq secondes pour t'en aller, gronda Steven en faisant craquer ses jointures.

— Je ne crois pas que ma sœur ait quoi que ce soit à te dire, ajouta Sloan.

Dans un crissement de pneus, une Taunus bleue vint se ranger contre le trottoir ; la portière du conducteur s'ouvrit à la volée et un homme se précipita vers eux d'une démarche claudicante.

— Roman ! Qu'est-ce que tu fiches ici !

Le grand garçon brun se retourna à demi.

— J'essaie de parler à Rachel, comme tu me l'as recommandé.

— Ici ? Tu as perdu la tête ?

Roman secoua la tête, l'air désabusé.

—Laisse tomber.

Retirant sèchement ses lunettes de sa poche, il les chaussa en lâchant :

— Je pars quelques jours, j'ai un voyage d'affaires. Je t'appellerai à mon retour.

La démarche raide, il se dirigea vers une Lincoln anthracite et démarra à vive allure.

— Jerry, soit tu fais quelque chose, soit c'est moi qui m'en charge, articula Steven.

— Il a vraiment besoin de lui parler, s'écria le nouveau venu avec une sorte de désespoir. C'est moi qui te le dis, et tu sais bien que je veux le bonheur de Rachel, tu sais bien que je l'aime de tout mon cœur !

— C'est en rapport avec Daniel ? demanda James.

Les trois hommes se tournèrent vers lui comme s'ils venaient seulement de s'apercevoir de sa présence. Steven secoua la tête.

— Je me fiche de savoir de quoi il veut parler. Je ne permettrai pas à ce minable de bouleverser ma fille davantage.

Sloan et Jerry approuvèrent de la tête. Au bout d'un moment, James les imita. Manifestement, on ne discutait pas avec le père de Rachel — mais le psychologue en lui devinait qu'une confrontation avec Roman pourrait avoir un effet libérateur. Surtout si sa famille, ou James lui-même, étaient là pour la soutenir et la protéger.

Partagée entre l'envie et l'horreur, Molly regardait Brook Thompson, la nièce de Rachel, se maquiller. Son fard à paupières vert soulignait le clou argenté transperçant son sourcil. Quant au rouge à lèvres noir…

— Ça t'a fait très mal quand tu t'es fait percer le sourcil ?

— Bien sûr, marmonna Brook, concentrée sur le mascara qu'elle appliquait en couche épaisse.

— Alors, pourquoi tu l'as fait ?

La grande fille de treize ans posa son tube sur la commode et lui jeta un bref regard dans le miroir.

— Pour attirer l'attention de mon père.

Molly en resta bouche bée. Elle qui passait son temps à essayer d'échapper au regard de son père ! Molly et Brook s'étaient vite découvert une chose en commun : ni l'une ni l'autre n'avaient de mère. Celle de Brook était morte dans un accident de voiture trois ans auparavant.

— Et ça a marché ?

— Oui, il a sauté au plafond ! répondit l'autre fille avec un sourire satisfait.

— N'empêche, quand on a une mère, c'est quand même mieux, soupira Molly en roulant sur le ventre.

Fidèle à son habitude, elle s'était jetée en travers du grand lit de la chambre d'amis et agitait les pieds, le menton posé sur les mains.

— N'importe quoi ! Pour quoi faire ? grogna Brook.

— Moi, j'en veux une. J'ai envie que Rachel soit ma nouvelle mère.

Faisant volte-face, Brook se planta devant elle, mains sur les hanches.

— Tu sais ce qu'il dit, mon père ?

Un peu interloquée, Molly secoua la tête.

— Fais attention à ce que tu souhaites : tu pourrais l'obtenir.

— Et alors, où est le problème ? Moi, j'aime bien Rachel. Elle est cool.

— Elle est malade de la tête, oui, répliqua l'autre fille. J'ai un conseil pour toi : n'essaie pas d'entrer dans notre famille. C'est risqué, on perd beaucoup de monde. Ma mamie, ma mère, mon cousin Daniel... C'est comme une espèce de malédiction.

— C'est idiot de dire ça. Les gens meurent, ça arrive.

— Tu as raison, Tigresse. Ça arrive, dit une voix grave sur le seuil. Et ça fait mal, mais on ne peut rien faire d'autre qu'aller de l'avant. En parlant d'aller de l'avant, on va se mettre à table, Molly, va te laver les mains.

Molly glissa à bas du lit et fila vers la salle de bains. Pourvu que son père n'ait pas entendu le début de la conversation ! Il n'était pas censé savoir ses projets par rapport à Rachel.

— Ton père te demande aussi de descendre, Brook.

— Ouais, j'arrive, lâcha la grande fille en se concentrant de nouveau sur son miroir.

Molly retrouva son père dans le couloir. Elle se disait que malgré son obsession pour l'hygiène, il était plutôt sympa et qu'elle avait de la chance de l'avoir. Avec Rachel, ils formeraient une famille complète et tout serait parfait.

Le jardin était rempli de rires et de piaillements ; plusieurs gamins du quartier, garçons et filles, étaient venus les rejoindre. Après une course en sac organisée et arbitrée par Sloan, le groupe jouait maintenant au loup. Molly s'amusait énormément mais Brook restait à l'écart à contempler le spectacle d'un air dédaigneux, sans parvenir à masquer tout à fait l'envie qui brillait dans ses yeux fardés de vert.

James et Sloan avaient longuement parlé ensemble de leurs difficultés d'hommes seuls s'efforçant d'élever des filles ; le frère de Rachel l'avait prévenu que cela ne faisait qu'empirer avec le temps.

Sa petite de quatre ans, Ashley, dormait profondément sur ses genoux, effondrée contre sa poitrine ; il caressait machinalement ses cheveux châtains. Tous les adultes étaient maintenant rassemblés sur les chaises pliantes du patio.

— J'ai encore du mal à le croire, marmonna Jerry.

— Quoi donc ? lui demanda Rachel.

— Que cette petite Molly a eu une greffe du cœur.

Se redressant à demi, le vieil homme se tourna vers James.

— Je n'aurais jamais deviné...

— Merci. Elle va très bien, maintenant.

Se penchant vers Rachel, Jerry lui saisit la main.

— Tu vois ? Tu dois être contente, maintenant, d'avoir fait don des organes de Daniel ? Quand tu penses que quelque part, il y a des gosses qui peuvent jouer et courir grâce à toi ?

— Oui, Jerry, je suis contente.

Elle lui serra rapidement la main avant de se dégager. Jerry ne pouvait pas comprendre mais... non, elle n'était pas contente ! Rien ne pouvait apaiser son chagrin, ou effacer le regret de ne plus voir Daniel galoper dans le jardin de son grand-père avec les gosses des voisins. Mais cela, elle ne pouvait pas le dire...

Sentant le regard de son père fixé sur elle, elle sauta sur ses pieds et se dirigea vers la table de pique-nique.

— Je ferais bien de mettre tout ça au frais...

Elle s'empara d'un saladier avec tant de maladresse qu'elle renversa un bocal de moutarde.

— Je te donne un coup de main, dit la voix de James derrière elle.

Il la suivit dans la cuisine, les bras chargés de condiments... pour poser sommairement son chargement dès qu'ils furent à l'intérieur, et l'attirer dans ses bras en murmurant :

— Ça va ?

— Oui, marmonna-t-elle, le visage pressé contre sa poitrine.

Quel réconfort de le sentir près d'elle, si solide et si calme.

— Mais non, ça ne va pas. Chaque fois que tu es bouleversée, tu fais ça avec ton nez.

— Je fais quoi ? demanda-t-elle en renversant la tête en arrière pour voir son geste.

— Comme ça...

Avec douceur, il pinça son nez au niveau des yeux. Elle lui offrit un pâle sourire.

— Prise sur le fait. Bien observé, docteur.

— Je peux faire quelque chose ?

— Eh bien... oui. Tu voudrais bien... Cela fait longtemps que je ne suis pas allée sur la tombe de Daniel, et je ne veux pas y aller toute seule. Tu voudrais bien venir avec moi ?

Il la fixa, le visage si parfaitement inexpressif qu'elle se hâta de faire machine arrière.

— Non, oublie ça, je...

— Non, non. Je vais venir avec toi. C'est juste que... et Molly ? Je préférerais vraiment ne pas l'emmener avec nous.

— Elle peut rester ici avec les autres gosses, mon père et Sloan la surveilleront. Nous n'en avons pas pour longtemps, le cimetière est à dix minutes. Je t'en prie ?

Il soupira bruyamment :

— D'accord. Allons-y.

15.

Une petit brise fit tournoyer les ballons que Rachel tenait à la main. L'un d'eux portait l'inscription « Je t'aime » ; l'autre l'image d'un camion rouge. Pour Daniel, avait-elle expliqué, les fleurs étaient pour les filles ; lui, elle lui apportait toujours des ballons. Le gardien du petit cimetière était un homme compréhensif et aucun règlement n'interdisait de laisser des cadeaux sur les tombes.

En silence, James la suivit le long de l'allée, entre les marbres gravés. Dans les arbres, des oiseaux pépiaient, un chaud soleil illuminait la scène… et pourtant, il avait la chair de poule.

Devant lui, Rachel s'immobilisa devant un monument de marbre bleu-gris. Au bout de quelques instants, elle se pencha pour attacher les ficelles de ses ballons au cœur sculpté en relief sur la tombe. Quand il esquissa un mouvement pour s'accroupir près d'elle, un petit paquet dans la poche de son pantalon lui meurtrit la cuisse. Se redressant, il sortit de sa poche l'achat fait dans le petit magasin en ville, pendant que Rachel choisissait ses ballons.

— Salut, Daniel, murmura-t-il.

Dans une sorte d'éblouissement, il revit le petit garçon souriant de la photo de Noël. Une boule lui obstrua la gorge ; tout à coup, devant cette tombe, il mesurait mieux l'impact du deuil de Rachel. S'éclaircissant la gorge, il força les mots à franchir ses cordes vocales crispées.

— Je t'ai apporté quelque chose.

Puis il posa le minuscule bus scolaire, jaune vif, sur la plinthe du monument.

— Oh, James...

Il vit les larmes jaillir de ses yeux bleus, sans qu'elle cherche à les retenir. Le visage ruisselant, elle lui ouvrit les bras.

— Je regrette tellement, Rachel, murmura-t-il, le visage enfoui dans ses cheveux.

Il avait apporté un bus pour Daniel ! En voyant cela, elle comprit une chose toute simple, qui changeait pourtant la face du monde. Elle l'aimait ! Grâce à lui, elle s'était accordé le droit de pleurer, grâce à lui, elle commençait à revivre. Et elle aimait aussi Molly, son adorable, impudente fillette, l'Insubmersible au cran d'acier. Elle se mordit la lèvre, non pas pour réprimer ses larmes mais la panique subite, aveuglante qui s'emparait d'elle.

Elle avait survécu à la mort de Daniel — de justesse. Si elle devait perdre un autre amour, survivrait-elle ? Le cœur greffé de Molly constituait un danger permanent. *L'hôpital*... Le mot jaillit en elle avec son cortège d'odeurs étouffantes et son goût de terreur. En aimant Molly et James, elle allait devoir affronter les hôpitaux et les médecins.

Quelques jours plus tard, armée de quelques cartons vides et d'un rouleau de gros adhésif, elle ouvrit la porte de la chambre de Daniel. Hésitant un instant sur le seuil, elle s'avança, laissa son matériel près du lit, elle se dirigea vers la commode. Du bout des doigts, elle suivit les feuilles de chêne sculptées sur le contour. Un dernier gros soupir, et elle se décida. Ouvrant le tiroir du bas, elle en sortit des jeans qui allèrent dans la boîte des objets à donner ; un sweat-shirt qui disparut dans la boîte des objets à garder.

A gestes rapides et méthodiques, elle vida la commode. La chatte vint se frotter contre ses chevilles ; la prenant dans ses bras, elle caressa sa fourrure douce.

— Je sais bien, Peggy Sue. Ça fait un drôle d'effet, non ? Il faut pourtant qu'on fasse le vide, je veux commencer la nouvelle année scolaire en regardant l'avenir en face.

L'animal ronronna en frottant sa tête contre son menton. Dehors, une voiture s'engagea dans l'allée, le moteur s'éteignit. Fronçant les sourcils, elle écarta le rideau de la fenêtre ouverte… et murmura un juron. Peggy Sue toujours serrée contre sa poitrine, elle dévala l'escalier et ouvrit la porte d'entrée à la volée — à l'instant où son ex-mari posait le pied sur la première marche du perron.

— Roman… Qu'est-ce que tu fiches ici ?

Il leva les mains dans ce geste apaisant qui l'irritait tant.

— Rachel, je t'en prie. Je te demande juste cinq minutes, et tu ne me reverras plus.

— Je croyais déjà ne plus te revoir après l'enterrement de Daniel.

En face d'elle, les yeux gris s'assombrirent, les paupières clignèrent plusieurs fois.

— Oh, je sais bien que tu me crois responsable… La moitié du temps, moi aussi je me sens responsable. Je m'en veux aussi ! Mais je te jure que c'était un accident. Je te jure que je l'ai juste quitté des yeux une minute...

— Pour embrasser Miss Monde.

Il rougit, avala sa salive et admit :

— Eh bien... c'est vrai. Crois-moi, si je pouvais y changer quelque chose...

— Qu'est-ce que tu veux, en fait ? Tu n'es pas venu me demander pardon, je pense ? C'est un peu tard pour ça.

Troublée par la fureur de sa maîtresse, la chatte se tordit entre ses bras. Elle se pencha pour la poser et l'animal fila vers la cuisine ; Roman prit pied sur le perron.

— J'ai... quelque chose à te dire. Je tenais à te le dire en personne.

Un instant distrait de son idée, il l'examina, surpris.

— Qu'est-ce que tu faisais ? Tu as un gros morceau d'adhésif collé au bras.

Elle arracha l'adhésif de sa peau sans faire de grimace. Devant cet homme, elle refusait de montrer la moindre faiblesse.

— Si tu tiens à le savoir, j'étais en train de trier les affaires de Daniel.

Il ouvrit la bouche, la referma. Un muscle tressauta dans sa joue.

— Tu te débarrasses de tout ? demanda-t-il.

— Bien sûr que non !

— Si tu tombes sur le gant de base-ball que je lui avais offert pour son anniversaire...

Il se détourna pour contempler la Lincoln noire que lui fournissait son entreprise et conclut d'une voix étranglée :

— J'aimerais bien l'avoir...

— D'accord.

En silence, elle maudit la part de son cœur qui déposait les armes, qui admettait enfin que Roman souffrait, lui aussi. Car jusqu'ici, elle considérait ce deuil comme son territoire exclusif ! En tant que père de Daniel, il avait aussi droit au chagrin et c'est avec une certaine surprise qu'elle le découvrait capable d'en ressentir. Voilà, c'était cet homme-là qui l'avait émue, au début ; cet homme-là qui lui avait donné Daniel, pas l'être indifférent avec qui elle avait vécu la fin de son mariage.

— Je le mettrai de côté pour toi, promit-elle.

— Merci.

Pendant quelques instants, ils restèrent immobiles, côte à côte, regardant au loin. Enfin, il s'éclaircit de nouveau la gorge et se retourna vers elle.

— Rachel, je vais me remarier. Avec Clarissa. Ce week-end.

Lentement, ses paroles s'installèrent en elle. A l'idée de le voir commencer une nouvelle vie, un éclair de colère fusa en elle… et s'éteignit. Tout au fond d'elle, elle remercia James : grâce à lui, elle ne ressentait aucune jalousie. Grâce à lui, elle se sentait désirée, elle aussi !

— Bon. Merci de m'avoir prévenue.

Il s'approcha d'un pas, le visage crispé.

— Ce n'est pas tout…

Cette expression coupable, elle la reconnaissait ! Ce fut comme si on la frappait en plein ventre.

— Non, chuchota-t-elle. Ne me dis pas qu'elle est enceinte.

Il inclina affirmativement la tête.

— On dirait que tu n'as pas encore saisi qu'il ne faut pas acheter des préservatifs périmés ! hurla-t-elle. Tu renouvelles toujours les mêmes erreurs !

— Daniel n'était pas une erreur. Ce bébé non plus.

Elle jeta un regard à la ronde, cherchant quelque chose, n'importe quoi, à lui jeter au visage. Elle ne trouva rien, rien d'autre que des insultes. Pendant qu'elle rangeait la vie de son bébé dans des boîtes, il était occupé à en faire un autre... Elle tremblait si violemment qu'elle dut s'accrocher à la porte.

Un pick-up noir descendit la rue en trombe, vira vers eux et, trouvant l'allée occupée, s'engagea droit sur la pelouse ; son père jaillit d'une portière, Sloan de l'autre. Les renforts étaient arrivés. Jamais elle n'avait été aussi heureuse de voir sa famille.

— Je croyais t'avoir dit de laisser ma fille tranquille ?

Saisissant la chemise de Roman à pleine main, son père le tira à bas du perron.

— Doucement, dit le jeune homme en reprenant son équilibre. Je lui ai dit ce que j'avais besoin de lui dire. Je m'en vais.

Se retournant vers elle, il lança :

— Je suis désolé. Je n'ai jamais voulu te faire de mal.

Immobiles, les trois Thompson regardèrent la grosse voiture noire manœuvrer et disparaître.

— Comment est-ce que vous avez su ? demanda Rachel.

Sloan fit un geste vers l'autre côté de la maison.

— Mme Benton a téléphoné à papa dès qu'elle l'a vu se garer chez toi.

Se retournant, elle agita la main pour remercier sa propriétaire et amie, qui hocha la tête en réponse et laissa retomber son rideau.

— Ça va, frangine ? demanda Sloan en la serrant contre lui. Qu'est-ce qu'il y avait d'assez important pour qu'il doive te le dire en personne ?

Brièvement, elle lui rendit son étreinte. Consciente du regard attentif de son père, elle pinça l'arête de son nez avant de répondre :

— Oh, pas grand-chose. Il voulait juste m'annoncer qu'il se remariait. Et... qu'il avait un autre bébé en route.

— Ce petit...

Son père se lança dans une longue série de jurons.

— Tu veux qu'on le casse en deux ? proposa Sloan.

Il avait beau sourire, il ne plaisantait absolument pas. Elle secoua la tête.

— Qu'est-ce que je ferais si vous alliez en prison tous les deux ? Et puis...

Elle s'accrocha au bras de son frère, cherchant désespérément un contact, écartelée par les émotions qui s'entrechoquaient en elle et qu'elle avait si envie de ne plus réprimer.

— Et puis à sa façon, il a mal aussi. Je ne l'avais pas encore réalisé...

Derrière sa porte close, elle entendit le téléphone sonner.

— Je vais répondre. Entrez. Vous voulez déjeuner avec moi ?

— Non, merci, répondit Sloan. Si tout va bien pour toi, nous ferions bien de rentrer voir ce que font les filles. Je sais bien qu'à treize ans, Brook devrait être capable de surveiller sa sœur quelques minutes, mais on ne sait jamais ce qui peut lui passer par la tête...

Dans le regard bleu de son frère, elle lut une tension, une anxiété qui la surprirent. Comment ne l'avait-elle pas décelée plus tôt ? Trop préoccupée par ses propres problèmes, passait-elle à côté des soucis de ceux qu'elle aimait le plus ? Elle se promit de prendre Sloan à part avant la fin de sa visite ; cela lui ferait du bien de parler, elle avait appris cela auprès de James.

L'impact de la nouvelle apportée par Roman croula de nouveau sur elle. Cette souffrance-là, il ne suffirait pas d'en parler pour l'apaiser.

James patientait sur le parking du restaurant en marchant de long en large près de son 4x4. Des nuages noirs se massaient sur sa tête mais l'orage n'avait pas encore éclaté. Pour la dixième fois, il regarda sa montre. Rachel devrait déjà être arrivée ! A moins que le temps ne se soit déjà gâté pour elle...

Depuis qu'il l'avait quittée dimanche soir, il ne cessait de penser à elle. Et quand deux rendez-vous d'affilée s'étaient annulés au dernier moment, libérant son après-midi, il n'avait pu résister à l'envie de l'appeler pour lui proposer de le retrouver pour le déjeuner. Un coup de tête qui ne lui ressemblait absolument pas, mais qui lui faisait un bien fou !

Là ! Il venait de reconnaître la décapotable, dévalant la bretelle de la voie rapide. Stoppée au feu pendant quelques secondes, elle s'engagea bientôt sur le parking et fonça vers lui. Rachel bondit à terre, se précipita ; avant d'avoir pu dire un mot, il se retrouva pressé contre sa propre voiture, sa bouche cherchant désespérément la sienne.

Un instant pris de court, il lui rendit ses baisers avec la même passion.

— Whaou ! Vas-y, c'est chaud !

Relevant la tête, le souffle court, il repéra la source des cris : une voiture remplie de jeunes passait devant eux et l'un d'eux, penché très loin hors de la vitre arrière, levait le pouce avec enthousiasme. La façon dont ils détaillaient Rachel ne lui plut guère. Baissant les yeux vers elle, il croisa son regard intense.

— Tu as faim ? lui demanda-t-il.

— Oui. De toi.

Cela, il l'avait déjà compris... et son propre désir s'éveillait aussi.

— On pourrait prendre une chambre en face, chuchota-t-elle avec un signe de tête en direction d'un motel de l'autre côté de la rue.

— Tu es sûre que c'est ce que tu veux ?

— Oui.

Sans un mot de plus, ils traversèrent, et se retrouvèrent en quelques minutes devant la porte close de leur chambre. Il ouvrit, elle se glissa à l'intérieur devant lui... le temps de la suivre, elle se jeta de nouveau sur lui. Sous la fureur de ses baisers, toute pensée rationnelle s'évanouit, il n'eut plus conscience que de sa passion... de ses doigts qui se débattaient avec les boutons de sa chemise, de sa langue qui dessinait une traînée brûlante sur sa poitrine.

— Tu veux ma mort ? demanda-t-il d'une voix rauque.

— Surtout pas. Avec toi, je me sens vivante, articula-t-elle contre sa peau. J'ai besoin de me sentir vivante.

Fou de désir, il lui retira son T-shirt, le jeta au loin, caressa ses seins couverts de dentelle blanche, embrassa la courbe de son cou — sa tête était rejetée en arrière dans une invitation incroyablement provocante. Leur souffle haletant l'assourdissait, le parfum unique de la peau de Rachel l'enivrait. Quand ils furent nus tous deux, elle pressa son corps contre le sien, les bouts durcis de ses seins pressés contre sa poitrine... et voilà qu'elle caressait sa jambe de son pied, s'enroulait autour de lui, genou contre sa hanche, totalement offerte...

— Rachel, pas si vite.

— Si ! J'ai besoin de toi !

— Pas ici, pas comme ça. Viens sur le lit.

Elle lui saisit la main, le tira vers le grand lit et, sans prendre le temps d'ouvrir les draps, l'y fit basculer et se jeta sur lui.

— Tu veux vraiment ma mort. Attends !

— Je ne peux pas.

— Laisse-moi au moins prendre...

Ses paroles se perdirent dans une plainte passionnée quand elle joignit leurs deux corps. Dehors, le tonnerre gronda, des éclairs illuminèrent la chambre ; le ciel s'ouvrit et une pluie diluvienne fouetta les fenêtres. Dans la petite chambre sombre, elle puisa son réconfort en lui. Tremblante, elle sentit venir la jouissance, s'y abandonna...

— Oh, James !

Il se redressa d'une détente, la fit rouler sur le dos et se jeta en elle avec l'intensité dont elle avait tant besoin. Quelques instants seulement puis il se retira, la laissant vide et insatisfaite. Puissamment, il frémit en soufflant son nom à son oreille.

Le visage brûlant, elle réalisa ce qu'il venait de faire. Ce qu'*elle* venait de faire ! D'un geste convulsif, elle le repoussa ; la surprise blessée de son expression décupla la culpabilité qu'elle ressentait. Il la lâcha, glissa sur le flanc... et elle s'enfuit dans la salle de bains, le laissant seul, interdit, s'efforçant de comprendre.

Quand son souffle s'apaisa enfin, il s'installa confortablement au fond du lit et se mit à attendre. Bientôt la porte de la salle de bains grinça légèrement.

— Si tu cherches tes vêtements, tu n'as aucune chance, lança-t-il en souriant. Je les garde en otage. Tu n'as qu'une seule solution : revenir au lit et m'expliquer ce qui vient de se passer.

Elle parut, hésitante, une grande serviette blanche drapée autour d'elle. Sa main resta un instant suspendue devant elle, puis monta pincer l'arête de son nez.

— Je suis désolée, chuchota-t-elle.

— Oh, Rachel, murmura-t-il, le cœur serré.

Sautant du lit, il se hâta d'aller la prendre dans ses bras.

— Qu'est-ce qui se passe, hein ? Dis-moi !

Front pressé contre son épaule, elle secoua la tête.

— Viens t'allonger près de moi. Laisse-moi te câliner un peu.

Il l'aida à se coucher, la reprit dans ses bras pour la bercer.

— Maintenant, dis-moi ce qui t'arrive. Tu avais une drôle de voix quand je t'ai appelée, je vois bien qu'il s'est passé quelque chose.

De l'autre côté de la fenêtre jaillit un nouvel éclair, un nouveau coup de tonnerre. Il attendait toujours sa réponse. Enfin, sa voix s'éleva faiblement :

— J'ai commencé à trier les affaires de Daniel aujourd'hui.

— Toute seule ?

— Oui.

— Rachel, rien ne t'oblige à tout faire seule. Quelquefois, c'est bien de demander de l'aide. Je t'avais dit que je serais là pour le faire avec toi.

L'amour, c'est être là dans les moments difficiles. Elle avait dit cela, le soir de leur dîner à deux. Les mots le frappèrent en plein cœur et pour la première fois, il comprit qu'il était amoureux d'elle.

— Il y a autre chose, dit-elle.

— Quoi donc ?

Ses doigts se posèrent timidement sur sa poitrine, se mirent à dessiner des cercles. Elle murmura :

— Roman est venu me voir.

Tendu, il attendit la suite.

— Il... il avait une nouvelle à m'annoncer. Il va se remarier. Ce week-end.

Elle se tut, renifla doucement. Il sentit un grand froid s'engouffrer dans son corps. Cela la bouleversait-il à ce point que son ex se remarie ?

— Qu'est-ce que tu ressens, en disant cela ?

— Qu'est-ce que je ressens...

Elle se redressa brusquement, serrant le drap contre elle et lui lançant une claque dans l'épaule.

— Ne joue pas les psy avec moi ! J'ai besoin d'un ami, pas d'un médecin !

— Un ami a le droit de te demander quel effet ça te fait que ton ex se remarie, dit-il.

Surtout un ami qui vient juste de se découvrir des sentiment très différents !

— Je suis en colère, voilà l'effet que ça me fait !

— Mais pas jalouse ?

— Ça, sûrement pas !

Sa posture trop droite se brisa, ses épaules se voûtèrent.

— Enfin, pas du fait qu'il se marie...

Sa lèvre inférieure trembla, elle la mordit durement.

— Il y a encore autre chose ?

Elle hocha la tête et murmura, d'une voix si ténue qu'il l'entendit à peine :

— Il... va avoir un autre bébé.

— Oh, Rachel...

Voilà qui expliquait tout — et surtout le fait qu'elle ait oublié son obsession des contraceptifs. Il se redressa sur un coude.

— Tu sais bien qu'un autre bébé ne remplacera jamais Daniel, n'est-ce pas ? Personne ne le remplacera, ni pour toi, ni pour Roman.

Elle pleurait maintenant.

— Je me suis servie de toi... Je t'ai sauté dessus.

Il éclata de rire.

— Tu m'as entendu me plaindre ? Tous les hommes ont rêvé un jour d'être à demi violé par une femme superbe, c'est un fantasme très répandu. En même temps..., ajouta-t-il en recouvrant son sérieux, quelles sont les chances que nous venions de faire un bébé, nous aussi ? Je veux dire, j'ai essayé de te protéger, mais...

— Ce n'est pas le bon moment de mon cycle, il ne devrait pas y avoir de problème.

Un sentiment totalement inattendu le saisit : la déception. Son amour pour cette femme allait donc jusque-là ? Oui, il voulait plus qu'un amour de vacances, et même plus que des week-ends à deux — mais pouvait-il espérer davantage ? Etait-elle à même de devenir une seconde mère pour Molly ? La pression de vivre avec une enfant dont l'état pouvait devenir critique à tout moment ne finirait-elle pas par la faire fuir ?

— Tu es en colère contre moi ?

Sa main se promenait sur sa joue, tendre et hésitante. Emergeant de ses pensées, il lui embrassa la paume.

— Non, je ne suis pas en colère. Il faut tout de même que nous parlions, tous les deux.

Distrait par une autre idée, il demanda :

— Rachel, tu te souviens, au restaurant, le premier soir ? Je t'ai demandé quelle était la chose la plus agréable que tu puisses m'imaginer en train de te faire.

— Si je me souviens !

— Tu peux retrouver cette image ?

— Mmm.

Elle ferma les yeux et sourit lentement, un sourire d'une sensualité incroyable. Il sentit son propre corps se réveiller, vit la main de Rachel glisser vers lui sous le drap... Se penchant tout près, il s'efforça de transformer sa voix en murmure apaisant — une gageure, alors qu'il avait plutôt envie de pousser un rugissement d'homme des cavernes en rut.

— Bien. Alors je veux te parler de ce qui s'est passé à l'hôpital.

Elle se figea.

— C'est exactement comme les lasagnes, insista-t-il avec douceur. Une aversion conditionnée, rien de plus. Une aversion que nous pouvons surmonter, ensemble. Ce ne sera peut-être pas facile...

Il se tut. Elle ne le touchait plus et regardait le plafond, allongée toute raide à côté de lui.

— Rachel ? S'il te plaît, regarde-moi.

Elle tourna la tête vers lui.

— Je suis amoureux de toi, lui dit-il.

Voyant ses yeux s'élargir, il continua avec force :

— J'ai besoin de savoir si tu es prête à t'attaquer à cette phobie des hôpitaux.

— Oh, James... J'ai... j'ai peur.

— Peur de quoi ? Dis-moi.

Elle détourna les yeux.

— De... de t'aimer. D'aimer Molly.

Sa voix était rauque, remplie d'émotion.

— Et... je t'aime, moi aussi. Je vous aime tous les deux. Mais j'ai aussi très peur de ce qui se passe quand... il suffit que tu dises le mot... hôpital...

— Qu'est-ce qui se passe quand je dis ce mot ?

Elle respira à fond ; il sentait des tremblements nerveux la parcourir. Elle chuchota :

— Mon cœur se met à battre trop fort, j'ai les mains moites... Je ne sais plus si j'ai trop chaud ou trop froid.

— C'est une crise d'anxiété, ma douce. Il est possible de les surmonter.

Elle secoua la tête d'un air de doute. Il lui sourit tout à coup.

— Laisse-moi te montrer. Je te promets que tu ne le regretteras pas.

— Bon... bon. Je vais essayer.

— Je ne te demande rien de plus.

Baissant la tête, il enfouit le visage dans son cou en laissant ses doigts courir le long de sa cuisse.

— Hôpital, chuchota-t-il en la caressant.

Elle soupira, un son encourageant qui contenait davantage de plaisir que de détresse.

— Dis-moi juste que tu n'utilises pas la même méthode avec tes patients, murmura-t-elle.

Il se mit à rire.

— Sûrement pas ! D'abord parce que je ne tiens pas à ce qu'on m'interdise d'exercer...

— Et ensuite ? haleta-t-elle.

— Et ensuite, parce qu'il n'y a qu'avec toi que j'ai envie d'être comme ça.

Elle surmonterait sa phobie, il en était sûr. Elle était forte, plus forte qu'elle ne l'imaginait. Une fois en chemin, rien ne pourrait plus l'arrêter et bientôt, elle laisserait ses angoisses derrière elle.

Cette femme qu'il avait dit à Molly être si difficile à trouver, cette femme à part… serait-ce elle ? Sa deuxième chance d'aimer, son avenir ?

16.

Le vendredi suivant trouva Rachel blottie au fond du canapé bleu de James, Molly à son côté. Elles regardaient un DVD tandis que lui, dans son bureau, parlait au téléphone avec un patient. Le regard fixé sur l'écran, elles plongèrent en même temps la main dans la grande jatte de pop-corn posée en équilibre sur les genoux de Rachel ; Molly se mit à rire.

— Oh, pardon ! Tu vois, je suis encore en train de me cogner à toi.

— Pas de problème, cogne-toi tant que tu voudras.

Molly se blottit plus près et posa la tête sur son épaule. Oh, quel bonheur ! Quelle sensation de trouver tout à sa place dans le meilleur des mondes ! Avec un pincement de culpabilité, elle s'aperçut qu'elle n'avait pas pensé à Daniel une seule fois depuis son arrivée.

Le générique de fin se déroula sur la télé grand écran, la musique s'enfla, relayée par une excellente stéréo. Molly poussa un soupir.

— J'adore quand ça finit bien.

Se tortillant comme un chiot, elle s'arracha aux coussins pour saisir la télécommande sur la table basse de chêne. Le silence retomba, le film se mit à se rembobiner dans un sifflement presque inaudible.

— Tu veux voir des photos ? proposa-t-elle.

— Bien sûr !

Son bonheur se troublait, un malaise diffus s'emparait d'elle. Elle aurait accueilli avec soulagement n'importe quelle distraction, pour faire taire la question lancinante : ce tableau qu'ils formaient ce soir tous les trois n'était-il pas un mirage, une monumentale erreur de sa part ?

Courant sans bruit sur le tapis, Molly se dirigea vers la grande bibliothèque. Rachel débarrassa la jatte de ses genoux avec un soupir ; à la place, Molly posa un gros album photo.

— Tiens ! s'écria-t-elle en soulevant la couverture de cuir. Regarde, c'est moi, quand je venais tout juste de naître.

Un nouveau-né minuscule dans un berceau d'hôpital, des fils et des tubes branchés sur son petit corps si fragile. Rachel sentit un froid insidieux envahir la pièce douillette.

— J'ai eu ma première opération le lendemain, racontait Molly en tournant la page. Voilà papa avec moi dans les bras, quelques jours plus tard.

Un James en tenue stérile, plus jeune, le visage plus mince, montrant sa fille à l'objectif. Où était Tiffany ? Nulle part, à moins que ce ne soit elle qui tienne l'appareil ? Elle préférait lui laisser le bénéfice du doute : pour la première fois, elle mesurait à quel point les premières années avec Molly avaient dû être difficiles.

Elle comprenait aussi pourquoi, en lui déclarant son amour, James s'était préoccupé en premier lieu de sa phobie des hôpitaux.

Lassée des photos de bébés, Molly tourna rapidement plusieurs pages.

— Tiens, me voilà avec Cherish, quand on attendait nos nouveaux cœurs.

Le cœur de Rachel se serra. Où étaient les infatigables petites boules d'énergie qu'elle avait rencontrées aux Vœux des Lucioles ? Elle reconnaissait à peine ces deux gamines pâles, vêtues de chemises de nuit d'hôpital, allongées côte à côte dans des lits identiques… En silence, elle pria pour qu'elles ne retrouvent jamais ce visage épuisé.

— Molly ? lança la voix de James.

— Oui, p'pa ?

— C'est l'heure d'aller au lit. Monte te laver les dents, je te rejoins dans trois minutes.

— Oh, encore un petit peu !

— Mais non. Allez, file.

La petite glissa du canapé, laissant un espace vide et froid contre son flanc.

— Rachel ?

Arrachant son regard de cette photo si choquante, elle regarda le visage levé vers elle — un joli visage rose et joyeux. Parce qu'elle avait accepté de faire don du cœur de son fils, il y avait quelque part un autre enfant dont le visage avait cette expression. Pour la première fois, cette idée la réchauffa un peu.

— Quoi donc, Molly ?

— Tu veux bien monter avec papa pour me border ?

Elle leva les yeux vers James, le vit hocher la tête et répondit :

— Bien sûr, ma grande !

— Allez, Tigresse, tu cherches à gagner du temps. File !

— J'y vais, j'y vais…

Elle sortit au trot ; lui ébouriffant les cheveux au passage, James vint se laisser tomber sur le canapé près de Rachel.

— Désolé d'avoir disparu si longtemps mais c'est mon week-end de garde…

— Pas de problème.

— Qu'est-ce que tu lis ?

Il jeta un coup d'œil au gros volume et se glissa plus près, remplaçant la chaleur de sa fille par la sienne.

— Tu réalises bien que c'est une photo de ma gosse à l'*hôpital*, n'est-ce pas ?

Elle referma l'album dans un claquement sec.

— Il fallait que tu prononces ce mot ? protesta-t-elle en frissonnant.

— Oui. Affronter ces images, c'est encore un pas en avant, tu sais ? Je suis fier de toi.

Il pressa ses lèvres contre sa joue avec un tel enthousiasme qu'elle se détendit un peu. Le pas en avant était sans doute moindre qu'il ne le pensait ! A l'intérieur, elle tremblait comme une feuille mais cela, il n'avait pas besoin de le savoir. Ils n'auraient qu'à avancer, pas à pas, jour après jour…

Le lendemain, ils avaient prévu de passer une journée tranquille à la maison mais James fut appelé auprès d'un patient en crise. Elle fut contente de voir qu'il lui laissait Molly sans manifester la moindre inquiétude.

Quand il partit, elles montèrent au premier où Molly l'entraîna dans sa chambre pour lui montrer ses livres et ses jouets. Se plantant tout à coup devant la fenêtre, elle dit :

— Tu vois le parc, en face ?

Rachel vint la rejoindre, écartant le long rideau fleuri. La petite expliqua :

— Avant, je passais beaucoup de temps assise là à regarder jouer les autres gosses, en regrettant de ne pas pouvoir faire comme eux.

— Mais tu ne pouvais pas ? Parce qu'ils avaient des microbes ? dit Rachel, feignant de ne pas comprendre.

Entre elles, la question des microbes était devenue une source inépuisable de plaisanteries. Pour faire bonne mesure, Rachel chatouilla la petite — qui revint pourtant à son idée dès qu'elle eut repris son sérieux.

— Non, je ne pouvais pas jouer dehors parce que j'étais trop fatiguée. Papa était même obligé de me porter pour monter l'escalier ! Et maintenant, regarde-moi !

Elle tourbillonna sur elle-même avec un sourire heureux et lança :

— Je me suis bien amusée chez toi la semaine dernière.

Se jetant sur son lit dans un envol de nattes, elle ajouta avec beaucoup de naturel :

— J'aurais bien aimé connaître Daniel. Je parie qu'on s'amusait bien avec lui. Comme avec toi.

Le souvenir de son petit garçon en train de jouer avec ses voitures sur le tapis du living jaillit devant les yeux de Rachel. Elle serra les lèvres, vit que Molly attendait une réponse et réussit à articuler :

— Oui. On s'amusait bien, tous les deux.

— Ne sois pas triste ! Tiens, j'ai fait quelque chose pour toi.

Bondissant du lit, elle se précipita vers le bureau, ouvrit un tiroir si brusquement qu'elle lui arracha un grincement aigu, et en sortit quelque chose. Rachel se leva à son tour.

— Quoi donc, ma grande ?

La petite avait l'air intimidée tout à coup. Les yeux baissés, elle tendit son offrande.

— C'est comme celles qu'on fabriquait à la colonie. Mais celle-ci, je l'ai faite exprès pour toi.

— Merci, dit Rachel en acceptant gravement la luciole de papier.

Le corps était l'empreinte du pied de Molly, découpée dans du papier ; les ailes l'empreinte de ses mains, les doigts joints deux à deux et les pouces repliés en dessous. Rachel avait trouvé cette idée à la colonie, après que cette adorable gamine lui ait offert ses premières lucioles.

— Lis ce que j'ai écrit..., marmonna Molly, les yeux baissés.

Le petit poème sentimental faisait aussi partie du projet, le dernier vers laissé en blanc pour que l'enfant écrive son vœu. D'une écriture très soigneuse, Molly avait conclu : « Je voudrais que Rachel soit ma nouvelle maman. »

Des yeux noisette remplis d'espoir se levèrent vers elle. Posant la luciole sur le meuble, elle lui ouvrit les bras. Molly y entra comme si c'était le geste le plus naturel qui soit ; elle la serra contre elle en écoutant le battement ferme et régulier de son cœur.

— On pourrait être une vraie famille, chuchota la petite. Tu ne serais plus toute seule.

— Oh, tu es un amour. Mais tu vas peut-être un peu trop vite, tu sais ? Ton père et moi, nous ne nous connaissons pas depuis très longtemps.

Molly recula un peu pour voir son visage.

— Et alors ? demanda-t-elle avec énergie. Nolan a su qu'il allait se marier avec la mère de Cherish la première fois qu'il l'a vue. Tu aimes mon père, non ?

— Je tiens beaucoup à lui, oui.

— Et moi ?

Elle parlait avec courage, mais sa lèvre tremblait un peu. Dans un élan de tendresse, Rachel l'embrassa.

— Oh, toi, je t'adore. Mademoiselle Molly, tu es une fille extraordinaire et très facile à aimer.

— Ma mère ne trouvait pas…

La peine qu'elle entendit dans cette voix d'enfant lui déchira le cœur. S'interdisant de formuler une pensée négative, elle se contenta de dire fermement :

— Eh bien moi, je trouve.

Les rires montant du terrain de jeux entrèrent par la fenêtre entrouverte. Elle serra contre elle le petit corps tiède de Molly et ses doutes s'envolèrent. Oui, c'était juste, c'était bien. Elle était à sa place.

Serait-elle capable d'aimer James et Molly et de vivre avec eux d'instant en instant, sans redouter l'avenir, en se contentant de savourer le présent ? Une sonnerie au rez-de-chaussée l'arracha à ses pensées. A contrecœur, elle lâcha la petite.

— Ça, c'est notre pizza. On va voir ?

— Vas-y, toi, lança joyeusement Molly en se laissant tomber devant son bureau. Je viens de penser qu'il fallait que j'envoie un mail à Cherish.

— Bon, mais ne tarde pas trop ou ça va refroidir.

Rachel dévala les marches, prit son sac sous le petit guéridon du téléphone. Comme on sonnait une deuxième fois, elle lança :

— J'arrive !

C'était bien la pizza. Elle paya le jeune livreur et rentra dans la maison en refermant la porte d'une poussée du pied.

— Molly ! Notre pizza est là ! Toute chaude !

— Hé, Rachel ! Regarde-moi !

Sur le palier du premier, elle vit Molly lancer une jambe par-dessus la rampe de chêne ciré.

— Non ! Ce n'est pas une bonne idée, je suis sûre que ton père ne serait pas d'accord.

Rachel se hâta vers l'escalier, les mains encombrées par la grande boîte plate et son sac qu'elle tenait par la lanière. Le petit visage de Molly prit une expression boudeuse.

— Mais tu es beaucoup plus drôle que lui.

Et elle bondit sur la rampe, glissa le long de la première volée de marches dans un hurlement de rire. En abordant la courbe du palier, elle vacilla tout à coup. Le cœur de Rachel cessa de battre, l'univers entier se figea… à part Molly qui, dans un ralenti insoutenable, basculait par-dessus la rampe.

Lâchant tout, Rachel se précipita, mains tendues. Comme une poupée de chiffons, la petite fille rebondit sur le guéridon du téléphone et s'abattit sur le parquet.

— Molly !

Se laissant tomber à genoux, Rachel chercha un pouls, une respiration… se sentit revivre quand elle les trouva.

— Molly ! Tu m'entends ?

Il n'y eut qu'un faible gémissement — mais c'était déjà une réponse ! Empoignant le fil du téléphone, elle le tira à elle et se mit à composer le numéro des pompiers.

— Ne bouge pas, ma chérie. J'appelle de l'aide.

17.

Trop de voix autour d'elle, trop de radios crachotant des messages incompréhensibles. Comme dans un cauchemar, des éclairs rouges et bleus montaient à l'assaut des fenêtres donnant sur la rue. Impossible de respirer librement avec l'étau qui serrait sa poitrine. Un pompier tout jeune lui lançait une foule de questions ; elle devait faire un terrible effort de volonté pour les comprendre et tenter d'y répondre. Son attention ne cessait de s'égarer, elle cherchait à voir derrière lui ce que faisait l'équipe médicale penchée sur la petite silhouette immobile de Molly...

— Vous leur avez bien dit, pour son cœur ? demanda-t-elle pour la troisième fois.

— Oui, madame. Ils font le nécessaire, ne vous inquiétez pas. Nous disions : vous avez un autre numéro où nous pourrions joindre son père ?

— Je vous ai donné tous les numéros que j'avais ! cria-t-elle en se tordant les mains.

Car personne n'était encore parvenu à joindre James.

— Excusez-moi... Je... Excusez-moi. Vous avez appelé les grands-parents ?

A l'instant où elle disait cela, les parents de James s'engouffrèrent dans la maison.

— Molly ! cria Liz McClain en se précipitant vers sa petite-fille. Mamie est là !

Sans reprendre son souffle, elle brandit un papier sous le nez des ambulanciers.

— J'ai l'autorisation du papa pour autoriser tous les soins dont elle peut avoir besoin.

Après un regard pour la petite, pour s'assurer qu'elle était consciente et ne semblait pas souffrir, son mari, Tom, se dirigea vers Rachel en demandant :

— Qu'est-ce qui s'est passé ?

D'une voix étranglée, elle expliqua la situation.

— Je lui ai dit de ne pas le faire. Je suis désolée !

Perdant tout contrôle, elle éclata en sanglots. Ce n'était pas ainsi qu'elle avait envisagé la première rencontre avec les parents de James !

— Allons bon, marmonna le vieil homme en la prenant dans ses bras. Ce n'est pas votre faute. Si on appelle ça des accidents, c'est pour une bonne raison !

Tant de gentillesse dans un moment pareil ! Les vannes s'ouvrirent pour de bon, ses larmes se transformèrent en un véritable torrent. James ne réagirait sans doute pas de la même façon quand il saurait ! Allait-il la blâmer pour l'accident de sa fille ? Comme elle-même avait rejeté sur Roman la responsabilité de l'accident de Daniel ?

A travers le brouhaha confus, elle entendit une petite voix lancer :

— Je veux Rachel...

Jamais elle n'avait entendu de paroles plus douces ! Essuyant en hâte ses joues du dos de la main, elle se dégagea des bras de Tom et se fraya un chemin à travers le groupe. Molly reposait sur un brancard ; dès qu'elle la vit, son visage livide s'éclaira et elle lui tendit la main. La serrant délicatement entre les siennes, Rachel s'efforça de ne pas voir le pansement sur sa tête, l'attelle sur son bras grêle.

— Je suis là, Molly.

— Reste avec moi.

On emportait le brancard ; elle suivit le mouvement en trottant maladroitement, au bord du déséquilibre. L'ambulance attendait devant la porte ; sur le trottoir, on distinguait dans le crépuscule un groupe de voisins rassemblé sur le trottoir. A chaque pas qu'elle faisait vers le long véhicule blanc, l'air devenait plus irrespirable. Les mains pressées sur sa bouche, elle regarda Molly disparaître à l'intérieur. Des visions de Daniel sur un brancard identique, englouti dans une ambulance comme celle-ci, s'entrechoquaient dans sa tête. L'odeur des antiseptiques flottait autour des portières ouvertes... impossible de reprendre son souffle. Elle sentit l'un des pompiers la prendre aux épaules.

— Madame ? Ça va ?

Elle secoua la tête.

— Je ne peux pas... respirer.

Elle vacilla, fit encore un pas vers l'ambulance.

— Je dois... avec elle...

Etourdie, elle vacilla encore et le pompier la soutint.

— Vous n'irez nulle part dans cet état.

La grand-mère de Molly montait déjà à l'arrière de l'ambulance en lançant :

— Je ferai le trajet avec elle.

— Je vous suis avec la voiture, répondit son mari.

— Je veux Rachel !

— Désolée... ma chérie, murmura Rachel.

— Ne pleure pas, Rachel, ça va aller. Je suis Insubmersible, tu sais bien !

La petite blessée la réconfortait, elle ! Une nouvelle crise de larmes la secoua. Incapable de répondre, elle vit une silhouette en blouse blanche fermer les portières, heurter du poing sur la carrosserie pour donner le signal du départ. Le véhicule se détacha du trottoir, s'éloigna comme une fusée. Derrière elle, Tom lui tapotait l'épaule.

— Ne vous en faites pas trop, elle est solide. Je vous emmène à l'hôpital ?

Muette, elle secoua la tête et se laissa tomber assise sur le rebord du trottoir. Le rideau noir ondoyait devant ses yeux, ses mains et ses pieds la piquaient comme si on y plantait des épingles.

— Respirez lentement, dit la voix d'un pompier. Respirez ou vous allez vous évanouir. Tout va bien se passer, vous verrez. En même temps que moi, inspirez...

Peu à peu, guidée par cet inconnu qu'elle ne voyait pas, elle se détendit un peu ; le rideau noir s'écarta et elle réussit à reprendre son souffle. L'angoisse ne la lâcha pas pour autant. Tout allait bien se passer, vraiment ? Dans ce cas, pourquoi avait-elle le sentiment d'avoir raté l'examen le plus important de toute son existence ?

La lumière extérieure brillait, paisible et accueillante. Epuisé par la crise de son patient autant que par la visite inattendue de Molly aux urgences, James se gara dans l'allée et resta quelques instant accoudé au volant, rassemblant l'énergie nécessaire pour porter sa fille endormie jusqu'à sa chambre au premier étage.

La porte d'entrée s'ouvrit et il vit la silhouette de Rachel se découper sur la lumière douce de l'entrée. Son cœur s'alourdit encore — car il avait eu le temps de réfléchir, tout en patientant aux urgences. De réfléchir sérieusement ! Sa décision était prise et plus il repousserait l'échéance, plus il serait difficile de l'annoncer. Lentement, il descendit du véhicule, prit Molly à l'arrière et, refermant la portière avec sa hanche, il se dirigea vers la maison.

— Comment va-t-elle ? chuchota Rachel.

Elle tendit les mains vers Molly, se ravisa et les fourra dans ses poches sans l'avoir touchée.

— Son poignet est foulé. Pas de traumatisme crânien. Elle a trois points de suture au front, quelques bleus, quelques bosses mais elle s'en sort à bon compte. Elle aura mal partout pendant quelques jours.

Passant devant elle, il traversa l'entrée et s'engagea dans l'escalier, disant sans se retourner :

— Je la couche et je redescends. Il faut qu'on parle.

Même à ses propres oreilles, cela sonnait terriblement froid. Il était en train de la blesser inutilement. Vite, il installa Molly, s'énerva à chercher le petit émetteur dont il se servait pour surveiller son sommeil quand elle était malade, et redescendit. Rachel l'attendait au living ; debout, elle contemplait les photos de Molly dans leurs cadres. Entendant son pas, elle se retourna et dit tout de suite :

— James, je suis désolée. J'ai essayé de l'empêcher mais... Je ne peux pas te dire à quel point je m'en veux.

Il haussa les épaules.

— Les accidents arrivent. Je fais de mon mieux pour penser à tout mais quelquefois, on est pris de court. Ce n'était pas ta faute.

— Tu es incroyable. Je n'en crois pas mes oreilles.

Ses lèvres tremblèrent, ses yeux bleus s'embrumèrent. Il eut un élan pour la prendre dans ses bras mais se retint. Ce serait trop difficile, ensuite...

— Rachel…
— James…, dit-elle au même moment.
Gênés, ils échangèrent des regards circonspects.
— Toi d'abord, dit-elle.
Poussant un soupir, il se lança, en cherchant les mots les plus justes possible :
— Tu sais ce que Molly représente pour moi ; depuis le jour de sa naissance, elle est le centre de mon univers. Avant d'être quoi que ce soit d'autre, je suis son père. Pendant un petit moment, tu as réussi à me rappeler ce que cela signifie d'être un homme plutôt qu'un parent et pour ça, je te suis infiniment reconnaissant.
— Mais… ?
Ce visage défait, ces épaules basses… elle savait parfaitement où il voulait en venir. Ses entrailles se nouèrent. Il ne voulait pas lui faire de mal mais quel autre choix avait-il !
— Oui, il y a un mais… Ce soir, je me suis souvenu qu'elle doit passer en premier. Oh, Rachel, tout à l'heure, à l'hôpital, elle pleurait. Pas parce qu'elle avait mal mais parce qu'elle t'avait fait mal à toi.
Son visage se crispa douloureusement. Au fur et à mesure qu'il parlait, il voyait les remparts se reconstruire autour d'elle, la coupant du reste du monde. Les remparts qu'ils avaient démontés ensemble, pierre à pierre…
— Il y a quelques jours, tu m'as dit que tu m'aimais, reprit-il avec effort. Pourtant, tu l'avais dit toi-même : l'amour, c'est être là dans les moments difficiles. Et ce soir, tu n'as pas pu… et ça a fait mal à Molly.
A moi aussi ! pensait-il. Et cette explication aussi lui faisait très mal. Courage, ce serait bientôt fini. Le sacrifice serait consommé.
Gravement, elle serra les lèvres, hocha la tête.

— Je comprends. Je vois que nous avons tiré les mêmes conclusions. Nous deux… ce ne serait pas juste envers elle. Elle veut une nouvelle maman, et vous méritez tous deux quelqu'un qui soit capable de tenir le coup… dans les moments difficiles.

— C'est ça.

— J'aurais vraiment aimé…

Sa voix se brisa, elle détourna les yeux un instant et réussit à achever d'une voix plus ferme :

—… que ça puisse être moi.

— Oh, moi aussi, murmura-t-il, la gorge serrée.

— Mais les vœux et la magie ne suffisent pas dans la vie réelle, n'est-ce pas ? Ça ne marche qu'au clair de lune, le temps des vacances.

Relevant la tête, elle le regarda bien en face.

— Nous aurions peut-être dû arrêter pendant que nous étions encore gagnants ?

— Peut-être…

Oui, il lui aurait peut-être fait moins de mal en la laissant partir à la fin de la colonie — en se contentant de ces premiers souvenirs. Cela aurait également été plus facile pour Molly, bien décidée maintenant à ce que Rachel prenne une place permanente dans leur famille. Mais voilà, la décision était prise malgré eux : sa petite fille avait besoin d'une maman capable de s'asseoir au chevet d'un lit d'hôpital.

Au fond, tout était simple… Alors pourquoi se faisait-il l'effet d'être le méchant de l'histoire ? Tout à coup, il lui semblait que toute la magie s'envolait de son univers.

— Ma valise est déjà dans la décapotable, dit-elle.

Il hocha la tête avec reconnaissance, soulagé qu'elle ait tenu le même raisonnement que lui et en même temps affreusement triste — parce que sa compréhension et sa générosité ne faisaient que démontrer, une fois de plus, ce qu'elle avait d'extraordinaire, cette femme qui s'en allait. Une femme capable de faire passer les besoins de Molly avant ses propres désirs. La vie n'était pas juste.

— Je... je t'accompagne.

En silence, ils se dirigèrent vers l'entrée ; devant la porte ouverte, elle hésita, se retourna vers lui. Levant lentement les mains, elle prit son visage entre ses paumes. Ses lèvres remuèrent mais aucun son n'en sortit. Enfin, elle tira sa tête à elle, pressa sa bouche contre la sienne dans un baiser salé, un baiser aux larmes. Horrifié, il comprit qu'une partie de ces larmes venait de lui.

— Merci, James.

— Merci pour quoi ?

— Pour m'avoir rappelé que la vie doit être vécue.

Tournant les talons, elle s'éloigna à grands pas.

— Rachel !

Elle s'arrêta, mais sans se retourner. Il bredouilla :

— Promets-moi de trouver un thérapeute...

L'idée qu'elle continue à vivre sous la menace des crises d'angoisse lui était insupportable. Elle hocha la tête, répondit :

— Je promets.

Puis, les épaules bien droites, elle descendit l'allée et sortit de sa vie.

Très doucement, il referma la porte, se retourna vers sa maison vide. Elle n'était ici que depuis vingt-quatre heures mais son départ laissait un vide béant.

18.

Seule dans sa salle de classe, Rachel feuilleta son guide de cours, tapa les numéros de référence des leçons qu'elle ferait au cours de la semaine à venir, imprima les fiches et les répartit par sujet dans son classeur. Sa tâche terminée, elle s'étira longuement.

Les chaises étaient posées à l'envers sur les bureaux, les cartables bouclés attendaient leurs propriétaires. Dès qu'ils reviendraient de la salle de dessin, les élèves pourraient rentrer chez eux.

De la salle voisine, elle entendait un chœur de voix enfantines lire à l'unisson. Le silence de sa propre pièce était apaisant, mais il lui laissait trop d'espace pour réfléchir, et pour compter les jours sans James et Molly. Quatre semaines et demie !

A quoi bon s'attarder sur ce qu'elle ne pouvait changer ? Avec un soupir, elle prit une pile de rédactions dans sa corbeille « à noter » et s'y plongea, stylo rouge en main. A défaut d'autre chose, James l'avait au moins aidée à reprendre le dessus. Elle s'était même attaquée à sa phobie des hôpitaux avec un thérapeute. Une jeune femme agréable, avec qui elle se sentait à l'aise… Même si elle regrettait les méthodes insolites de James !

La sonnerie de son portable rompit le fil de sa concentration. Qui pouvait bien l'appeler pendant la journée d'école ?

— Allô ?

— Rachel ?

Elle faillit lâcher l'appareil en reconnaissant la voix de James.

— Ça me fait plaisir de t'entendre, articula-t-elle en s'efforçant de contrôler la surprise dans sa voix. Comment vas-tu ?

Un gros soupir résonna sur la ligne.

— En fait… pas très bien.

— Ah ?

Impossible de réprimer un petit sursaut d'espoir. Lui avait-elle manqué ? Autant qu'il lui manquait ?

— Je t'appelle… parce que Molly a insisté pour que je le fasse.

Il se tut un instant, s'éclaircit la gorge et reprit :

— Elle voulait que tu sois au courant. Elle est à l'hôpital.

La main libre de Rachel se plaqua sur sa bouche. Délibérément, elle la reposa sur ses genoux.

— Qu'est-ce qui se passe ? demanda-t-elle.

— Elle…

Sa voix s'éteignit, reprit un peu de force :

— Elle fait une réaction de rejet.

— Non ! Oh, James, c'est affreux.

Un long silence s'étira entre eux.

— Comment est-ce arrivé ? Comment est-ce que tu as su ?

— Je ne me doutais de rien. Nous nous sommes présentés pour une biopsie de routine.

— Qu'est-ce que ça veut dire, pour elle, exactement ? Comment est-ce qu'on la soigne ?

— Avec des doses plus importantes des médicaments qu'elle prend habituellement.

— Et si ça ne suffit pas ?

Cette fois, le soupir fut plus long, comme une expiration durement contrôlée.

— Alors je m'assieds à son chevet et je recommence à espérer un miracle.

Un miracle qui serait la mort d'un autre enfant, pensa-t-elle.

— J'ai besoin..., reprit la voix à son oreille.

— De quoi ?

Il hésita encore plusieurs secondes, puis dit très vite :

— Tu voudrais bien l'appeler, un peu plus tard ? Ou lui envoyer une carte, quelque chose de ce genre ? Tu lui manques.

Elle repoussa ses papiers, saisit son sac et se dirigea vers la porte à grands pas, ses chaussures claquant sur le lino luisant.

— Bien sûr. Dis-lui que je l'appelle tout à l'heure, d'accord ?

— Merci, Rachel.

Un nouveau soupir, puis il expliqua avec gêne :

— Je suis dehors, avec mon portable. Je dois retourner auprès d'elle. Prends... prends bien soin de toi, d'accord ?

— Oui. Et toi, prends bien soin de la petite.

— Je fais de mon mieux.

Un déclic, la tonalité..., fourrant le portable dans son sac, elle se précipita vers l'aile administrative.

— Jerry est dans son bureau ? demanda-t-elle à la secrétaire en passant devant elle en coup de vent.

— Oui, tu peux y aller.

Quand elle poussa la porte, Jerry leva les yeux de ses dossiers, une expression d'inquiétude presque comique sur son visage buriné.

— Rachel ? Qu'est-ce qui se passe ?

— J'ai besoin que tu sois là pour récupérer mes gosses quand ils reviendront du dessin. Tu n'auras qu'à les retenir quelques minutes en attendant la cloche. J'aimerais aussi que tu appelles une remplaçante pour demain. Vendredi aussi sans doute, je te tiendrai au courant.

Sautant sur ses pieds, il contourna son bureau pour venir à sa rencontre.

— Pourquoi ? Qu'est-ce qui se passe ?

— Je dois aller à Pittsburgh, à l'Hôpital des Enfants. Molly McClain est en train de rejeter son cœur greffé.

Il se mit à jurer à mi-voix.

— Je suis désolé. C'est un coup dur… Tu es sûre de pouvoir conduire ? C'est une longue route à faire toute seule et tu es bouleversée.

— J'espère que je ne serai pas obligée d'y aller seule. Tu t'occupes de ma classe ?

— Sans problème. Tiens-moi au courant.

Elle hocha la tête, tourna les talons et se dirigea vers la sortie, ressortant à tâtons son portable de son sac.

— Papa ? C'est moi. Ecoute, j'ai besoin de ton aide. Tu peux me retrouver chez moi ?

Dès qu'ils franchirent les portes automatiques, elle sentit son cœur s'arrêter dans sa poitrine et s'essuya machinalement les mains sur les hanches de son jean.

Pressant une main dans son dos, son père la guida vers la salle d'attente.

— Tu peux le faire, murmura-t-il en s'agenouillant devant elle.

— Qu'est-ce que tu fabriques ? protesta-t-elle en jetant un regard gêné à la ronde.

Elle lui avait demandé de l'accompagner parce qu'elle savait que tant que son regard serait posé sur elle, elle tiendrait le coup. Il n'accepterait rien de moins de sa part.

— Je serre les lacets de tes chaussure, marmonna-t-il, concentré sur sa tâche.

Sèchement, il tira les lanières, serrant étroitement les chaussures montantes dont elle se servait pour ses sorties dans la nature, très semblables à des godillots de soldats. Puis, se relevant souplement, il lui saisit les avant-bras.

— Tu sens la pression dans tes chevilles ?

Elle hocha la tête.

— Concentre-toi sur la sensation, oublie tout le reste. Vise ton objectif. Il y a là-haut une petite fille et un homme qui ont besoin de toi.

— Oui, chef.

D'un mouvement maladroit, il la serra contre lui et marmonna à son oreille :

— Le courage, ce n'est pas l'absence de peur, ma grande. C'est de faire ce qui doit être fait, même si on meurt de trouille. Tu es une femme courageuse et je suis fier de toi.

L'écartant de lui, il la prit aux épaules et la poussa vers le bureau d'accueil.

— Maintenant, en avant, marche. Tête haute, épaules en arrière.

Très doucement, il la poussa en avant. Elle l'entendit encore murmurer :

— Tu peux le faire. Je t'attendrai ici.

Son père la comprenait bien mieux qu'elle ne le pensait ! Gonflée à bloc par cette découverte, elle s'annonça à l'accueil et reçut les instructions de l'infirmière. Un arrêt rapide pour se laver les mains, et elle se dirigea vers les ascenseurs. La sueur perlait sur sa nuque, sur son front ; elle serrait très fort le cadeau qu'elle avait apporté pour Molly.

A grands pas, elle monta à bord de la cabine en se concentrant sur ses godillots serrés, et sur l'homme et l'enfant qui l'attendaient là-haut.

James raccompagna sa mère jusqu'aux ascenseurs et se pencha pour poser un baiser sur sa joue.

— Au revoir, M'man. Et merci de m'avoir relayé.

— C'est la moindre des choses ! Ton père me remplacera demain matin parce que j'ai rendez-vous chez le dentiste, mais je viendrai tout de suite après le déjeuner. Fais ton travail, ne t'inquiète pas.

Les portes de l'ascenseur s'ouvrirent ; elle monta à bord de la cabine mais retint les portes, le temps d'agiter un index bien manucuré en recommandant :

— Surtout, n'oublie pas d'appeler Michelle. Je lui ai trouvé une voix inquiète quand Cherish a téléphoné tout à l'heure. Et mange quelque chose.

— Oui, maman.

— Et n'oublie pas : mon groupe de patchwork organise sa vente aux enchères ce week-end, pour le fonds médical de Molly.

— Tu fais bien de me le rappeler. J'ai tellement de choses en tête… Transmets mes remerciements à ces dames et dis-leur que je les embrasse.

Sur un dernier hochement de tête, elle laissa les portes se refermer et il se retrouva seul dans le couloir de l'hôpital. Se dirigeant à pas lents vers un banc, il s'y laissa tomber, les coudes sur les genoux, le visage enfoui dans les mains. Molly regardait de vieilles rediffusions dans sa chambre, il pouvait souffler quelques minutes avant de retourner auprès d'elle.

Au téléphone avec Rachel tout à l'heure, il n'avait pas dit ce qu'il aurait aimé lui dire ; pour un homme qui prêchait la franchise des émotions, il ne s'était pas montré très honnête. Se frottant les tempes du bout des doigts, il se dit qu'il aurait bien besoin maintenant — tellement besoin !— d'une bonne dose de sa force. Cette capacité stupéfiante qu'elle avait d'affronter le malheur sans dévier de sa route.

Un groupe passa près de lui sans qu'il lève la tête. Tu peux faire ce que tu as à faire, se dit-il. Accroche un sourire sur ton visage, retourne là-dedans et affronte le regard de ta fille.

Perdu dans ses pensées, il mit un moment à s'apercevoir que quelqu'un se tenait juste devant lui. Ce léger arôme de citrons… ? Pour l'amour du ciel, voilà qu'il hallucinait son parfum ! Laissant retomber ses mains, il ouvrit les yeux et vit une paire de demi-bottes lacées, luisantes et bien cirées. Son regard remonta, suivant la ligne d'un jean noir. Automatiquement, il demanda :

— Je peux vous aider ?

— Je me disais que moi, je pourrais peut-être t'aider, dit Rachel d'une voix enrouée.

Son visage était blême sous les néons. Une goutte de sueur roula sur sa joue, elle l'essuya d'une main tremblante.

— Rachel ! cria-t-il en sautant sur ses pieds.

De toutes ses forces, il noua ses mains derrière lui pour résister à l'envie de la toucher.

— Comment... comment vas-tu ?

— Tu m'as terriblement manqué, je suis folle d'inquiétude pour Molly, j'ai l'impression que je vais m'évanouir d'un instant à l'autre mais à part ça, ça va très bien. Et toi, comment vas-tu ?

— Bien, répondit-il, abasourdi.

Il ne savait pas ce qui le stupéfiait le plus : sa présence ici ou la franchise de sa réponse. Cette fois, c'était lui qui venait de prononcer la formule automatique !

— Menteur, renvoya-t-elle.

Il chercha une réplique, n'en trouva aucune et lui prit le coude en proposant :

— Si on s'asseyait une minute ?

— Tu veux dire : assieds-toi avant de tomber ? répliqua-t-elle avec un petit rire tremblant.

— Quelque chose comme ça.

Oh, sa chaleur contre lui ! Il n'avait rien ressenti de plus merveilleux depuis des semaines. Cherchant une entrée en matière, il montra ses pieds en demandant :

— Qu'est-ce que c'est que ces godillots ?

— Oh, ça... c'est pour le courage. On serre ses lacets au maximum et on marche, tu comprends ? Comme un bon petit soldat. Si mon père a pu serrer ses lacets sur ses chevilles brisées et porter son copain blessé à travers la jungle, moi, je peux venir ici.

— Et te voilà, murmura-t-il.

Une fois de plus, il se sentait éperdu d'admiration. Franchir les portes de l'hôpital, c'était un énorme pas en avant pour elle.

— Tu m'impressionnes, dit-il encore.

Elle lui prit la main.

— Je n'ai pas trouvé de meilleur moyen de te prouver que je parlais sérieusement en te disant que je t'aimais.

Il se détendit d'un coup, abandonna toutes ses réticences pour la prendre dans ses bras, enfouir son visage dans ses cheveux.

— J'ai besoin de toi, Rachel. Si tu savais comme j'ai besoin de toi ! Je ne peux pas la perdre, pas après tout ce que nous avons enduré.

Une larme roula sur sa joue, se perdit dans les cheveux de Rachel — suivie d'une autre. Enfin, il lâchait la bride à l'émotion qu'il contenait si rigoureusement depuis le diagnostic, quelques jours auparavant.

— Tu ne vas pas la perdre. Elle est Insubmersible, dit-elle en lui caressant le dos. Et si nous avons besoin d'un nouveau miracle, je resterai avec toi à son chevet en l'attendant. Et nous l'obtiendrons. Crois-moi, tout va s'arranger.

Il ne sut jamais combien de temps il resta dans ses bras à écouter, les yeux clos, les paroles qu'elle lui murmurait. Enfin, il releva la tête pour demander :

— Tu veux bien entrer la voir ?

Elle le repoussa doucement, se mit à fouiller son sac et lui tendit un paquet de mouchoirs en papier.

— Bien sûr. Tiens. Va aussi te passer de l'eau sur le visage, il vaut mieux qu'elle ne sache pas que tu as pleuré.

Il se détourna pour s'essuyer le visage, ému par la tendresse et la compassion de son regard.

— Elle est là-bas, chambre 206, sur la gauche. Je m'occupe de reprendre figure humaine et je te rejoins, d'accord ?

Elle hocha la tête, le regard fixé sur la porte qu'il lui désignait. Quand il se fut éloigné, elle prit plusieurs longues respirations et se mit à marcher.

Devant la porte, elle hésita. Molly serait-elle très changée ? Branchée sur toutes sortes de machines ? Elle aurait dû poser ces questions à James quand il en était encore temps. Se préparant de son mieux à affronter un tableau terrible, elle frappa un coup léger et entra.

Le lit le plus proche était vide, Molly occupait le second, près de la fenêtre. Les rayons vifs du couchant égayaient le triste éclairage au néon. Redressant les épaules, Rachel fixa un sourire sur son visage et s'avança en s'efforçant de ne voir ni le portique de l'intraveineuse, ni le gros appareil carré qui lançait des bips à intervalles réguliers.

— Bonjour, toi ! lança-t-elle gaiement.

La petite tourna la tête vers elle, ses yeux noisette élargis sous le coup de la surprise. Elle était pareille à elle-même, seulement un peu plus pâle, un peu plus grave.

— Rachel ! Tu es venue !

— Oui. J'ai réussi à sauter le pas, dit-elle en s'asseyant avec précaution sur le bord du lit.

— Je l'avais dit à papa ! Je savais que tu pourrais le faire !

Tu étais bien la seule, pensa-t-elle.

— J'apprécie ta confiance ! Je me suis moins bien débrouillée le soir où tu es tombée de l'escalier.

— Oh, ce n'était pas pareil !

— Ah bon ? Pourquoi ?

— Cette fois... c'est important.

Le regard noisette remonta vers l'écran de la télévision.

— Qu'est-ce que tu veux dire ? insista doucement Rachel.

— Qu'est-ce qu'il y a dans le sac ?

— Ça ? C'est un cadeau que j'ai apporté pour une gamine que j'aime beaucoup.

Le petit visage semé de taches de rousseurs s'éclaira.

— Pour moi ?

— Je ne vois pas d'autre gamine que j'aime beaucoup dans cette chambre. Désolée pour l'emballage, je n'ai pas pris le temps de te faire un joli paquet.

Dans un bruissement de papier, la petite main de Molly plongea dans le sachet et ressortit avec une adorable luciole de flanelle avec de grands yeux tendres et un petit nez rond. Dans un élan, elle la serra contre elle.

— Merci ! Je l'adore.

— Je me suis dit qu'on en aurait besoin, pour faire nos vœux...

— Bonne idée, dit James sur le pas de la porte.

— Moi, j'ai déjà fait mon vœu, dit Molly.

Son père vint s'asseoir de l'autre côté du lit. Elle s'empara de sa main, puis de celle de Rachel, et les posa l'une sur l'autre sur son ventre. Une douce chaleur se coula dans le cœur de Rachel.

— Tu nous répètes ton vœu, Insubmersible ?

Rachel attendit la protestation automatique... qui ne vint pas. La panique qu'elle croyait maîtrisée la prit à la gorge. Molly était réellement malade, changée en profondeur... Sans relever l'utilisation de son surnom haï, elle répondit :

— J'avais souhaité que Rachel devienne ma nouvelle maman parce qu'on s'amusait bien avec elle, parce qu'on pourrait faire des trucs de mère et de fille ensemble. Et puis, elle ne pique pas sa crise en voyant un microbe.

James poussa un petit grognement menaçant mais s'abstint de tout autre commentaire. La petite voix de Molly reprit :

— En tout cas, maintenant je sais pourquoi c'est vraiment important qu'elle soit là avec nous.

Quand elle se tut, le bruit de fond de l'hôpital emplit le silence, ses odeurs lourdes flottèrent jusqu'à eux.

— Et pourquoi, petite chérie ? demanda Rachel.

Molly serra plus étroitement leurs mains jointes.

— Parce que je ne veux pas que papa reste tout seul… si jamais il m'arrive quelque chose.

— Oh, Molly…

— Ne parle pas comme ça, Tigresse ! Tu t'en sortiras très bien.

— Cherish a failli mourir, papa.

Quand elle se tourna vers Rachel, l'incertitude de son petit visage rond lui broya le cœur.

— Si je vais au ciel, demanda-t-elle, tu crois que je verrai Daniel ?

Rachal ravala un sanglot. Oubliant les tubes branchés sur elle, elle serra l'enfant contre son cœur.

— Je t'aime, petite Molly !

Et c'était vrai. Qu'elles aient dix minutes, dix jours ou dix ans à vivre ensemble, elle donnerait son amour à cette petite et elle ne le regretterait pas.

— Tu ne vas pas mourir, Molly. Tu es Insubmersible. Je fais confiance aux vœux des lucioles, ils vont tous se réaliser. J'ai souhaité que ton sœur soit solide et il le sera. Ce qui se passe en ce moment, c'est juste un petit faux pas sur le chemin. Tu voulais une nouvelle maman et moi, je ne peux pas être une maman si je n'ai pas ma grande fille !

— Rachel, réfléchis avant de..., intervint James.

— Je suis sûre.

— Et toi, qu'est-ce que tu avais souhaité, papa ?

Les prenant toutes deux dans ses bras, il les serra bien fort en chevrotant :

— J'avais souhaité un baiser. Laquelle de ces deux jolies dames va me le donner ?

Il avait réussi à les faire sourire. Un signal mystérieux passa entre elles et, choisissant chacune une joue, elles y posèrent un baiser bruyant.

— Ça veut dire qu'on peut la garder, papa ? clama Molly.

— Oui. Si elle veut bien rester.

Ses yeux caramel se tournèrent vers Rachel, elle y lut sa tendresse, son inquiétude, le besoin qu'il avait d'elle. Si elle s'était trouvée à la place de leur petite malade, les appareils se seraient emballés à tenter de suivre le rythme de son cœur ! Incapable de parler, elle lui sourit, hocha la tête. Joignant les mains avec un soupir de bonheur, Molly s'enfonça dans son oreiller.

— Alors c'est bien...

En se penchant vers elle, James pressa par mégarde le bouton du volume de la télécommande. Au dessus de leurs têtes, un adolescent dans une vieille série s'écria :

— J'adore quand un plan marche jusqu'au bout !

— Moi aussi, pouffa Molly.

— Vous m'avez bien compris ? Pas question de faire du cross avec cet engin, dit sévèrement James de sa place au comptoir des infirmières.

— Oh, p'pa…

Déçue, Molly croisa les bras en se tassant dans son fauteuil roulant. Adressant à James son sourire le plus angélique, Rachel saisit les poignées décorées de grappes de ballons.

— Tu crois que je ferais une chose pareille ?

Répondant d'un coup de menton sagace qui en disait long, il reporta son attention sur les formalités de sortie de Molly. Difficile à croire que cela ne faisait que trois jours que Rachel s'était précipitée ici en redoutant le pire ! Le phénomène de rejet était stabilisé ; aujourd'hui, ils ramenaient leur malade à la maison. Pendant les semaines et les mois à venir, elle devrait faire régulièrement des analyses mais le pronostic était bon. Des bonheurs comme celui-là, on n'en éprouvait que quelques-uns dans une existence !

James se pencha pour soulever la petite valise rose et se tourna vers elles.

— Nous y allons ?

Une fois dans l'ascenseur, il glissa le bras autour de la taille de Rachel et posa un baiser sur ses cheveux.

— Ça va ? demanda-t-il à mi-voix.

— Ça va *bien*, repartit-elle.

— Au cas où je ne te l'aurais pas dit récemment, tu es vraiment une femme extraordinaire, glissa-t-il à son oreille. Et je t'aime.

Une délicieuse chaleur s'engouffra en elle. Jamais elle ne se lasserait de l'entendre dire cela.

— Moi aussi, je t'aime.

— Et moi ? demanda Molly.

Rachel se mit à rire.

— Oui, toi aussi. Je ne voudrais pas l'un sans l'autre.

— C'est cool ! Tu sais, papa et moi, on a une…

— Molly, chut ! Pas tout de suite.

Le regard de Rachel passa de l'enfant au père. Les yeux de James étincelaient, Molly se tortillait dans son fauteuil roulant en serrant les lèvres de toutes ses forces pour ne pas laisser échapper son grand secret.

— Qu'est-ce que vous préparez, tous les deux ? s'exclama-t-elle

— Nous ? Rien ! Rien du tout ! répondirent-ils en chœur.

— Je me demande pourquoi je ne vous crois pas.

Le soir, de nouvelles manœuvres éveillèrent ses soupçons. Vers 8 heures, James s'encadra dans l'arche du living.

— Je dois sortir un petit moment, dit-il à Rachel, blottie sur le canapé avec Molly. Vous pouvez vous passer de moi ?

— Nous nous débrouillerons. C'est pour un patient ?

Il sourit, évita de répondre directement.

— Je reviens le plus vite possible.

— A tout à l'heure, papa, lança gaiement Molly.

Quand elles furent seules, Rachel fixa sévèrement la petite.

— Tu veux bien me dire ce qui se passe ?

— Non !

Agitant les doigts d'un air menaçant, Rachel les approcha de ses côtes, la faisant déjà hurler de rire par anticipation.

— Si tu ne me dis pas, je vais te chatouiller !

— Je ne dirai rien !

— Bon. Alors je vais devoir attendre.

Il fallut attendre trois quarts d'heure avant d'entendre la porte d'entrée s'ouvrir.

— Rachel, Molly ? lança la voix de James. Vous voulez bien sortir une minute ?

Molly glissa du canapé en tirant la main de Rachel.

— Viens voir !

La porte était ouverte, James se tenait sur le perron.

— Venez dehors. Assieds-toi, Rachel.

Elle s'installa sur la plus haute marche, la petite se laissa tomber près d'elle ; James prit place un peu plus bas.

— Tu es prête, Tigresse ? demanda-t-il.

Quand la petite hocha la tête, il lui tendit avec précaution un objet qu'il dissimulait entre ses mains.

— Rachel, Molly et moi, nous avons quelque chose à te dire. Vas-y, ma grande.

Gravement, Molly éleva devant elle un petit gobelet de plastique couvert de film alimentaire. A l'intérieur, un clignotement ténu trahissait la présence de lucioles. Retirant le film, elle dit :

— Rachel, nous avons un vœu à faire : papa et moi, on souhaiterait que tu nous épouses.

Profondément émue, Rachel prit le gobelet que lui tendait la petite, leva les yeux vers James. Il lui sourit, les yeux dans les yeux, et lui dit :

— Regarde à l'intérieur.

Elle retira le film, vit les lucioles grimper vers le rebord. Au fond, un cercle doré étincelait.

— Oh, James…

Les petits insectes s'envolèrent ; Molly cria :

— Elles s'allument !

Sans la quitter des yeux, James souffla :

— Est-ce qu'on peut prendre cela pour un oui ?

Prenant la bague de diamant au fond du gobelet, elle murmura :

— Oui. Je serai heureuse de vous épouser tous les deux.

Avec un hurlement de joie, Molly se jeta dans ses bras.

— Alors, je peux t'appeler maman maintenant ?

La gorge serrée, Rachel chercha désespérément sa voix.

— Si ton père est d'accord...

— Je suis d'accord !

Lui prenant la bague, il la fit glisser sur son annulaire et les prit toutes deux dans ses bras.

— J'espère que ça t'a plu, observa-t-il avec un soupir heureux. J'ai travaillé dur pour t'organiser ce vœu.

Rachel leva la main pour admirer son diamant à la lumière qui tombait des fenêtres.

— Il est magnifique.

Elle sentit une vibration grave dans sa poitrine et rit à son tour, de joie, tout simplement.

— Je suis content qu'elle te plaise mais je ne parlais pas de la bague. Ça, c'était facile — mais tu te rends compte de ce que ça représente de trouver des lucioles à la mi-septembre ?

— Dis donc, c'est vrai ! Comment as-tu fait ?

Molly se tortilla pour se dégager en s'exclamant :

— Tonton Cord a un copain qui est enta... entolo... un type qui étudie les insectes ! Papa et moi, on voulait que tout soit parfait !

Rachel leur sourit, savourant son bonheur. Une part d'elle porterait toujours le deuil de Daniel, mais la présence de James et Molly serait sa joie. Qui aurait cru que les lucioles avaient un si grand pouvoir !

LE FORUM DES LECTEURS ET LECTRICES

CHERS(ES) LECTEURS ET LECTRICES,

VOUS NOUS ETES FIDÈLES DEPUIS LONGTEMPS?

VOUS VENEZ DE FAIRE NOTRE CONNAISSANCE?

SI VOUS AVEZ DES COMMENTAIRES, DES CRITIQUES À FORMULER, DES SUGGESTIONS À OFFRIR, N'HÉSITEZ PAS... ÉCRIVEZ-NOUS À:

LES ENTERPRISES HARLEQUIN LTÉE.
498 RUE ODILE
FABREVILLE, LAVAL, QUÉBEC.
H7R 5X1

C'EST AVEC VOS PRÉCIEUX COMMENTAIRES QUE NOUS ALLONS POUVOIR MIEUX VOUS SERVIR.

DE PLUS, SI VOUS DÉSIREZ RECEVOIR UNE OU PLUSIEURS DE VOS SÉRIES HARLEQUIN PRÉFÉRÉE(S) À VOTRE DOMICILE, NE TARDEZ PAS À CONTACTER LE SERVICE D'ABONNEMENT; EN APPELANT AU (514) 875-4444 (RÉGION DE MONTRÉAL) OU 1-800-667-4444 (EXTÉRIEUR DE MONTRÉAL) OU TÉLÉCOPIEUR (514) 523-4444 OU COURRIER ELECTRONIQUE: AQCOURRIER@ABONNEMENT.QC.CA OU EN ÉCRIVANT À:

ABONNEMENT QUÉBEC
525 RUE LOUIS-PASTEUR
BOUCHERVILLE, QUÉBEC
J4B 8E7

MERCI, À L'AVANCE, DE VOTRE COOPÉRATION.

BONNE LECTURE.

HARLEQUIN.

VOTRE PASSEPORT POUR LE MONDE DE L'AMOUR.

COLLECTION HORIZON

Des histoires d'amour romantiques qui vous mènent au bout du monde!

Découvrez la passion et les vives émotions qu'apportent à la Collection Horizon des auteurs de renommée internationale!

Captivantes, voire irrésistibles, ces histoires d'amour vous iront assurément droit au coeur.

Surveillez nos trois nouveaux titres chaque mois!

L'ASTROLOGIE EN DIRECT
TOUT AU LONG
DE L'ANNÉE.

Composé et édité par les
éditions Harlequin
Achevé d'imprimer en août 2004

BUSSIÈRE
GROUPE CPI

à Saint-Amand-Montrond (Cher)
Dépôt légal : septembre 2004
N° d'imprimeur : 43619 — N° d'éditeur : 10762

Imprimé en France